主编　凌翔

当代作家精品·散文卷

试灯与踏雪

吕敏讷　著

U0837467

文化发展出版社
Cultural Development Press
·北京·

图书在版编目（CIP）数据

试灯与踏雪 / 吕敏讷著 . — 北京 ：文化发展出版社，2022.4
ISBN 978-7-5142-3652-1

Ⅰ . ①试… Ⅱ . ①吕… Ⅲ . ①散文集 – 中国 – 当代
Ⅳ . ① I267

中国版本图书馆 CIP 数据核字（2022）第 048946 号

试灯与踏雪

吕敏讷 著

责任编辑：王晶
出版发行：文化发展出版社（北京市翠微路 2 号 邮编：100036）
网　　址：www.wenhuafazhan.com
经　　销：全国新华书店
印　　刷：唐山楠萍印务有限公司

开　　本：710mm × 1000mm　1/16
字　　数：184 千字
印　　张：14
版　　次：2022 年 11 月第 1 版
印　　次：2022 年 11 月第 1 次印刷

定　　价：59.80 元
I S B N：978-7-5142-3652-1

◆ 如有印装质量问题，请电话联系：13121110935

目录

巳时清风

一程山水

巳时清风

半杯清水

又一个春天来了，一如往年。

春风和煦，突然异想天开，将几瓣大蒜泡在一只杯子里，每天小心翼翼为它换水，期待它能早日发出绿芽。几天过后，横七竖八的蒜瓣在杯中排起了队，由各自顶着的一抹新绿引导着。

生命的力量让它们拥有了共同的姿态！

蒜苗不久便欣欣向荣，修长浓密的叶子将杯口遮得严严实实，而深藏在杯底孕育着这些优美身姿的母体，却在那孤独单调的生存状态中挣扎得不易察觉。毕竟，漂亮的叶子下面仅是半杯清水而已。

茁壮的绿叶令人耳目一新，因而我倍加呵护这舒展在外面的叶子，每次换水总担心对叶子有所损伤，至于水底，那无声的根，我大约已经忽略。直到有一天，我将旧水倒出的瞬间，一棵蒜苗跑出了杯子，它的根部让我的目光凝滞。将蒜苗捧在手里，它已不再是当初放进杯子里时扁扁的弯弯的样子。蒜瓣自身裂开了一条缝，里面藏着一颗圆圆的小蒜，那些在杯口水面尽情舒展的叶子，就是从这裂开的蒜腹所孕育的小圆蒜中长出的，蒜瓣的母腹中孕育出了一个新的生命。当小圆蒜成熟，母体将被新生命成长的力量挤开，化为养分。

小时候和奶奶种蒜，在园子里，奶奶将锥形的铲子戳进泥土，把厚厚的土层扎出一个洞。我将蒜瓣顺着铲子铁质的身体放进洞里，当铲子拔出来，土层自然合上缝。一行蒜栽好了，像排队似的，自然合缝的土层有了整齐的轮廓。接下来就是漫长的等待，等地面吐出一瓣瓣尖尖的新芽。不久，新的蒜叶翠色盖地，茂密成林。蒜苗肥肥嫩嫩的，而它们葱茏的身体却要被压倒在地面，搬些土块压住它们的头部。这样做的时候，蒜苗的枝干发出一声断裂的脆响，腰部的筋骨被折断，切断枝干的营养，阻止叶子生长，去促进土层下面的根部变得发达。等秋风萧瑟，叶子已经枯死，挖开土层，剖开大地的母腹，每一个深洞里都藏着一颗大圆蒜，我和奶奶栽的蒜获得了丰收。每到那时我便问奶奶：蒜瓣栽进土里时扁扁的弯弯的，秋天挖出来怎么变成一颗圆圆的大蒜了呢？奶奶笑了，随口说："长的啊。"那时，我并不能理解，所谓的生长就是有所打压、有所期待，有折断、有疼痛，有变形、有获得。

往往，生命内部向外喷薄的力量，让它自身撕裂，撕开一条缝，又孕育一个圆圆的小生命，待叶子舒展，那作为保护小生命的外围的母体——蒜瓣，将以另一种方式，在黑暗的根部消失。这也许就是生命成长的轨迹。

到了秋天，刨开土层，枯黄的叶子下面，那颗圆圆的大蒜钻出来，外衣将它层层包裹。四季的风里，生命是一个怎样由扁到圆的过程呀！在这由扁到圆的途中，生命在进行着一种怎样的自我碎裂、自我重生的挣扎呀！她将自我毁灭，却誓死保卫腹中的胎儿，一旦绿色舒展，枝繁叶茂，她便无声地消失在叶下冰冷的阴影里。这杯底的阴影里是否会有无声的泪？杯外，正当枝叶最具色泽的时候，它给人以生命的颜色，以幽微的清香，以健美柔美的身姿，以清秀迷人的面庞，它生命内部的流动节律似乎都在人们耳畔回荡。看上去当然毫无痛苦，从不徘徊与忧伤，也没有表现出生存的沧桑，青春的活力总在它周围荡漾。因此，往往我们可能轻易地忘却绿叶下，半杯清水中那裂开的蒜瓣，在那顶着一抹新绿的圆圆的生命获得呼吸的漫长等待中，疼吗？焦灼吗？

当一种希望在生命的外部燃烧，放射着灿烂的光华，照得人们眼花缭乱；当掌声四起，歌声悠扬，鲜花簇拥，那生命的内部，却是在经历着一场撕心裂肺的搏斗。对生命自身的挑战，对灵魂本身的超越，对心灵内部的升华，都是在生命的内部，在那美妙的绿叶遮蔽下，在半杯清水、一方冷清中默默进行。

假如，我们没有在不经意间揭开一点生命繁茂的绿叶，没有透过生命所表现出的绚丽的外部，没有将其深藏的内容从杯中倒出，我们怎能让心灵到达那生命内部的一方冷清，怎能用心灵去聆听子夜时分仍从帘中传出的淡淡的叹息，或者轻轻的啜泣。我们的双眼受过太多的蒙蔽，永远看不到沧桑的废墟。

我们信任了自己的眼睛，因而绿叶和鲜花充斥了我们的视觉；我们信任了自己的耳朵，因而歌声和赞赏塞满了整个世界。

为自己奏乐

做早操时，广播突然中断了。满操场 80% 的同学便站在原地不动了，露出一副解脱的神态。只有少部分人在继续，一如刚才有广播声为其伴奏的时候。我想他们心中肯定会有一支音乐在为其伴奏。广播的有无，对于想真正锻炼身体的人来说又有什么差别呢？

人生的道路许多时候并不会充满着美妙的音乐或指挥性的节奏，能让我们轻易地嬉笑着走过。上帝为每个人都安排了那需要用汗水、血水伴随走过的一程，它是那样枯燥、艰险，而且必须独自穿行。这样的路途没有广播来指挥，没有音乐来陪伴，没有掌声来鼓励，没有鲜花来祝福。在风雨交加孤立无援的夜晚，在黑洞洞布满荆棘的泥泞小道上，真正对生命充满着热望和虔诚的人会怵然而退吗？

就是在一个挤满了人的屋子里，我们每个人，也只是独立的个体。独自走遍天涯，独自看遍风景，找寻生命的意义，独自前行。我们必须自己完成的，就是要寻找一种生命的形式，并用自己的方式去为它填满内容。那么，当我们耳畔那充满着节奏感的音乐突然停止，或者那些督促和鼓励声不再响起，我们也不要停下脚步，而是要用心灵为自己奏出最强劲的歌，一如既往地“做自己的早操”。

在我们独自支撑人生的苦难却没人能为我们分担的时候，要为自己唱一支歌，给自己送一束花，为自己点亮一盏心灯。然后心怀音乐的伴奏，让馨香温暖心房，让灯光照亮前方，去品尝那种痛苦，走过没有星光、没有温暖的夜晚。

隔窗听秋

秋分

这秋，清瘦而孤独。

秋天有很多音乐，有雨落，有蝉鸣，有枯叶风卷。可是，秋天依旧孤独。它独自穿行，它独自变瘦。

一层一层雨飘下，秋天一次一次变瘦。

它越来越瘦。浴着一层又一层的雨。

一直瘦到了秋分。

到了秋分，秋天开始层次分明了，该飘零的飘零了，正在繁盛的似乎还很繁盛的样子。有许多叶子枯萎了、零落了，满眼的衰败，可是还有许多花盛放着、妖娆着，满心的欢喜。生和死就在同一片天空下发生。生和死就那么近，就是生命的两种形式。

阴阳相伴，一半清寒，一半安暖。这样的状态，多好啊，不只是秋天，所有的事，都该是这样。昼夜均而寒暑平，秋分这度把握得最好。残荷听雨，芦荻染霜，雁字成行，桂花飘香。秋分，如若是在微凉的水边，有风拂面，撩动衣衫，将自己一分为二，一半在水中，一半在岸上。风里有秋意，阳光里还有夏天的味道。寒鸦戏水，似是秋天，美人蕉独自在岸边璀璨，恍若早春正在进行。一袖秋风，一湖春色。好似冷暖相偎，悲喜参半，爱恨平分，相比之于人生不如意的十之八九，这不偏不倚不增不减的一半一半，该是多好的啊。和另一个自己对视，身体和灵魂握手言和，自说自话，自问自答，如梦似幻。水天一色处，有暖阳一抹，有凉风一缕，有自己的影子作陪，青草青，黄叶黄，秋分该是秋天最美的意境了！

这一分为二的秋，繁茂和颓废均等了，冷热均匀了，内心的躁动和平静相互制衡了。心就越来越简单了，不再盛气凌人，表现出咄咄逼人的繁茂。而像忽然消瘦了的人，衣带渐宽，空灵了，轻盈了。热闹都散了去，不去追风顾影，独自曲径徘徊。

秋天的光阴只剩下一半，一年的光阴却所剩无几了！像所剩无几的枝上的枯叶，像所剩无几的三两颗老牙，像所剩无几的一些荒乱的头发。光阴零落，肌肉和筋骨不再生长，像不再生长的一些心事，悄悄沉入水底，归于平静，准备安睡！

秋天终归安静了，只剩下雨声。秋高气爽，云淡风轻，雁字成行，此番岁月静好，只是想象里的秋，人生绝少遇到啊！秋天还是剩下一片雨声。雨，覆盖了一切。秋水无尘，寂静无言，遮蔽了喧嚣，掩藏了叹息，独自沉静。藏在午夜，一片啜泣，独自悠悠长长，没完没了的怨与恨！夜淹没了雨，雨包围了夜。打在窗上，像一声声刺骨的疼。

窗外，有雨飘落，有风吹过，有歌声渺茫，一片冰凉之外，独剩下安静。

今夜秋分，隔窗听雨，听着一个人的秋声。陪秋天度过秋分，一起孤独，一起老去。

我知道，秋分过后，是更深的秋色！

寒露

雨是秋天的泪，流着流着，也就干了，就只剩下最后一滴，寒凉而清亮的露。

秋分过后，风寒露重。

露，是晨起洒落的第一滴清泪。

滑落在野菊花的脸颊。

等到白露为霜，秋天的眼睛就干涸了，再也流不出无尘的水。寒露过后，结水成霜！

寒露到来，不得不开始整理衣柜，收藏夏装，一条条裙子，都要退到角落里了。午后阳光明媚，有微风从窗前轻轻吹过，想起了夏季，适合裙子的美妙时节，一条裙子就是一个故事，夏天适合留下回忆。散乱的夏装，有很多都是摆设，不曾穿过。一路行走，总会准备很多行囊，背着它，又累又重，过后才发现，有很多都是没有用的。转眼夏天的时光就没了，清理衣服，拿起一件，反复斟酌，犹豫不决，像是要挽回一些旧时光，像是留恋那些不回头的青春。时光终究是挽不回了，你看，都已经是寒露了，清理那些薄纱衣吧！那些柜子里的衣服，有多少是必需的呢？大多是摆设罢了。

临窗，看秋风一次一次吹落枯叶，把它们埋进泥土，埋进大地的母腹，秋风是在适时地做着清理！好似让世间曾发生的一切，都被大地深藏，收藏一些回忆和往事，任凭你用一辈子的光阴都找不到。这就是最深的秋了。不久就被厚厚的大衣包裹，像包裹一些心事，让它密不透风。人世间经历的种种，到头来，终究归于泥土。

人生的智慧就是懂得适时地清理。就像卸下一些包袱，删除一些负累。就像文字，排山倒海的洪波涌流，终要回归为静水深流，真水无香，就是要让纯美和宁静占据清淡而又意味深长的内心。

撑着伞，走在山间。天，灰得浓重，天上的云，慢慢俯身下来，漫向山头，成了远山的雾，再笼下来，铺满整片树林，就成了人间的烟。

雾终于还是填满了整片树林，铺满山间，把人们包裹起来了，丝丝缕缕，大地最终归于一片清寒。

雾雨落下来，成了草叶间一粒粒露，清凉、晶莹，一不小心就滑落了。

叶子上的露一滴滴散落，落下来的都是一场又一场的孤冷。

雾在山间缠来缠去，却慢慢消失了。走着走着，天却晴了，虽然冷冰冰的，还好，有些阳光。

雾越来越淡，阳光就明媚起来了，照着大地和行人。枯叶黄，雁南飞。碧空无云，适合将天涯望穿。

夜晚，月亮虽冷，但还是冷冷地在天上。秋风，带着露，借着夜色，偷偷地来了，像借着夜色，偷偷到来的思念。它从很远，走到从前。今夜，借着窗玻璃的缝隙，偷偷溜进来的，还有月色，还有，隔年的灯光。

风继续吹，临窗听秋，听着秋声入眠。枕着秋露，梦境注定被夜风吹凉。

幸好有月光，它赐我夜光杯，盛得下满地的寒露，盛得下旧时的忧伤。

花　事

孤梅独放

1

春还很浅，一片清寒。

似乎就一夜，风把枝条儿吹软了。梅，层层包裹的心事，不堪重负。动摇、彷徨，一层层剥离，像撕开旧伤，抛却残冬的壳，破茧成蝶，枝头飞舞，就在这个清晨，它做了另一个自己，叫作梅花。

卸下负累，便是柳暗花明。

拐角处，转身，会有新境界。你不必刻意去寻，去追。就像心，给它一扇窗，便能容纳整个蓝天，得一缕阳光它就一片绚烂。

它不学水莲花，不胜凉风娇羞。看，它一定不会是颔首低眉温顺贤淑的样子。它一定是，抻着长脖颈，一脸的孤傲迎着冷风，冷峻就冷峻吧，孤独就孤独吧，即使无人作陪，独守一颗心的安宁，守着整个春天的寂寞，多好！

我和梅，在朴素的枣儿沟相遇。

因为有所安排，所以水到渠成。

当着春风的面，它寂静地张望，我傻傻地找寻。对视一眼，花看着我的傻，我知道花的痴。然后各自走开，不招花弄影，不折枝，欣赏却并不紧握在手中。给它生存的空间，给它绚烂的理由！

如果，你喜欢它，就远远地看着它！

如果，你喜欢它，就不要玩弄它！

像被偶然的风吹到一起的两条枝，借着风势握手，然后灵魂各自流浪。

一不小心就醉了，在并不华美的春天的枣儿沟，此起彼伏的一片冷风里，几束阳光漏下的暖，照进心里，就足够了。

开百花之先，独天下而春。踩下第一个脚印，岂能不孤独？

一花独放群芳妒，何须百花苦争春。

你的孤芳自赏，就是你的绝色倾城；你的特立独行，就是你的美不胜收！

妒就妒吧！又争什么呢？

2

眺望，山是梅的海。万枝绚烂，风起澎湃。

抬头，梅是山的腰带。一路妖娆，暗香飘过来。

世间的事，站在远处看，是完美的，梦幻一样，画一样。任由想象去描，去绘。朦胧着，美好着。

像青春年少，散乱乌黑的短发，随意的白衬衣，卷起袖管，未来那么远，像地平线，永远来得及伸手触摸似的。

像青春年少，远远地依恋一个人。什么都好，怎么着都好，优点也觉得好，缺点也觉得好，都是因为没有走近。

远有远的好。远处，本就是风景！远处，看不到心里的丑，也看不到心里的苦。

人群散去，安静的心和安静的梅，在沉默里，沿着花季，相互靠近。

阴冷处，独剩一条小路，独剩赏花人，独剩几枝孤栖的梅。

要看花，你就把一条小径走到尽头吧！

就在那些暗的薄暮的光里，梅被打上一层落日的昏黄，山的影子也靠了过来，就越发显得冷寂了。近处看花，梅就在山寒水瘦里，清清凉凉、安安静静，一半盛开，一半零落。那落红萧萧的小路，你会觉得是花香满径吗？明明就是喧哗过后的灯火阑珊，是任何一场春风都吹不尽的寒。不知道，梅，会冷吗？冷暖自知，何必言说啊。

看着梅，就看到那个娴静无言的女子，素淡的眼，素淡的心。何须和这个世界说太多的话！素心人面对素心花，时光就简单了，在春风里欢笑，或在春风里忧伤。活着，并且相信爱！

在料峭的春风里，披一身三春暖阳，慢慢走，把一座山丢在身后，把一路的枯草走成一路的新绿，把一路的艰难走成一路的繁花似锦。

所有的路，出发时都没有路，回归，才发现，一路花香，就在身后。转了一个大圈，又回到出发时的山脚，惹来满心的春意。

无论走在哪里，我都走在春风里！

无论站在哪里，我都站在春天里！

在梅花身旁的枣儿沟里，站着，不说话，这个春天就十分美好！

3

找寻一张泛黄的宣纸。

不然，要用哪种方式承受花香！

和风一起走，穿越阡陌小巷，一畦花苗，一排杨柳。只吐出一点点绿意，却柔柔地在风里招摇，很含蓄的样子。

春天正在发生，光阴正在生长。即将泛滥的春意，看上去却那么不动声色。

它们是在蓄势吗？最喜欢早春的状态，一切皆有可能！无数的幻想都在那含苞待放的心里蕴藏。

总有一天春会是放荡不羁的样子，总有一天花会铺天盖地，那时的春天又累又闹，一直到香消玉殒、一地残红。即使赴死，也要浓烈一回，多像爱情。

最先浓烈得要命的还是那些梅。在爱的前提下，不管不顾，是冰山也要去的。梅借着寒气开，寒气都入了骨，但它，不怒放，不作罢。

承受不了人世间的寒，也就承受不了人世间的暖。让人暖入骨的是爱情，让人寒彻骨的，一定也是因为爱情。终有一天，甜言也说够了，蜜语也说够了，心也被烧成灰烬了，梅花呢，与其千疮百孔，不如就零落成泥了吧。那香呢，何处去寻？

在光阴深处，恍若隔世的行走里，撩起一些飞舞的花瓣，驻足某一棵梅树前，轻轻拈起一股花枝，且闭目，且闻香，且沉醉。并记得，三月的眉眼里，有一个地方叫栗川。

还有，清浅的水，盛得下所有的影儿；清幽的芬芳飘飘忽忽，若果真还有月色朗朗，照见赏花人的背影，如此美景，落在栗川这张泛黄的纸上，这天荒地老的一幅画，大写意的泼墨，笔笔点染，墨香散开，红处且红，白处且白，这恣意洒脱的美，也就写尽了栗川的意境。

倘若，更有笔走龙蛇，笔墨落处，余香袅袅，文曰：疏影横斜。嫣红的印章，不就是一朵最绰约的梅！风姿飒然的梅，且活在纸上吧。孤梅独放，还需要语词吗？

除此之外，所有的表达都是多余的了。

心留一瓣香

满城风动，惊起一捧月明，一袭花香浓几重。

玫瑰之约，像前世的一些幻影，缥缥缈缈，经过耳畔。行走，怀揣着魂儿，保管着安宁的心，并习惯在一枝玫瑰里沉醉。忽然给你一个园子，并有一园子的玫瑰等你，一定会花痴了吧？倚窗，简单涂抹，对镜贴花黄，穿了粉色的衣，涂了玫瑰色的唇，和一群玫瑰一样的姐妹前后簇拥去看花。

素心若水，要怎样面对如此盛大的一场花开，在生命这一世轮回流转的舞台之上？

伏镇似乎在玫瑰的枝头摇曳，站在风里，满眼是香，那些香泛着粉色，是会让人中毒的粉。像华美的舞台之上，聚光灯正好打在那个身着粉色衣裙的妙龄女子泛着粉色光华的面庞。她在舞台的中央，已经摆好了造型，就等属于自己的乐曲，缓缓流出，在最美好的年华里，跳一曲最华美的舞。一切已经就绪，状态饱满，自信张扬，像一朵待放的玫瑰，在盛夏的光阴里，粉着，含着苞。

有舞台，有看客，生命就是一场美好的演出！

没有舞台，没有看客，生命同样要成为一场美好的演出！

我相信，生如夏花之绚烂，于一个女子而言，莫过于在最美的年华里盛开成一朵玫瑰，淡淡的粉，幽幽的香，慢慢让人着迷、中毒，并让香气中毒似的渗透到灵魂里，不能自拔。生命该是美到什么程度，醉到什么程度了呢？

可是，偏偏就在今日，想着玫瑰，忽就想起了梅艳芳，她用粤语边舞边唱，一曲铿锵有力的《玫瑰玫瑰我爱你》：完全为你深深入迷／柔情万缕倾你心底／万花开放开放谁最美丽／红尘独爱一枝玫瑰／Rose Rose I love you/一生着迷／时时陪住你过一生一世／万花吐香吐艳谁最美丽／红尘是我欣赏玫瑰……

梅艳芳还用沧桑的声音诠释了爱情中的女人，爱情就像一粒花种，寂静生长，幽幽含苞，不顾日复一日朝朝暮暮切切的期盼，要等的是那个懂你的人出现。等到天荒地老，等到野草丛生，走过万水千山，历经伤痛折磨，对爱的执着却至死不渝。爱情本就不低头于权贵，不是金钱的买卖。还真是拿它没有办法!

那个懂得的人出现，手捧玫瑰款款而来，心中的玫瑰就在此刻一一盛开。多晚都不嫌晚，多久都不觉久。只是，怕就怕春风来又走，花开又花谢。你拼命盛开却付了流水，花开几重，香又多浓？只剩下孤芳自赏，最心痛！淡然放下之时，如梦幻一场，花落水流，女人如花，花，似梦。有时候，爱，终不过是梦一场，捡拾梦的残骸，留些花瓣的影子罢了。再美好的花，也抵不过一场雨暴风狂！再美的誓言承诺，也比不上心灵呼应相互懂得！世间“懂得”二字，看似那么轻，又有几人担负得起，承受得住？于爱情而言。

想起梅艳芳，还想起香消玉殒的林黛玉。

她如发的心思，都葬在花里了。天尽头，何处有香丘？未若锦囊收艳骨，一抔净土掩风流。

又是谁葬了她呢？爱情吧。

试看春残花渐落，便是红颜老死时。一朝春尽红颜老，花落人亡两不知。绛珠仙草怎么承受神瑛侍者的前世的甘露灌溉，唯有用一生所有的眼泪还他。她把爱深深地放在心中不言。爱之深伤之切，爱就是生命之火，火熄了，灯暗了，爱情没了，生命就只剩下香消玉殒！一瓣残英垂挂枝头，一地落红殒身污泥。爱，得到了是美丽的神话，得不到就是凄婉的传说!

还想起，香消玉殒的张爱玲。

她承受了世间灿烂夺目的喧闹繁华，也承受了人生极度荒凉的孤寂冷漠。都是爱情惹的祸啊！都怪 1944 年南京的那个初春，那明艳的光景里，那座庭院，那块草坪，那个躺在藤椅上的中年男人。他的眼睛里全是某一个女子的文字啊。

24 岁是玫瑰色的。

可是，仅仅因为“懂得”，便义无反顾了，在爱情到来的时候，管他是不是汉奸呢！于千万人之中遇见你所要遇见的人，于千万年之中，时间的无涯的荒野里，没有早一步，也没有晚一步，刚巧赶上了，那也没有别的话可说，唯有轻轻地问一声：“噢，你也在这里吗？”见了他，她变得很低很低，低到尘埃里。但她心里是欢喜的，从尘埃里开出花来。

何其孤傲霸气的女子，转眼就低到尘埃里了。爱情只要欢愉静好即可，就这么简单。就是这样的速度，胡兰成和张爱玲共同写下：签订终身，结为夫妇；愿岁月静好，现世安稳。

不安稳的时候呢？你可化名张牵，亦可叫张招，天涯海角，总有我在牵你招你。

而他终究是离她而去了。之后，她坐拥旧公寓里的老时光而不能自拔，在这里，“我将只是萎谢了”。那一年她 27 岁，还是妙龄女子。可是她其实已经死去了。她不是死在 75 岁，而是死在妙龄的 27 岁。花一样的年华，花一样地盛放，转眼就零落了，凋谢了。一朵花的花季有多长？一个人的内心有多大？能放下天地，却放不下你。75 岁她死得很寂寞，就像年轻时她活得很寂寞。

爱有多重？张爱玲在《白玫瑰与红玫瑰》里说，在爱着的时候，哪怕一根头发丝，也是千斤重。

此刻，面对一园子的玫瑰，细小的粉色的花骨朵儿，或藏在枝叶间含着苞，或扭着头寂静绽放。悄悄地走进玫瑰身旁，不惊扰它的心事，拣最美的那一枝，闭目凝神，幽微的香气从周身缓缓飘来。那香气不妖艳，也不浓重，却能让人着迷，让人成瘾。旁若无人的玫瑰，自顾自地开着，稚嫩无辜的眼神直刺向人的心，它让你闻香、沉醉，也让温柔的刺给你留下轻轻浅浅的伤。人群包裹了花海，玫瑰香气包裹了人群。看那些玫瑰一般的人儿，穿梭在园中，阳光正好，正是花朵绽放的时候！

掌管着世间的爱与美的希腊女神阿佛洛狄忒，她从海水泡沫里诞生时，她身上雪白的泡沫就变成了美丽与幽香集于一身的玫瑰花，玫瑰的美艳并不逊色于女神。玫瑰的艳丽脱俗赢得众女神的羡慕，她们把长生不老的琼浆洒给了心中的玫瑰花，玫瑰因此得到了世间最迷人的芳香。但是就像爱与美不能长生，终会失去一样，玫瑰花也难免会凋谢零落，是因为面对如此娇美芳香迷人的花，众神当中有一些嫉妒和恨对爱情和玫瑰留下了诅咒，因此，园中的玫瑰，一朝盛开，芬芳迷人，花香四溢，可也有零落成泥的时候；世间的爱情，海誓山盟，却也有沧海桑田的变迁！

看，玫瑰的花海中，那个姐姐，已年过五十，经历了婚姻家庭的种种磨砺。可是她，今天依然妖娆、依然生动。她是一个叫瑞玉的女子，手里拿了各色的丝巾，在花丛里跳呀、跑啊、扭啊、唱啊。我们在边上大喊，这是谁家的小姑娘！姐姐摆出各种姿势，引得摄影师们手忙脚乱地拍。还有人大喊：“继续疯，继续疯。”她果真就继续疯，举起手中的丝巾，在玫瑰的花海中像一条快乐的小鱼。

我们在铺天盖地的玫瑰花瓣里，肆无忌惮地疯玩，扬起的花让沐浴在花海里的人们脸上开出玫瑰一样的花，面庞泛着玫瑰一样的粉。指尖和内心都染上玫瑰的味道，我们都成了玫瑰一样的女子。

做灵魂有香气的女子，不问，花开几朵，香又几何！

园子里的玫瑰开得死去活来，为了这个花季，轰轰烈烈地开放一回，开放一回就足够了，哪怕等待它的是凄惨的陨落，是无情的采摘，但它还是把香气弥漫在了人间。

只是，当999朵玫瑰代替了一朵玫瑰，那999朵里的每一朵，爱的含量又有多少？爱情被肢解成一串数字，大多数人容易忘了那个简单的密码。

只愿，经年过后，或许你已走远，泛黄的旧纸里，包着一瓣花香，包着一个女子的照片。一瓣足矣。

临走，捡拾了一些玫瑰花瓣，小心翼翼地装进背包里，香气就跟着我走。

留不住伏镇，留一些伏镇的味道也好。留不住季节，收藏一些爱的残骸也好，说不定能成为标本呢。这标本，来年可否发了新芽，开出一些含香的花来？

永远属于你

年年的春意，其实不一样。

花，也不一样。

一株花选择某个春天，就像在春天里遇见某个人。

雪才融化了一大半，刚刚是二月，就急着去花市看花。

满心的风和日丽，便满眼的春暖花开。

天气变暖，地面潮润了，渐渐苏醒，一切都是喷薄的样子。

春天真好！万物像是重新开始的姿态。从头开始，听着多好。

这乍暖还寒的早春，白天渐渐多出来许多，就像内心的纠结，一层一层地生长着，纠结着，倒也挺欢喜。纠结，一定是有所牵念，有所期待。

在百花丛中，第一眼就看到了那一株。花市里转上三圈，还是喜欢那一株。哪一株都比不上，念念不忘的还是最初看到的花，它把根扎在心里了。生怕被别人抢了先，拿了去。

决定就是这一盆了？对啊，这一盆花入了眼，别的花就很难再被多看一眼。就像，当初认定一个人。认定了的事，就很难再改变。花和人一样，会钻牛角尖。入了眼，入了心，就扎了根。

其实，就只是一盆普通的杜鹃啊。放在众多的花中间，一点都不特别，一点都不显得与众不同。只是，把它挑选出来时，它是那么美。不，它是最美的一株！一定是心中最美的！它站在那里，别的花都失了颜色，它就这样惊艳了人的眼。

它原本就不是一盆普通的花吧！

造了型的圆形树冠，很规整很冷静的样子。并不旁逸斜出，招摇过市，妖艳生姿。椭圆形的小叶子挨挨挤挤，一团团一簇簇安安静静的。不是艳绿，不是嫩绿，是那种素朴的墨绿。而大团的花，就在叶子的上面轻轻的，像是刚刚停靠上去的一只只蝴蝶，胭脂色的蝴蝶，撩人眼，生动得让人心疼。

它该不会是杜鹃啼的血吧？花朵和叶子像说着悄悄话似的，风一吹，它就动一动，不敢触碰，生怕它掉了、飞了。树冠上落满了胭脂红，凑近，淡淡的幽香，在叶间浅浅地藏着。也有尖尖的花苞缀着，眯着眼睛似的笑，不定在哪一刻要绽开呢！那花呢，怎么不小心就掉了一朵。捧在手里，原来它的花瓣是连着的，花不是一瓣一瓣落下，要落就干脆一整朵都落掉。整整的一朵花啊，泛着胭脂红，有着蝴蝶一般的姿态，就躺在我的手心里。

吵吵嚷嚷的花市里，在种类繁多的花中间，把这一盆杜鹃端出来。双手捧在怀里，满心欢喜地面带微笑，哼着小曲，和许多人擦肩，走出悠长拥挤的小街。此时，暖风从对面吹过来，拂在脸上，柔柔的，已经没有了寒意，那么温情，像惆怅过后的惊喜。

迎面走来的一对中年夫妇，老远就对着我的花笑，赞赏花的美，顺便对我也笑，熟人似的友好。擦肩而过时，专注的目光一直盯在花上。突然又惊叹：呀，这花盆多美，高贵素雅，瞧瞧，跟这花多配啊，其实这花啊，主要是花盆要配好，盆好，拔一棵草栽在里面都好看。他们已经走出很远了，还在讨论着我怀里的花。我低下头，那酒红色的圆花盆，有着隐隐约约的花纹。光滑的釉面，像散发着青春气息的脸。再次打量手中的杜鹃，越发喜欢，越发欢喜了。觉得自己捧在怀里的，像宝贝一样好，突然对自己的眼光很满意。

在十字街口，我把花放在地上，稍作休息。来来往往闲游的人群，不时有人凑过来看看，并满脸笑意地说，真漂亮，多好的一盆花……路过的人们，几乎都把目光投向我的花，有人讨问，这是啥花？我就笑意盈盈地说，杜鹃。也有人询问，这花多少钱？我就欢欣地大喊，一百八。我的嗓音盖过了街市的喧闹，我的开心也传染给了行走的人们。看花的人多了，竟就有一堆人围观花，不同的人问着同样的问题，我耐心地一一回答。情况似乎发生了变化，我呢，好像变成了一个卖花的姑娘，在人群拥挤的街口，守着一盆花，对顾客面带微笑，好让自己早点把花卖出去似的。

杜鹃，花中西施，它代表爱的喜悦。它的花语是，永远属于你。它是只在自己的花季中绽放的一种花。

不争春，不献媚，不追逐，低调地绿着，温情地飘着一抹胭脂红，永远是那么安安静静的。

此时，夕阳把橘黄的光涂抹在人们身上，柔和恰如我的开心，一点点散开。我再次把微笑留给看花的人们，把花紧紧捧在怀里，朝着家的方向走去，我知道，我把自己长长的影子拖在身后，扎起的马尾来回摆动，向人们诉说着此时此刻我的心情。

忽记起第一次的遇见，是深秋。枝头的叶子和果子，变红变黄，一年的光阴有了终结，我却要在这个深秋开始一段大学生活的新时光。细长的小路在树荫下弯弯曲曲，顺着河岸，一头连着大学的校门，另一头是我乘坐的班车必停的路口。下午，接新同学的在校老乡都沿着那条小路纷纷返校，只有他不肯返校，说，我再等等，或许还能等到一个人。那一天，他在路口晒了一天，等了一天；那一天，他只等到了一个新同学，而那个新同学，就是我。他背着我的包裹在前面走，我颠着细碎的步子像傻子一般在后面跟着，生怕一不小心就走丢了。进入陌生的校园，我东张西望，对新环境充满无限好奇。先到他们男生宿舍，他递来一杯茶，说：先歇会，我去学生会开会。我就像傻子一样歇着，等着他。他返回后，继续背着我的包裹，去报到注册，找到我的宿舍，爬到上铺铺好了被褥，所有物品各就其位。他从上铺跳下来，我看见他满头大汗，他擦了汗，就匆匆出了宿舍，被校园里的人群淹没。我傻站在那里，才发现从头到尾我都没有说一声谢谢，甚至连他姓名也不知道。

两年之后的秋天，他要毕业了。毕业季，礼物在校园里飞来飞去，我为老乡精心挑选着礼物，突然想起了他，念他为我背包裹和铺被褥的旧情，我把自己喜欢的一本书送给了他，扉页上还密密麻麻写了一首正能量的诗，书名叫《常常感动》。还是在那个路口，秋雨淅淅沥沥，在人群中朝班车挥一挥手，目送班车走远。接也接了，送也送了，万事大吉，好似两清不相欠。

又一年深秋，我已毕业。乡村中学，周末，我守着安静的校园，一辆自行车载着一个人，出现在校门口，那人有点面熟，好似在哪儿见过，也好似从前相识。问他找谁，他笑而不语。在这藏身远山的地方，我藏着自己，原以为没人能找得到，他却找到了我，这是第二次相遇。

再过一年，冬天，下着雪，天寒地冻的，准备结婚了，我们也不怕冷，去市里买花，买了好多花……都是心目中最好的。后来我看见一盆假花，是一盆莲花，那么漂亮，叶子上还有一只青蛙，像活的一样，就买了。结果，拿到半路，在一个饭店里吃饭，发现青蛙丢了，我遗憾地说，没有青蛙，这一盆花就没有了生机，他就沿着来时的路一直找，竟然在雪地里把那只青蛙找回来了。那个店主说，你说没有青蛙不好看，那他一定就要给你找到的！那时，一盆假的花，一只假的青蛙，认定是好的，就会像小孩子一样开心。

怕冷，他就把我的脚放在怀里暖，把我的手放在手心里，哈着气，寒冷就躲远了。爱哭，高兴也哭，委屈也哭，他用手指头一颗一颗擦掉我的眼泪。

最后就掉着眼泪带着笑，天大的事都过去了。那几年，我在乡下教书，住校，他就用一辆摩托车，接送我，周日把我和一周的柴米油盐送到学校。路还是土路，一下雨，泥水满身；下雪了，又冷又滑，一路上担惊受怕。进了城，觉得自己像是与世隔绝的后山人。

二十年后，一本泛黄的旧书《常常感动》，被放进新添置的书柜上。霉味和新柜子的木质气味混合在一起。

世间有那么多的花，可是能有缘进入我们视线的却只有那一两株。

世间有那么多的人，在人群中，初相遇，却三生熟人似的亲切，说，你也在这里啊。目光触碰，相遇并相守了的那一个。

世间有那么多的美，那么笼统，各自璀璨。只是在人群中多看了一眼，就似乎遇见了世间的最美。

就像那花，在花市里，那么平平淡淡，捧在我们的手里、怀里，却是那么与众不同，吸引眼球。在芸芸众生中找到最爱的那一朵，就认定它是最美的、最好的。山盟海誓的诺言，要呵护到最后的。一定要让它，开到尽头，花事方了。

我们的人生多像是在寻找心中的花，当初，一定要找到心目中最美的那一株，最与众不同的那一朵。终于找到了，就捧在手心里，拥在怀里，生怕掉了，摔了，走了，找不回来了。

可是世间也有那么多的花盆，人们不经意间就松了手，一松手，一切就都碎了。一片狼藉，再美的盆也破碎了，再好的花也零落了。那花就不再是心中最美的花了，看都不想再看一眼了。可是，那花，明明还是当初那花啊！那盆，也还是当初那盆啊！怎么就不再是最美的了呢？

那世间，还会有最美的花吗？

那些捧在手里的，拥在怀里的，住进心里的，那些最美的花呢？

那些最美的当初呢？

残 荷

之前，从不去看残荷。

只觉得这俩字透着孤寂，泛着凄冷，老态龙钟。想想都觉得苦，坚决不要亲眼见了。

整个花季，应季的莲鼓足了劲地怒放，把花香尽情地挥洒了，直到开残、开败。开到花事了了，再无人问津，就像爱情。它来的时候，花事烂漫，一旦走远，便冷冷清清。还要把残骸挂在大脑的顶端，风吹过来，勾起一些记忆，干裂刺骨地痛。

倒喜欢在明亮的午后，踩着晚秋的风，沿着一条小路，把一片林子走穿，走着走着，却走不出边际的样子。淡淡的忧伤，淡淡的青草香。枯干的叶子脆响，微黄的叶子蝶一样翻飞。没有多大的欢喜，也没有多大的伤痛，顺其自然地，漫不经心地。等一场冬雪覆盖，从生到死的一切痕迹都被掩藏了，秘密和伤痛都被掩藏了，好似什么也没有发生过！没有多少绝望，也没有立竿见影的疼，岁月静好，现世安稳，多好。

残荷却不同了。

欣赏过了年轻时的容颜，就像一生得不到的那个人，就在远远的观望中，收藏了溢满莲池的香。收藏了她遗留在岁月中的所有，一颦一笑，每个表情。对了，那霸道的绿裙子，从不给别人留出后路。可是，忽有一日，怎就忍心去看她的枯萎！她枯萎了还偏偏就不凋零，苦苦地在冷风里撑着！到死还站着，在冰冷的水中，一点一点蚀肉削骨。太决绝，太孤立，太任性！太不适合观赏了。

偏偏就在那日，忽就决意要去。

病初愈，从床上爬起来，看窗玻璃上一层霜雾，就知道天是晴着的，晴着并冷。初冬以来，阳光很少这么欢喜地赏光。

就对自己说，我想去看残荷!

几时去？就是这会儿！一分钟都不要耽误。

裹着白白的一层霜，阳光一点一点从这一株荷挪向那一株荷。没有脚步声，只有那残枝败叶，撕碎冰霜，裂骨似的脆响，痛渗到心底。荷塘安安静静的，这种痛，只我一人承担，多好!

初冬，一切都会瘦，水也会瘦。好多东西会在水的心里死去，死去的东西腾出了许多空间，它不再那么肥硕，那么饱满，那么拥堵紧绷，那么意气风发，那么张狂，那么累。它就清亮了，凉薄了，冰冷了，也越来越安宁了。尘埃落定的样子，内敛的样子，水便单纯了。

唯独荷，它还是水的主要内容，它不肯死去。

即使干枯，那茎，如同八十岁了依然精致的女人的脖颈，织满了时光的痕迹，却依然要镶金戴银，高傲地直直竖立。干瘪，瘦弱，有很多条皱纹，被密密麻麻的往事裹满。也有折了的，宁折不弯的样子，撑着骨感的身躯，也不喊疼。疼，只给自己知道。

莲蓬是裸露了，睁着很多只无辜的眼睛。俯仰之间，相互照应的一对莲蓬，曾是顾盼生辉耳鬓厮磨的两朵莲花，那时，一定是脸贴着脸。光阴，让它们成了青春岁月中相依相伴的标本，花瓣落尽，有什么关系呢？头发和牙齿掉光，又有什么关系，到死，到终了，还是这么一副心心相印、惺惺相惜的样子，心有灵犀站到表情僵硬。

花瓣呢？保护不了自己，自顾自地陨落了，砸在水的身上，就如同没来过这个世界。偌大的莲池，有一瓣花的影子吗？早就无踪了。谁还会记得那时飘着的香，谁还会记得那时粉嫩的脸庞。

那叶子呢，终究是承受不了一场又一场的霜。耷拉着脑袋，垂头丧气，一蹶不振，把头低到尘埃里，低到水的附近，顾影自怜。或者，是累了，要贴着水面休息，姑且就睡在水面上，横卧，也不顾年轻时翩翩起舞时的姿态了。

水面凌乱了，秋霜的一声叹息，一个季节就此坍塌。房梁倾覆，椽木横陈，砖瓦沉落。

藕断了。丝也断了。

只剩蛛丝在缠绕。

缠绕在那株莲花，它独自站立，含苞待放，花未全开。风干的花瓣，脆脆地黄着。阳光穿透它的身体，多像那粉嫩的花朵般的脸蛋，刚刚盛放的样子。分明还飘着香。可是，看她满脸的清泪，在闪着光。它还没有来得及盛放，秋霜就来了，冷风就来了。它的青春就此永驻了，把美丽定格在枝头。纵使枯萎，也要以花朵的姿势；即便死亡，也要绽放在风里。就做一次标本吧。给那些开残了的，衰败了的，凋零了的，做个榜样。哪怕，它只是一朵枯萎的花，那也是花！哪怕，它只是一朵死掉的花，那也是花！它还会一直唯美到被砍了头，它还是花！它是一株残荷，残缺，并且完美。

那些一下子开到烂漫的花，极尽了热闹，它们的热闹是短暂的。而这一朵，经受了世间的孤寂，寂寞的才是长久的。那是行走在灯红酒绿的闹市，冷眼观看繁华热闹，一脸的清孤，满心的宁静。这一朵花，在冷风里跳舞，跳的是世间的绝美。即使，无人来赏，又有什么关系！

今日，赏荷者几人？

独此一人，又有什么关系，我的影子陪着我。

莲花出水之前是什么？

是莲花。

出水之后呢？

是荷叶。

就像世间的事，不发生，就是不出水的莲，一定是完美的。

发生了，就是出水后的荷叶，一定是残缺的。

残缺得不堪入目。残缺得那么完美！

女儿节

1

丁酉年，雨量丰沛，西汉水大涨，水草空前丰茂。那伊人，在水之湄，在水之涘，在水中央，邈远飘忽，越发地难以靠近了。寻寻觅觅中，她越让人生发出无穷的想象来。

立秋之后，苇草继续疯长。风轻了云淡了，秋水长天，晚霞湖水水波渐次安宁，荷花忽然全开了。巧娘娘，飞落在水边，目光水一般明艳。万事都备好了，所有的意境铺陈，都是用来承接，一场心事一个节日，怀揣千年，要在七月适时言说。

何处没有苇草白露？何处没有秋水伊人？只是，这条水，从诗经里流淌而来，幽远婉转的水中，蒹葭苍苍，绿草萋萋。这诗意汤汤的水，却是天下独一无二的水；这饱含深情的草，却也是天下独一无二的草。

雨，七天八夜，陪着女儿们过节。天下的女儿是水做的，西汉水畔的女儿更是水做的。水一样的禀赋和聪慧，这女儿，怕也是天下独一无二的女子吧。

2

晴空若水。

一个女子的名字，让人有无限的想象。成为博友的八年时间里，觉得她，空灵，曼妙，诗意，美好，并且有一双翅膀。有天空，并晴朗。

偶尔在博客里和她对话，她开玩笑说，我是你的童子军“粉丝”。我回复，咱们“互粉”。网名都有若水二字，所以我称她，妹妹。

在小城，天空这么小，她又在哪里飞？不曾谋面，我常常习惯于用心灵感受她的存在。或是，在等一个阳光明媚的美好日子，在找一个特殊的意境吧！

见到她时，她目光如水，安静的眼眸能装得下世间无数的酸甜。乌发皓齿，大眼浓眉，是传统意义上的好女子。彼时，雨停了，水波潋滟，廊桥回环，水在脚下，水在身边。我在她身后，在她眼前，在她的旁侧，用目光追随护卫那负载着她的两只圆形的脚。两个听话的轮子，滚动向前，它一圈一圈度量别人一步一步要走的路，然后用诗来呈现，语出惊人。我知道，因为她常常与这个世界保持了一些距离，大多的嘈杂不会侵袭她，从而她更多地在和生命交流，更接近生命的本真状态，每一句诗都教我们低头思考我们的生命，和面前长长的路。

在七月，小城的女子，无论美丑，无论健康与疾病，都在乞巧。我们也一起去乞巧。如果，拥有一双精美的鞋子，请巧娘娘赐予一双脚；如果有一双脚，请赐予一条长长的路；如果面前有长长的路要走，愿赐予我们，天空和翅膀。

3

立秋过后，小城微凉。

每一场雨落，荷花就瘦下去一些。落下一瓣，再一瓣。一朵花，总共有几瓣呢！

晚霞湖的荷花，总是在七月之前含苞，约好似的，在女儿节前后一一绽放，赴死似的，不留后路，直至开到生命的尽头。就几日，等你回去再看它，它们已经七零八落，满是残败的景象，满眼是时光的痕迹。莲蓬裸露，只剩下空洞的眼。

晚霞湖的荷花，是专为女儿节而开的吧，也像是赶赴这个美妙的节日。所有的花，盛放时，那么浓烈美好，可是，它们花期都那么短，无论怎样都嫌短，都嫌不够，多像，一个女儿，华美浓重的短时光。在最美的季节，去赴一场生命的节会，匆匆过往，去时花容月貌，归来，一池零落。水，寒凉。风，也凉。荷，撑着一些芬芳，无边的空旷，水一样漫延，把整座荷塘填满。

一日又一日，一场又一场雨，荷塘渐渐变得安宁了、素净了。如同一个女子，历经繁华，便不再喜欢热闹，只想简单一些，拥有持重和安静。拥有属于自己的时光。

4

还是在雨中。

秋雨淅沥，听蒙曼讲座。一曲歌舞停下来之后，演员退场，舞台骤然安静空旷起来。此时，大舞台上，蒙曼着唐装走上来，微笑，合了伞，淋着雨，继续讲。台上，只她一人，台下，万人的方队听众。

她淋着雨，讲西汉水畔的女儿和乞巧。露天的体育场，灰雾笼罩，空气浓稠，雨，下得毫不懈怠，万人的场上，是统一的方凳，统一的雨披。万人着统一的雨衣，坐相同的方凳，万人就如同一人，没有喧哗，只有一片雨声。万人之中，我一边听讲座，一边听雨。万人如海一身藏。

雨雾漫过来时，雨打在每一个人的身上，体育场便裹满雨声，所有的声音都小了，雨声却清晰了。雨点小一些时，全场的声音都小了，蒙曼的声音，便更加清晰了。仿佛，偌大的体育场上，只剩下雨声和蒙曼。她在雨中讲，女儿是水做的，全场就响起一阵掌声。

讲座本来已经很别致，内容也足够精彩，她的学术讲解和一系列舞台表演共同完成了对乞巧女儿节文化内涵的诠释。但是，最让人难忘的，一定还是那日的雨，恰是那些雨，雨中的意境，让人不会忘。

三个小时，在雨中，身边脚下满是雨水。所有人离开后，只剩下空旷的舞台和空寂的会场，浸在一片雨雾中。人走后，只剩下雨。

这样听，一定是平生第一次；这样讲，也一定是绝无仅有的。

5

被观瞻的，定是那些血流静止的事物。

村子里修筑起了形形色色的乡村博物馆，外形空前华美，码放着的是村庄的一些骨骸。

那些物什，曾经活在村庄的时空里。人与土地，人与牲畜，人与农具，相依为命的年月，它们也是有生命的。如今，要么生锈，要么朽烂，要么污垢斑斑，它们的残骸被找到，曾经的姓名也被标注在旁侧，为那些行将消失的器物制造一些标本，用来安慰这个泥土越来越少水泥越来越多的时代；用来防止硬化了的村庄一次次失语。

犁、铧、耙、锄头、镰刀，以及那些木制的农具，早早地待在博物馆里颐养天年，是它辜负了荒草掩埋的田地，还是沉默的田园切断了它们的呼吸？究竟刽子手藏在哪里？

总觉得，博物馆，适宜存放古老而年迈的事物，如从土地深处和历史深处掘出的时光痕迹。而那些农具和日常用具，似乎昨天还在田间地头，还在一双粗糙的手里，有着温度，今天就夭折在一些橱窗里，在一拨又一拨的喧哗里，被好奇的质问淹没。

经常带孩子到山野，指着一块田地，教他认识庄稼。“这是小麦苗！”“小麦苗长大会变成玉米吗？”“不是，会长成小麦，变成麦粒，磨成面粉、白白的面粉，就能做成我们吃的面条、馒头。”

可是，任凭野草放浪恣肆的田块，渐次淹没的一块块庄稼地，下次，又去哪儿教孩子认识他每天要吃的食物素材的来源呢？

于是，我又想起一个事物的名字，乡村博物馆。

6

七月，以唱开幕。

每一支曲子，都要把四季唱遍，正月里开头，腊月里结尾。有花有生活，有情有爱，柔肠百结。

正月的水仙，二月的柳，三四月的桃杏花，五月里五端阳。六月忙，麦子收上场，绣女请下床，七月里七月七，天上的牛郎配织女，八月十五月儿圆，九月的菊花赛牡丹。十月里天寒了，单衫脱下换棉袄，十一月，实冷哩，大人娃娃穿暖哩，十二月的蜡梅开得欢，欢欢喜喜过大年。

春夏秋冬，日暮晨昏，悲也在歌里了，喜也在歌里了，爱和恨，都唱出来了。循环往复，一唱三叹，在苹果园边上，在草垛旁边，在大树下，在巧娘娘的面前。

在西汉水边上，为巧娘娘上一支香，便赐予一个美丽的巧馃，花的形状。吃了它，或许，会变得聪慧一些呢！

七月里

1

初见她，在那年的晚秋！

成都，28°C 的热情，街上所有的绿叶和黄叶，都在阳光下，跳舞。素不相识的风，和面无表情的人群，我行我素，熙来攘往。

流年，闲散温柔又满含诗意，刚好是 28 岁的气息！

不呼朋引伴，一个人走，漫无目的。走在成都的街头。

在成都，相遇了另一个女子。她满头的黑丝鬈发披散在背上，衬托出身材的清瘦娇美。黑边的眼镜，尽显她的斯文。她酒量特别好，端起酒杯在各个饭桌前敬酒，她干净利落地喝酒，让男士喝大，她自己却不会醉。喝过酒，脸红扑扑的，可是，非常的美。我藏在眼镜背后的目光独自寂静，陌生的眼神在人群中游离，跟随着她的背影，并偷听附近的参会男士窃窃私语：这个女人，了不得！

于是觉得她不会是凡尘女子，至少，她是不囿于日常生活的人，她一定不会干家务！

远远地，喜欢上了她的从容和洒脱。知道了她的名字，并记住了她的美！

晚间，还和她同宿一室，在峨眉山山腰的一家客栈，半夜，秋蝉啾啾，此起彼伏，蝉声铺天盖地而来，好似一场盛大的聚会，这潮润的夜，就无眠了。走近她，和她夜宿峨眉，听蝉声，放开嗓门畅聊了红尘种种俗事，生活和工作中的件件琐事，发了牢骚，泄了私愤，把藏在心里的话统统倒了出来，忽然觉得我们之间，共同语言那么多，并不顾忌酣畅淋漓的话语惊扰了隔墙的邻居。

我们逃离，大笑或者大骂，在我们日常生活的千里之外。

来西秦岭腹地的两个女子，在温润肥沃的天府之国，就着醉人的灯火，看过了春熙路的繁华，目睹了三江水的恢宏，并一见如故，相见恨晚。

一定是前世修了百年吧，竟住在同一个房间。

初见惊艳。谈天说地中，觉得彼此是朴实无华的姐妹，都是最日常的女子，上班之外，围锅台，围洗衣机，围着父母、老公和孩子，柴米油盐，鸡毛蒜皮之外，偶尔还以诗酒花茶调味人生。

我们都是最普通的女子，生儿育女，流汗流泪，累着，痛着。回头，把所有的过往都熬制成一点文字，让经年的日子累积成一些记忆。职业之外，我们并不是职业女性，却是传统观念里的家常女子，内心深处所受的家庭教育和传统观念，就是自力更生，自食其力，一日三餐，把自家的小窝经营好，力争做最贤的妻、最良的母。即使达不到别人眼中贤良的标准，也要努力赢得一份心安理得。

一番诉说，五味杂陈。遇见真好。

满眼的秋色里，我们匆匆别过，各自回到所处的小城，柴米油盐的日子一如既往。

柴米油盐的日子一年又一年，就这样溜走了，每到七月乞巧的时节，我们的小城，七天八夜，女儿们沉浸在一年一度的狂欢里。她每每看到我关于乞巧的文字和图片，便很惊讶，听说乞巧这个神秘的话题，满心的好奇与惊喜，要来小城看看乞巧。

我说，来年七月，你来吧，我们一起去乞巧！让姐姐更聪慧、更贤良、更美丽。

一个又一个乞巧节过去了，她都没有赴约。

我们内心藏着的巧，蛰伏在生活的第一线，在各自的世界里祈盼，在各自的生活里修行！尽力做一个贤良聪慧的女子，家庭第一，工作第二，文字退居第三或者更加靠后。

这是天上的巧娘娘教导的，也是人间的巧娘娘教导的！

2

名字当中有“妹”字的女子，一定能够享有生命中更多的疼爱与娇惯，不管来自谁，不管她怎样弱不禁风，淘气任性，都一定是个“好妹妹”。

我们偶尔联系，QQ或者微信，浏览文字和图片，虽说话很少，却相互懂得。留言时，我称她“妹姐姐”。虽是姐姐，却年轻得跟妙龄的28岁似的。学着她，却学不上。她写文字，感觉特别好，家务之外，大部分时间都用来读书，她是一个心灵饱满的人。

在春天里，她陪着80岁的母亲去山间看桃花，想到她们互相搀扶着走在三月的田间，那春色一定烂漫极了，蜜蜂在唱，暖风在唱，她和母亲也在唱吧。世间的天伦，没有比陪你一起看桃花烂漫更美的了。她是母亲最小的宝贝，也是最孝顺的女儿。那时，她的儿子上高中了，她和儿子就像朋友一样，她也是孩子心中最好的母亲。工作上，她独当一面；在家，她操持家务，相夫教子，点点滴滴悉数操心。

可是后来，她病了，一定是太累造成的。除了生活中的日常琐事之外，内心有梦有想法的女子，会更累一些的。累就累吧，她还是要做有想法的女子，做个苍白的女子又有什么好呢？

在她的小城见到她，安静的晚秋，隔着一片雨雾迷蒙，在人群中寻找到她的脸，和她的手握到一起时，有一些清瘦和冰凉，像冷风一样穿过我的心。她脸色里有很明显的苍白和倦意，轻轻的几声咳嗽，在秋意里散开，冷冷地拍打着空气。

没有腾出时间做一次长谈，甚至没有过多询问病情。只知道她在认真求医，努力自我调节。

惋惜中，又一次，匆匆，在秋风里作别。只在心里默默念了一声珍重。回来联系她，她在休假，她说回到老家农村，就会感觉好许多。

又是一年，七月来了。

乞巧的歌儿又漫山遍野地唱起来了，巧芽儿长成了乞巧姑娘的样子，嫩生生、水灵灵的。巧馃承载了姑娘们的巧，让香盘盛满七月所有的心事，展现，袒露，在村村寨寨的行走里。在西汉水上游，水走过的每一个地方，女儿们都让心中的神在人间停留七天八夜。果然，那天门就在六月的最后一个晚上打开，在汉水边，巧娘娘乘着夜色来了，女儿们迎上她，莲花台上的巧娘娘，在供果香烛里慈眉善目，俯视人间。她看着一个个女子，风里，雨里，艳阳里，满含心事，跪拜在她面前。

人世间的女子，独自行走在苍茫的风中，内心藏了多少话，藏了多少苦，藏了多少爱，要说给巧娘娘听呢？

不是所有的爱情都有完美的结局，也不是所有的祈愿都能变成想象中的样子。我们曾经伫立在内心深处的爱情圣殿，要在那里演绎的一场地老天荒的浪漫传奇，都被柴米油盐雕琢成一件日常生活的叙事。一次又一次，与瞬息万变的世事隔岸相望，我们的心，是汹涌的海，却最终流成涓涓的一泓，坚守在巧娘娘所赐予的聪慧里。于是，在女儿节，大家相约去乞巧！

乞巧把每一片村落染遍了，她说，我要来乞巧。

电话打过去，没接。一会儿电话回过来，说刚才在厨房洗碗刷锅。其实，我们基本是在同时，洗碗刷锅。我们的日常，往往是那么相似！巧娘娘教我们做茶饭，按照巧娘娘的教诲，一个女子，终其一生，会把大把的光阴留在厨房里。待在厨房里的女子，是温暖的女子。

在夏天的最后一个傍晚，她怀揣虔诚的心来了，朝拜心中美丽的女儿神，聪慧的巧娘娘。

晚霞湖畔，一池荷香，霞光旖旎。在织女温柔慈爱的目光注视里，湖水的柔波映照，曲曲折折的木质廊桥上，蒹葭苍苍处，踏踏声响，我们互相找寻，像找寻前世的一些幻影。走近，我们把手握在一起，有多少冷暖，有多少悲喜，都不必言说。懂得，何必去说呢！站在风里，站在霞光里，四目相对，一丝浅笑，我们在一池荷花前，满塘的荷花都暗了。一袭青衣的两个女子，隔山隔水的约定，织就密密麻麻的心事，就成了今夜西汉水上游的湖边，迎风朝拜的乞巧女。任世事苍凉，满眼都是芜杂的尘世，被清凉的晚风撩动的衣襟，飘飞又飘落，多像我们日常生活里一次又一次泛起的一些诗意。

她从不展示她的伤痛。她的身体恢复好了，就像从来没有病过。她脸色红润，精神饱满。我们安安静静地看荷花，从这一朵到那一朵。她偶尔扭过头说，看，那一朵，好美。是的，满池的荷花争相开着，就像世间的女子。但是，总有那么一朵，在别人眼里，就是那么美，那么美！无可替代，独此一朵。

那晚她写下了内心的诗句。“今夜，我的姐妹／你将教我／ 如何做一个聪慧的织娘／怎样缝补爱恨离伤／怎样将柴米油盐、苦辣酸甜的日子／织成长长短短的明艳诗行”。

织吧，缝吧，补吧。用针，用笔，用巧手，用巧心，用聪慧，用柔情，织成天上的云裳，缝补日子里的伤。裁出七彩的衣裙，学一回这凡间巧娘娘的模样。柴米油盐的日子是网，就不能让网有漏洞。如果是一块麻布，就给它绣上好看的喜鹊、鸳鸯和凤凰。如果是一块锦，那就给它添上花吧。

让它好看一些，再好看一些吧！这是巧娘娘教导的。

3

我说：“我带你去西汉水边的村子，我们一起去乞巧。”

她说：“你带我去哪里都好，有你就好。”

村子里飘过姑娘们的身影，飘散着一些彩色的歌谣和彩色的胭脂香，像一些梦幻和心愿，自遥远的从前走来。西汉水是盛满心事的一条水，神秘的往事和伊人，缥缥缈缈在它的上游。

溯洄从之。溯游从之。那魂牵梦萦的人啊，在河岸？在水边？在水中央？在水中滩？千年的光阴里，唱着歌儿寻寻觅觅要找的人，就在这片水域，这飘香的芦花深处。你去寻吧，在天河里，在银汉里；在天上，在人间。

人生就是一场寻觅，不要去问能不能得到。寻寻觅觅的惆怅，和可望而不可即的渺茫，就是一生要走的路啊。像姑娘们心中的一个祈愿，深信它就在这里，于是，年年的七月，歌声浸满西汉水，换来一场美丽又难以圆满的梦！

其实，世间所有的事，都是可望而不可即的一场梦！得到了也就失去了！远远地望一眼吧，远处，一切都是最美好的样子。

我们远远地望着西汉水，日渐消瘦的水和日渐疯长的垃圾，正改写着村庄的理想和现实的比例。面前的村子已不再是当年的村子，城里有的，村里也都有了。村庄唯独失去了自己，长发的小芳去了哪里？乞巧的队伍里再也找不到了。

坐巧人家的院子里，脆生生地唱巧歌，从初一唱到十五，唱遍了一年四季的十二个月，把一点一滴的心事和期盼，都放在巧歌里，那声音高过屋顶，一直漫向云端了。天空碧蓝透明，朴素干净，像乞巧女的眼睛。

隔着一条小路，另一座院落，却是任凭乞巧的欢歌怎么动听也唤不醒了。房屋深陷在满院的野草里，低矮又无奈。四周的墙已经坍塌荒废，门窗朽烂。一棵杏树，高过屋檐的树冠上，满枝的杏子沉甸甸的，被荒草和断墙围堵起来的院子，也许潜伏着蛇，没有人迹，地上也没有路，杏子成熟的季节也没人收获，它成了仅供观赏的乡村点缀。那些长势喜人的果实，就像离开父母多年的孩子，惹人心疼，但却总躲在人群的背后，在某个幽僻的角落露出胆怯怕生的眼神。

一个院落，妇女在，家就在。老人和孩子留守的家，在村庄里，似乎有太多的空白。

乞巧队伍里，一位年轻的父亲陪着他的三个姑娘走村串巷去乞巧，跟随拜巧的队伍，为女儿当后勤。孩子们的妈妈呢？她打工去了，三年未回。

我们行走在村子与村子之间，跟随乞巧的脚步，在原汁原味的歌声里，谈论村庄里的女人的前世今生。乞巧，是传统观念里妇女朴素的祈愿和寄托，一个女子，通过一种心理暗示，乞求自己拥有美貌，通过勤劳智慧，学习女红，拥有巧手，能做到孝顺长辈，能做出好茶饭，能绣花能缝衣，进而能找到好婆家，找到一生好的归宿，通过自身的努力和勤奋，改变命运，通过自己的聪慧善良，让生活美满幸福。

可是今天，村庄的传统和信仰就像水土一样年年流失！

那些村庄的妇女，她们卸下了家庭中的重担，不再饰演贤妻良母的角色，离乡弃土，去找寻所认为的更为重要的东西去了。女儿节的狂欢，也唤不回她们了。乞巧的歌声虔诚，她们何时才能回归呢？

我们吹着七月的风，坐在包集村“乞巧源”里的核桃树下，要了当地手工坊里的豆花，一片清香散开，勾起了我们童年的种种回忆。喝着豆花汤，提起儿时往事，忘却生活里的所有伤、所有痛，并像孩子似的开心大笑了一回。彼时，唯愿时光倒回去，还做那个扎牛角的乞巧女，和伙伴们一起偷核桃，上山偷菜，惊慌失措里，连滚带爬，一路逃离。村庄唤归的声音响起，家家的母亲都在唤孩子回家吃饭了。

此起彼伏的乞巧歌声悠扬，我们在巧娘娘面前，双手合十，内心，乞巧的歌声唱起来，唱诵着心中的巧娘娘。我们在巧娘娘面前许下心愿，说出内心的祈盼，说出内心的苦，说出内心的甜。愿心中的神赐予我们灵巧的心，也祈愿天下所有的女儿，能够循着巧娘娘的指点，安排自己的心愿。

一场突然来临的雨，在我们的身后，惊散了村庄的乞巧表演。掩盖了一场暑热，大地安宁了许多。

送她，在雨后的街道，天微凉，又是分别的时候。

再次把手握到一起，不言。只在心中默许，做世间最巧的女子。来年，七月里，我们一起去乞巧！

洇

大槐树

村里最大的一棵槐树，它身上存储着七百余年的光阴。七百岁的槐树却还是盛年的体态样貌，并不显老，所以人们习惯叫它大槐树，而不是叫它老槐树。它树干刚直健壮，伸向云霄，郁郁葱葱的树冠，遮云蔽日，在接近云朵的地方，层次分明地舒展开每一只手臂。

大槐树，远远地看，它就像是村子的一个招牌、一面旗帜。还没走近村子，就先看到了树，先听说了树。提到村庄，就想到大槐树，村庄和大槐树分不开。大槐树和村子有着怎样的身世之谜？又有着怎样隐秘而传奇的血缘关系呢？追溯七百年前的一些旧事，洪武初年，明朝建立之初，各地兵连祸结，满目疮痍，土地荒芜，有些地方成了无人之地。朱元璋采取宽仁手段，休养生息，巩固明朝的统治。在恢复农业方面出台了鼓励移民垦荒屯田的措施。把农民从人多田少的窄乡移到人少田多的宽乡。移民分布在十三个省的两千余县。其中，就包括甘肃的县。

山西洪洞县的那棵大槐树下，是人们离开乡土的最后集会之所，在那里办理手续，领取“凭照川资”后，揣着安家落户的费用，向全国广大地区移民。

农民收完田间最后一些粮食，飒飒秋风中，枯叶凋零。人们拖儿带女，在绵绵秋雨里舍弃故土，走在去往他乡的路上。最后一次回头看看，雾锁山川，小路尽头，看不见房子，只隐约看见了那棵大槐树。

故乡留在眼睛里的最后意象，是一棵大槐树。

明朝历史上这次著名的移民行动，让槐树这种特产于中国、分布广泛的古老树种，成了故乡的标志。

那些终生回不到故乡的人，移居到哪里就在哪里落地生根，在自己生根的地方，也会让一棵小槐树生根。槐树生命力旺盛，传说，百年槐树就会成为槐神，槐神能保持水土、固岸护堤，是祥瑞之物。起初，一座小房舍，一棵小树苗，大片的土地，就是一个所谓的村庄的原初面貌。村子里的第一户人家，在一个安静的山窝里开垦种田，养鸡喂羊，耕种放牧。多少年过去了，槐树参天而立，他们家也成了方圆最有名的富足大户，他们家有大房子、大粮仓，有大量的畜禽马匹、大量的田地，正需要一些劳力。而那时，附近那些没有饭吃的人，闻讯赶来，长年做工，一年又一年，地主和长工成了一家人。有一年，地主把田地房产分给他们家最好的长工，并配以家室，那些长工在村子里安家落户，便成了村子里的一员。从此村庄由一户变成了家家户户。

于是，后来的后来，德高望重的庄房老人常说，是那最初的一户人，洇出来一庄子人。洇，是方言，这个字用来形容人和村庄，真是一个最美妙最恰切的字。洇，其实是一个自然的过程。就像一个村庄的形成，就像一棵树和一个村庄的关系。就像一幅水墨的山水、一张白纸、一点水墨，滴落，洇出一些房子、一些牛羊、一些庄稼。最后，洇成一个村庄的样子。这正符合我对于村庄演变的美好想象。正如《说文》所释：洇，水也。从水，从因。因，意为“承袭式发展”。洇的本义，液体在纸、土壤中向四外散开或渗透。

明朝大移民的另一种形式是，徙天下富户于中都和京师，其实是打击地方豪强势力的一种手段。那些富户，离乡弃土，被迫迁徙到明政府统治力量最强的地方。他们失去了人身自由，但内心却离不开所扎根的故乡土，于是，他们便装扮成乞丐，一路逃亡，流落他乡，回老家探亲祭祖扫墓。

于是，我产生了对大槐树身世的另一种想象。很久很久以前，有一个披头散发的乞丐，行乞到村庄，他把手中拄的拐棍插到一个大户人家的大门外，进去讨饭，离开时，忘了拿走拐棍。大户人家的仆人，发现那拐棍竟在土壤里扎了根，活了下来。大户人家的老爷，出门见到这一棵生命力旺盛的槐树，大喜，百般呵护。那一截被乞丐插在村庄的槐树枝，长成了今天的大槐树。村子里的一辈又一辈人，视之为神。

于是，我想，那乞丐，一定不是普通的乞丐。他并不是忘了拿走他的拐棍，那个扮作乞丐归乡认祖的游子，一定知道，槐树扎根的地方，就是他所认识的故乡。或者，那个乞丐是某一个神游四方的仙人，他有着改头换面的各种本领，用来试探凡夫俗子的诚意。他找到一处好地方，就拔一根头发，变出一截槐树枝的拐棍，假装一个可怜兮兮的讨饭的糟老头子，借机让一棵槐树占据一个风水宝地。槐树受其点化，慢慢长大。一个村庄，围着这棵槐树，受其荫庇，呈现一片祥瑞之光。所以，大槐树，直至今日，不曾老去，还是盛年的样子。

大槐树，见证了村庄里发生的事。他站在村头最显眼的地方，在每一个黄昏，默默眺望远方，等待每一个飘荡在天涯的人，能认出他，并找到故乡。

谁能说清，是村庄洇出树，还是树洇出了村庄。一个村庄是跟着一棵大树长大，还是一棵大树跟着一个村庄长大！不过是人在草木间时间长了，受草木庇护，就产生了对草木的敬畏，奉为神，奉为灵异之物。树和人，在一个地方时间长了，都会把根扎在脚底下，使劲地伸进土层，越来越深，再也拔不掉了。直至老死，也拔不掉了。

村子有村子的根，人有人的根。正如一棵树也有它的魂。

村庄的大槐树是老槐，是区别于洋槐的一种树。

大槐树，在老城门遗址不远处站立。老城墙高厚坚固，城墙上面，宽厚平坦，大路小路交错相通，纵横小城的四面八方，据说先前可以跑拖拉机。如今，苔绿草深，各种树木遮天蔽日。大槐树周围，散落着几座雕花的老房子，一些蝉声，一院子清香的空气引来了一拨又一拨来此观瞻的人。

如今的村庄，林立的小楼和新瓦屋，一层一层又从大槐树那里洇开。

酸梨树

玉皇大帝的第九个女儿，住在高高的九台山上。

九台山，像一个沉默的老人，站在村子的身后，一言不发，只悄悄地护卫着村庄，看村子里每天发生的事。比如，母羊顺利产下几只羊羔，每一只羊羔发出咩咩的呻唤。牛娃吃着母乳一天天长大，在日暮的时候，当炊烟在树林上空漫开，牛娃便跟在老牛身后，准时走进有篱笆围栏的牛圈。春天，每一块田里都要长满密密麻麻的庄稼。秋天，家家户户的门前挂满玉米串子，堆满柴火。村头的那一眼泉，总能让清亮的水，装进那一对姐弟的水桶里，一桶桶水被抬回家，把水缸装满。河沟里的水，不管是清还是浊，总有人蹲在边上洗衣裳。如果是果树，满枝的果子压弯树梢，果子不会被背到集市上去卖，而是在村子里送来送去，一股甜味儿踉踉跄跄地从村子的东头一直赶到村子的西头。

这一切，九台山上的神，都看得一清二楚。

神灵在九台山上，俯视群山，注目村庄。九台山，有九台，每上一台，山就高出一层。一台一台的山势，山就跟着增加一层一层的高度。

玉皇大帝的女儿，她能解除世间的大苦大难，能救黎民百姓于水火之中，化险为夷，保佑村子的一方平安。但是，她却难逃厄运，救不了自己。

某一日，深夜时分，村庄睡熟了，只有神灵在最高处正襟危坐，享用茂盛的香火。此时，寺庙起火了，火光把村庄的半边天都烧红了。据说，是从远处来的喇嘛放的火。玉皇大帝的第九个女儿，在火海里受着苦难煎熬。她奋力扑救，冲出火海，又遭到纵火者的一路追杀。她只好摸爬滚打，一路从九台山逃下来，在村庄四下里找寻藏身之处。情势危急，她在村子边上的某一个高台子上，找到一棵酸梨树，她躲在粗壮茂密的酸梨树下，得以逃过此劫。满身伤痛的她，绝望之际，托梦给庙官，诉说自己如何遭难，如何从火海里逃出，如何在某一棵酸梨树下躲藏。次日，庙官和村民们，找到了那一棵酸梨树。人们发现，玉皇大帝的第九个女儿，天上的仙女，他们心中的神，果然就在酸梨树下。她蹲坐在地上，独自忍受劫难。

人们依照神灵的旨意，找到一处好地方，在酸梨树身后的土台子上，为她先打了一孔窑洞，供了香案，让她暂住。次年，在酸梨树前，盖起了一座庙，她遭火灾，住窑洞，之后，被供奉在庙里。和酸梨树长久地住在一起，和村子里的人成了朝夕相处的近邻。

酸梨树庇护了神灵，让她躲过了灾难。从此，寺庙的周围，一棵巨大的酸梨树，一年又一年，生出了一片酸梨树。繁茂的酸梨树一棵又一棵地长大了。不久，整个村子被密密麻麻的酸梨树包围。每一棵树上都结满酸梨，酸梨成了村庄的一道景观、一张名片。树木掩映的庙门起脊瓦兽，门上的匾额，刻着三个字：九台山。还有一副褪了色的手写楷书楹联：青鸾白鹤迎三岛之上圣，红云紫雾迓九霄之高真。

楷书写得不怎么规整有体，应该是村子里的某人写的。

鞭炮声忽然响起，地上的黄土被震得乱作一团，尘雾飞扬，在酸梨树下散开。鞭炮声像是在报告神灵，有人来敬它；也像指令，引来村民捂着耳朵从不同方向赶到神居住的地方。七月的太阳下，酸梨树上，繁密的酸梨，即将成熟，压弯了每一根枝条，酸梨在叶子里挨挨挤挤，探头探脑。寺庙后的酸梨树像一把巨伞，伸出盘曲的枝条遮蔽眼前的寺庙。酸梨树之上，是干净的蓝天，挤着一朵朵的白云，像村子里放牧着的一群乖巧的羊。庙门之内，是三伏的阳光，铺满了神灵居住的院子。

人们进入庙门，近处去看神，和神说些话。

而我，因为那日不曾沐浴，就远远地，隔着庙门，望见，古旧的檐下，古旧的锦旗，在风中，轻轻飘动着四个大字：神灵有感。

堡子

堡子是土生土长的。苍黄的脸，历经时光，长满褶皱。风剥，雨蚀，又长了一些黑斑。看上去，老态龙钟。

堡子用泥土夯筑记忆，装满村庄动荡的旧事。

他封存了嘴，只用眼睛说话，任凭雨水和风剥蚀它的肌肉筋骨，渐渐地，瘦了一些，就露出一层一层的土骨架。那些夯土印迹，像村庄曾经掩藏起来的一道一道伤疤。

堡子是黄土山在冬天竖起的衣领。

天蓝得干干净净、空空洞洞，装着枯黄的堡子。堡子远离被钢筋水泥吞噬的村庄，在黄土山梁上，孤孤单单地，像一个老人，迎着风，盘腿而坐，远离人群，独自在山头张望，打坐，回味。

雪没有落下，一座又一座山梁上，植物隐匿，苍苍凉凉，只剩下堡子，被亮晃晃的太阳包裹。冷硬的风，遇到那些墙，就停住了脚步。所以，堡子外面，一片肃杀，而堡子里头，此起彼伏的野草，在阳光下撒欢儿一般，藏在墙角，活得潮潮润润的。

一百余年前，堡子，是西北地区特有的一种符号。清末至近现代，在中原政权与少数民族政权交界的地带，因为社会的大变革，战火一直蔓延到山区，战乱频繁且连年灾荒。有些人锅里没米，碗里没饭，无法安居乐业，穷途末路，流离失所。他们为了活命，为谋生计，不得不结伙抢粮，劫财，沦为土匪。土匪是一种被动的身份，并不是谁愿意选择的一种职业。

“土匪”这个特殊的群体出现了，堡子也出现了。在某个易守难攻的有利山头，用土筑起坚固的堡垒，躲避匪患，储存粮食和家畜。于是，一座座堡子就在高山顶上站起来了。它用厚实的墙和坚固的门，一次次把村民们包裹在安全地带，而把大量的石头和滚木砸向那些突袭抢粮的人。

某一个安静的夜晚，藏身某个山沟的土匪，突袭村庄，一片火把向着村子靠近，堡子里突然亮起烽火。随后，一阵锣鸣惊醒了村民的梦，村庄顿时陷入一片混乱。很快，一支庞大臃肿的队伍向着堡子进发。粮食、猪、牛羊，孩子的哭喊，都朝着堡子的方向。土匪在村子里扑了空，就开始围攻山头的堡子，冲到半山腰了，一支支火把，被从天而降的石块和滚木砸中，他们久攻不下，便空着肚子撤离。

多少年过去，土匪一词，走进一些故事里。堡子里发生的事，大都被带向另一个世界。堡子没有了职责，再不需要燃起烽火，堡子的断壁残垣，却始终站着，越来越安静了，以站立的方式述说它的牢靠，渐次变瘦的身形依然记载着一些惊心动魄的往事。

堡子里盖起房子住过一两户人，大都不怎么安泰，生病或是灾难。于是，丢下房屋，搬出去了。一畦韭菜，自顾自地生长。堡子血腥气太重，不适宜人居，却适合牛羊和草木。

在炎夏，见到羊，在草深林密的堡子里幽居。这可爱的生灵，打破了荒败概念，撵走了古堡的一些静寂，让草的生长得以安妥有序，让树木和白云得以成为有用的背景。陡峭盘旋的山路上，人群一字排开，攀缘而上。突然抬头，高处一道蓝天，低处一道绿草坡，而中间，隔着一道土褐色的墙。那些堡子的残迹，颓废的气息被阳光打散。山顶的风，灌进脊背。残墙的边缘，突然探出一对对羊角，羊投出试探的目光，观望似的，是要迎接眼前的不速之客，还是准备好如何躲避逃离呢？再靠近堡子，一大群羊，突然从草丛里蹿出来，排着队似的，见到人群，瞬间将身体镶嵌在了草里，定住了似的，抻长了脖子和我们对视了一会儿，就贴着草坡飞奔离去，为我们腾出前行的路。

堡子寂寂地，在等待什么？人群匆匆地，去观瞻什么？

上山的小路，蛇形蜿蜒，像刀子，一直刺向村庄历史的心脏深处。那里有一个堡子，伤疤一样，日渐消瘦。

歇台村潮水寺

去歇台村。是深秋。

小城出发，沿途，满眼的凋零。车轮一再小心，还是踩疼了那些洒在地上的忧伤。叶子要走，树，独剩一脸无辜。季节的空洞，不可挽回的样子，时光，是不复返的决绝。历经厮守，却不能到白头，光阴本就是一副无可奈何的懦弱相！

歇台村似乎大不同，它躲避在幽僻的远山深处，酣睡在温暖的臂弯，不慌不忙地过着安稳的小日子；漫不经心地，不争，不嚷，享受一片安宁的秋光。

霜染层林，雁行阵阵，圆天之下峰峦如聚，炊烟之中瓦屋密布。碧空澄净，纯蓝的天幕被孤寂布满，仅容一颗硕大无边的太阳自由滑行。稀疏的枝叶间，一不小心漏掉的光阴，泼在几串玉米的身上，斑驳了村庄的整片秋色；山间林木葱茏，几抹红绿相间的印痕，像刚刚刷上去的油彩，潮潮润润的。

路，在群山之中蜿蜒而来又蛇行而去，不愿意离开山的怀抱似的，山和路好像从来都是纠缠不清的样子。山有山的伟岸沉重，路有路的曲折叹息。有山的地方，必有路，有路的地方，必会有人家。房屋镶嵌在树林深处，路牌标注：歇台村。瓦屋就在树林的掩映中时隐时现，犹抱琵琶半遮面。薄烟如缕，轻轻浮着，悄悄裹着。低矮的瓦房布满瓦松，粗糙的泥墙嵌满麦糠。青砖缝里，生满茸茸的绿苔；墙根下，树丛里，野蘑菇悄悄地探出了头，观望似的。脚步声穿过，扰了树林，忽有鸟雀被惊起，仓皇逃窜。飒飒声中，数片黄叶，自由翻飞，最终变成一地的花儿，浴着阳光，草间刚刚生出来的样子，这温和气象，好似春正发生，也像，春的生长。忽就让人忘却了季节的推移。

一两堵灰黄的土墙，在深草掩盖下不规则摆放，它是故土布满沧桑的脸，忧悒的眼神穿透岁月，风侵雨蚀，不倒下。它是村庄历史的遗存，是一场水灾的证物，替永逝的昨天说话，还安放着童年的脚印和欢笑。还是不要叫它断壁残垣，太有战火味，它是乡愁意象，是童稚的村庄，承载柔软的心事，并成为镶嵌在村子崭新怀抱里的一块心病，一道伤疤，怀旧的风一吹，就撕扯一次，就会生疼。

水磨坊，累了，就在路边的土屋下歇息，屋瓦已被青苔布满，墙面早已颓废。巨大的磨轮已经锈蚀，却还挺立着阔厚的筋骨，厚实的两架磨盘早已相安无事，再不会南辕北辙，活在满是摩擦的日子里。没有摩擦的日子，生活也就无法继续，就像生活里的爱情，没有了摩擦的动力，故事将不会再发生。它成了村庄岁月里的标本，曾在某些年月里，喘着粗气，像是拉纤的纤夫，像是推磨的驴子，像是背水的农夫，五谷被灌进石头的肠胃，并如数奉还给大地上的生灵，曾经水飞轮转，村庄活在咯咯吱吱声中。老去了的石匠、木匠，老去了的水磨坊，背负了村庄所有的沧桑，如今都失了业，以一个长者的身份，站在村头，看有酒有肉的村庄，看水泥路面的村庄，看相似于城里的村庄。村庄的昨天和今天，就像水磨的上扇和下扇，在摩擦的节点上，一圈圈研制着怎样的食粮？

眼睛如此奢侈了一回，在通往冬天的路上，忽有歇台，疲累就此卸载，就突然喜欢上了这个名叫歇台的村庄。

村庄的中心有一座歇台寺，村子因寺而得名。

歇台寺又叫潮水寺，是一座道教庙宇。寺庙脚下的泥土深处有泉水，泉水随自然界潮汐涨落变化而出现积水深度的变化。寺因泉而得名。潮起潮落，歇台村的泉水或盈或亏，滋养了一方水土和生命，却从不会干涸。泉水在寺庙的脚下，在深厚的土层里汩汩流淌。在寺庙的小院外，泉水瘦成了一道线，包裹在水泥垒砌的钢管里。它和寺庙朝夕相伴，在自来水管布满的村庄里，它成了一道供人们观赏的景观。老人们喃喃自语：地泉连着海呢。是的，所有的水都连着海，泉水的生命里，一定潜藏着日日夜夜，海水在心头翻起的巨大波澜。然而静水深流，这汩汩流淌的泉，潜藏在一座寺庙的脚下，有形的泉，幽居在远山，无形的海，它没有边岸。

庙里的老人，花白的须发，他站在正殿，指着脚下的泥土说，以前，在安静的深夜里，就能听到泉水流动的声音，现在听不到了。心想，那是多么美妙的从前啊！如今，泉水的声音依然在大地内部响动，只是已经很少有人静心去听了。

秋日的一束暖阳，斜打在南宋的一群砖瓦上，把明朝的榫卯结构照亮。据说始建于南宋时期的潮水寺，在明代经过搬迁修复重建。今天，隔着数百年的光阴，我们有幸见到寺庙古旧的面容。传统的建筑群落，保存了方正对称的四合院结构风格，青砖青瓦里，积存了香火熏染、沧桑的青苔，斑驳的瓦楞，龙凤呈祥的屋脊，雕梁画栋的图案。手工雕刻的木门窗，凹凸有致的花形，还保存着彩绘的鲜艳。阳光透过镂空的门窗，照在神灵的身上，他慈眉善目，端坐威严，正将安康祥瑞和五谷丰登的灵光播洒。土质的围墙，土质的地面，泥塑金身的神灵，在这一处古朴的安宁里独坐神坛，护佑一方水土平安。抬头发现寺庙建筑的特别，除榫卯结构之外，整个屋顶用青砖铺就，外部再用青瓦盖顶。第一次见到用青砖铺就的屋顶，再看那粗壮坚实的梁柱，将这座厚重的房屋稳稳承载，让古寺在一片森森古木之中，历经数百年的沧桑变迁和岁月更迭，地动山摇和风雨雷电，依然藏身远山的村庄，安然无恙。一座村庄与一座古寺有着怎样的关系？是歇台村的阔厚承载了潮水寺的福祉，还是潮水寺的祥瑞造化了歇台村的安泰。踩在青石铺就的走廊，耳畔没有南宋的兵荒马乱，只有一个声音吟着诗，瘦了年华，瘦了历史，穿越数百年的路，拍打在古寺四角翘起的飞檐垂挂的铜钟上。阳光多好，它照着南宋的砖瓦，也照着我闲散的长发，泥味草香的古寺，一地的风清气朗。

寺庙和村庄，烟火缭绕。潮起潮落，村也叫歇台，寺也叫歇台。

月亮升起的时候，旺旺的篝火亮起来了。酒意微醺，映红的面庞，歌舞飞扬。久违的声音来自内心，在夜空回荡。不知夜色有多深，秋霜有几重。踩碎满地的忧伤，在这个晚归的夜里，身旁是淡淡的山花香。

此生，在匆忙赶路途中，就借这个秋日，在温顺的阳光和月光里，懒懒地，得一方歇台，偷得浮生半日闲散，巧遇一截轻柔的时光，让内心如水，无闲事，无挂碍，赏秋月，歇脚，安顿心灵，安享某一天的好时节，并带着菩提的禅心找到回家的路。

潘湾村金沙寺

潘湾的风，是彩色的。

风把花儿染得色彩妖娆。

通往潘湾的路，镶着花边，顺着山势，一道又一道弯，像个撒娇的女子。柔柔的腰身，在山的怀抱里，绕了一回，又一回。盘绕的山路，被一种花儿装扮着，花的名字叫作十样锦。十样锦，单生的花朵儿，花瓣层层又叠叠，花色繁多，是各种的红：深红、紫红、夕阳红、水桃红、胭脂红。每一种红都是欢腾妖娆的气息，都是奔放蓬勃的意境。它生命力旺盛，花期极长，在红褐色的沙土地里，会从初夏一直开到秋末，一团一簇地，在路边排着队，要极尽绽放，那些旷日持久的美像是要迎接某一日必然会到来的某个人。

在通往潘湾的路上，噪耳蝉鸣，顺着风，荡漾开来。满眼的十样锦，在烈日下欢快地怒放，那些闻讯赶来的蜂蝶，舞姿蹁跹着，仿佛讨花儿的欢心似的，引来路过的人，驻足唏嘘。在盛放的花丛边，看着蝶，恋着花；在来来往往的风里，撑起伞，这样缓步走着，忽就想起“锦绣”二字来。锦绣，多好啊。锦绣的山川，锦绣的前程，锦绣的潘湾。潘湾的山路弯弯，每一道起伏连绵的弯都满是锦绣啊：多好的花啊！让人生出无限美好的想象来。一株一株的十样锦，一直在路两旁延伸，它迎着我，让人满心的欢悦，一路朝着花团锦簇的潘湾走。

潘湾，三面环山，居住着五百余人。在山的臂弯里，享受自然界造出的一个港湾，在那里躲风避雨，安享满山绿意和一地的阳光。据传，有祖籍四川大槐树人，姓潘，迁居此地，故名潘湾。潘姓人所选择居住的一个山弯，定是山水相依的好地方。

潘湾草木丰茂。路边、田埂，随处可见的核桃树，青皮的核桃在繁盛的枝条上密密垂挂，核桃已经饱瓤。核桃树伸着长长的手臂，遮云蔽日，有百年的时光了吧！它在农家的小院边，静静地守护着村庄，为每一个炎夏送来阵阵清凉。柿子树的枝条上，柿子正是青绿色，沉甸甸的，一直把枝干压到接近于地面，它在一条小路的缓坡上，迎着路过的人群，像正青春的孩子们。之前，总是在冬季见到柿子树，在空旷的山间，远远地，一棵盘曲嶙峋的柿子树，稀稀疏疏垂挂着一盏盏的红灯笼，在高高的树枝上，让黑灰的冬生出无限的明快来。今天，在潘湾见到柿子的年轻样貌，青绿的枝干，青绿的叶，青绿的果，青春蓬勃的样子。

潘湾的田块，顺着山势，是一层层整齐排列的梯田。

顺着他们手指的方向，数千亩的山地上，有他们彩色的构想。听着介绍，我不禁在心里生出一幅绝美的画面来：油菜花盛放的时候，满山的野桃花开了，在油菜地的田埂边，还套种一排排香椿。在潘湾的大怀抱里，一层油菜花泼洒着金，一层香椿苗吐着翠，一簇簇的山桃花映衬点缀着红。红黄绿织成的锦，镶嵌在最美的人间四月天，桃花红，是村姑粉嫩的脸，菜花黄，发酵着潘湾人的期盼，嫩绿的香椿芽儿，摇曳着脆生生的梦。来年的想象里，不就是锦绣的潘湾吗？

梦开花了。梦在绿树掩映里，开成一幢幢漂亮的房子！笑盈盈的女主人从木门里迎出来了，茶香就在明亮的屋子里飘满。雕花的屋檐下，一串辣椒，一串大蒜，便是潘湾幸福梦境里的特写镜头。

梦结果了，梦在青山的背景下，蓝天白云的映照里，变成一栋红瓦白墙的厂房。

锦绣的潘湾，人们慕名而来，还因为一座寺庙。

村庄近旁有小山，名为烧香台。在绿意熏染的万山丛中，它酷似一头巨大的象。

大象宽厚肥硕的背部，驮着一座庙，叫金沙寺。

烧香台是山名，金沙寺是寺名。

烧香台承载了金沙寺。金沙寺是村庄神性的点缀。

在冬天，它会是一头白象。漫山皆白，兀自矗立。

纹丝不动的巨象，独独地在那里站立。俯身、低头，沉思了千万年的样子。

孤峰兀立的烧香台，群山朝拱，形似烧香平台，这一座土石构造的天然平台，被安放在万山丛中，远看，有着大象脊背那般的峭立陡绝。它与周围没有多少牵连，仅由一条蛇形蜿蜒的小道，穿过一大片柏树林，与外面的大路连接，这一条小道，就像是那巨象伸出来的弯曲悠长的鼻子。

一条象鼻形成的路，领着我踏上金沙寺。脚步迈过青石条的台阶，在斑驳的阳光和树荫里，抬头，一座门楼把金沙寺里的阳光和蓝天送了出来。

金沙寺，原建于清代。文化大革命时，原寺庙损毁。后重建，前后共十院，一座戏台分开了前后院。寺内供奉着佛家诸神，亦供奉着道家诸神。

寺庙踞于孤峰之上，前后几乎在同一中轴线上修筑，从前院走到后院，地势越来越高，一座庙宇就像是一个台阶，走到了最后一个台阶，回头，所有的庙宇都在眼底了，青色的瓦，土色的墙，整齐的构造，翘起的飞檐在同一个弧度。古旧的木门上，姿态洒然的画里，那些神，衣带吹着数百年的风，翩然起舞。

三十余摄氏度的高温，我们一行几人，在太阳下，摩挲一块块断碑残石上的文字，啧啧赞叹文字的俊美。

万山空寂，烧香台一言不发，更加寂然。

万山安宁，唯有蝉，紧迫急切地鸣叫，撕碎长空，要留住最后的一些时光似的。

烧香台金沙寺的脚下，右边的石峡河浊浪激流，左边的六巷河绿水潺潺。一峰耸立的烧香台，巨大的象，它的脚下，两条河的水在此交汇，清浊合流。叮咚水声借着风，在天地之间恒久响动，分不清哪一声清、哪一声浊。正午的蝉，正午的水声，正午的人，凑成了那让人极欢喜的空旷和禅意。

几番在高速的路标上，见到金沙寺的名字。今天，从另一个方向来到深山里的金沙寺，它在这里一直等着一个故人似的。

朝闻钟音暮听鼓，午携清浊两蝉声……

这一刹那。风声来，松涛声来，古老的戏台，戏声如雷，半生的悲欣交集，都仿佛在台上了。万籁俱寂，唯有最美妙的山谷回响驻足在古寺中。

我们离开，把金沙寺的一片安宁还给金沙寺。

离开烧香台，再回头远远地看，那最高处的一院寺庙建筑，却并不显出它的高，而最低处的金沙寺寺门，此时却高高地在树丛里昂着头，正好坐落在大象的头部。一直都没有想清楚这是一种怎样的错觉。而这一头昂首的象，憨态可掬，站在那里，纹丝不动。

传说，古佛乘象从天而降。

大象还是普贤菩萨的坐骑。象，即祥。

这样想着，再回过头，只见锦绣的潘湾村和烧香台上的金沙寺烟火相连。

帕　子

自记事起，就有手帕陪着我，拿在手里，或装在兜里，或叠放在精美的盒子里。色彩各异、图案精美的各式手帕，打开了我的记忆之门，那里珍藏着美的瞬间和悠长的岁月。

四五岁时，爱美。有个爱美且在我眼里美得无可挑剔的姑姑在外面的大城市工作。每年都在心底盘算着姑姑回家的日期，目睹她的美，更盼望着从她手中接过手帕的那一刻。新鲜的正方形手帕，漂亮的图案飘着姑姑身上的香气，让我的小屋在灯光亮起的氤氲里填满轻快欢乐的空气。夜幕降临，晚饭过后，家人聚集在堂屋的地上，以土炕为舞台，我开始为大家展示得到新手帕后的第一次汇报表演，任由那个帕子像蝴蝶一样在空中翻飞，自由舞动，歌声飘满小院子，舞姿映照着亲人的眼。掌声响起、喝彩声落，我满头大汗得意地握着手帕谢幕。家人都睡了，我打开那个精美的盒子，一遍遍数着手帕的数量，比照着图案，最后叠放得整整齐齐，只留一条拿在手上。白天的时候，像小鸟一样拿着帕子在村里飞来飞去，让那些小姐妹们羡慕得直发呆。我知道，她们没有漂亮的姑姑，更没有好看的手帕，当然也不会跳舞。姑姑不但送我手帕，每年还给我剪一个城市里流行的发型，我的头像是她的试验田，一会儿妹妹头、一会儿蘑菇头、一会儿剪成了假小子，经常成为男生取笑的对象。手帕随便绾个花扎在头上，或戴个发卡，姑姑领我到村头这么一走，简直就是一道风景。我在心里想，有个这样的姑姑，我骄傲啊！

于是就学着姑姑的样子长大。

有一年，在村里的小卖铺里，我发现有各种各样的花手帕在卖，五分钱一条，图案任挑，不喜欢还可以换。我偷偷拿了攒了好久的硬币，第一次站在花手帕前就挑花了眼。最后终于决定买两条。一条“探春结社”，上面印着一个樱桃小嘴的女子，她若有所思地握着毛笔，面若三月桃花，眉似阳春柳叶，发如丝，指若兰，裙裾飘飘，缓步轻移；另一条上面写着“西游记”，其实手帕上只有一个大大的孙悟空，一手遮眼，一手执棒，长臂短裙，两眼放光，摆着一个顽皮的造型。从小卖铺出来，已是暮色低垂，在狗吠的伴奏声中，我踩着轻快的节拍回家，在昏黄的灯光下，从怀里掏出新买的帕子，孤芳自赏，啧啧赞叹。好像第一次完成了一件伟大的心事，激动的心情让那晚的梦都是甜的。而此时，我已意识到，我好像已经不是适合姑姑送手帕的年龄了。她会送我花衬衫，或粉红的裙子。很自觉地，知道自己长大了。炕，那个舞台，成了我辉煌的历史，慢慢淡出了家人的视线。

再后来，小卖铺里出现了一双时髦漂亮的高跟凉鞋，令我无限神往，可是这次，我再怎么攒，零花钱也够不到那双鞋子的价码。我只好每天到那玻璃橱窗前看望它，生怕有一天它不见了，有了一个主人。自己得不到，又担心被别人抢走。终于有一天，我鼓起勇气问，那双鞋多大码？那个脸色发黑的凶老头子，连瞧都没瞧我一眼，就不屑地说了鞋码，并追加一句“你一个小孩子穿不了”。我一听那正是合适我的鞋码。直到有一天，我如愿以偿地得到它，赏心悦目地在自己的小屋里试了又试，就是没有机会和勇气穿出去，学校里哪有一个学生敢穿高跟鞋！于是，那双鞋就像那些手帕一样，躺在某个角落，被岁月静静地收藏。虽然，那时我早已过了手拿帕子疯玩的年龄，却还远远不到穿高跟鞋的年龄，但它们珍藏在我心灵深处的某个位置，历久弥新。每次想起，都能勾起那青涩岁月里的一丝粉红的回忆。

后来，上到县城高中。班主任家里有两个漂亮的女儿上一、二年级。姐姐圆脸，是个静美的女孩；妹妹瓜子脸，是个假小子。姐妹俩都拥有一双水灵的大眼睛，特别讨人喜欢。班主任老师和爱人有事要去外地，俩女儿交给我带几天。礼拜天，我带她们到我的住处，当时煤炭公司的一间小瓦房，我向她俩展示我的“宝贝”，结果姐俩饿虎扑食般地开抢。姐姐抢到了“探春结社”，妹妹抢到了孙悟空，各自的所爱。手帕送给了她们，我看着眼前的小姑娘，如痴如狂地喜欢着手帕，就像当年的我。大概是女孩的天性吧，爱美，爱美的事，爱美的人。

班主任回到课堂后，精彩的授课一如既往。那时老师身体不好，扯着嗓子卖力地讲完一段《赤壁之战》，或用富有磁性的声音、标准好听的普通话动情地朗读完《荷塘月色》，就会大声地咳嗽好几声。一支接一支的烟让他整堂课都精彩无比，只是他脸色蜡黄，身材单薄，再加上总要穿一身土黄色的笔挺的西服，显得脸色更不好了。可他总是那么乐观自信，和蔼可亲，激情澎湃。那天，咳嗽的间隙，他从兜里掏出一条手帕去擦额头的汗珠，我看到他拿的是“探春结社”，心里动了一下，继而窃喜欢欣，如果我的手帕能擦去老师的疲倦，能带走他的病痛，我该多高兴啊！转眼，就到了高考前夕，就在那个暴雨滂沱的六月的下午，望着雨的帘幕，得知，老师调到一所师范院校了。此一别，竟是好多年。

出差，到老师所在的学校参加培训，正想着怎样去见老师，就有老师的电话打来，他是从报到人员的花名册里找到我的。他喊着我的小名，声音一如十八年前的讲课声。在老师家里，见到了当年猴子一样顽皮的小女儿，瀑布般的黑发披散着，高挑的个儿，柔声细语地说话，温柔得像一株水仙。她刚刚考上某名校研究生。还得知，姐姐考上了博士，正在办理留学手续。想着如花似玉的姐妹，我内心惊叹：她们在最美的季节把自己绽放成了一朵花。

童年的手帕转眼就成了岁月的点缀，那些边长几寸的帕子，能撑起一个小女孩童话般的美梦，却无以承载沉甸甸的爱情。当粉红的回忆里多了几分红玫瑰的浪漫，当那个信誓旦旦的承诺即将以爱和责任的名义，将印有红红的喜字的手帕双双对对扎在我装嫁衣的箱子上，双双对对的红手帕是我所有手帕的浓缩，而那个红红的盖头就是我对爱情憧憬的扩张，飞扬的流苏就是那爱的光芒。盖头是放大了的手帕，它让一个爱臭美的小女孩变成了美丽的新娘。等他将盖头遮住我的脸，我便跟着他走了。从此我便开始收藏爱和亲情。

如今，掀开衣柜，满眼五色斑斓的不再是小小的手帕，而是彩色的丝巾。有红的、绿的、白的、粉的、橙黄的、花色的；有绣花的、卡通的、蕾丝的、豹纹的；有针织的、亚麻的、纯棉的、真丝的。它们寂静地挂在那里，摆着各种造型，等待着我取下来搭配衣服的那一刻，就像演出时的后台道具，随时准备着充当某一个角色的配饰。其实，有的丝巾一年也派不上一次用场，大多都成为摆设，但我仍然不厌其烦地购买收藏，然后分拣丢弃。有时候喜欢摆弄它们，提醒自己某条丝巾的出处来源，那年的心事、那年的风景，那时拥有的心情。就这样，一年年过去，光阴流逝。头发减少，岁月增多，五彩的丝巾是手帕的升级版，它是手帕的华丽变身，唯有它似乎才能承载这个季节的风景，柔顺、妩媚、亮丽得恰到好处，不妖艳、不张扬、不喧哗，静美恰如窗前独自璀璨的兰。

有一块方形丝帕，是从杭州西湖带回来的，粉红的帕子质地柔软光滑，只在一角绣了一朵花，素雅的颜色简单的款式正是我所喜欢的类型。还有一条橘红色的丝巾来自苏州，上面有着几绺儿手工绣的图案，丝绸的顺滑让人感觉特别舒服。系出去，有人打听在哪里买的，我笑笑说，两千公里之外，独此一条，没有同款，弄得人家咬牙切齿。系出去的不仅是丝巾，还是一种心情。

那一年，我拥有了一条来自九寨沟的针织披肩，上面织着大朵的牡丹，一面颜色艳丽，另一面图案素淡。展开来看就是一个特大号的方巾，对角线折叠就是一个漂亮的披肩。天气晴好，阳光柔和的午后，用它做披风，看人来人往。

帕字古义，包头或擦手、擦脸用的布或绸，多为方形。

详解，俗称小方巾，束额巾（古代男子束发用的头巾）、佩巾、帷帐。陈旅《题春宫倦绣两图二首 其二》“绿树垂垂护宝阑，床头翠帕羃双鸾。”

小小的手帕，它在我的生活里变换着不同的版本，多年以来，记录收藏着人世间那些最素朴的美。

流水的日子

1

上好的闹钟竟然没响。

太阳探进窗户，明晃晃。看看时间，离儿子上课仅有二十分钟！一面喊他起床穿衣，一面简单地洗漱，拉着儿子径直奔向学校附近的早餐摊点，提醒他快点吃，顺手从裤兜里拿出钱准备付款，才发现除了几张百元整钞，再也找不到什么零钱。我把一张举到摊主面前，说孩子快要上课了，示意她快点找零。她伸出拿钱的手迟疑了一下，并没有接住钱，一脸为难的表情，说："才刚卖，没有零钱找。"她的话没说完，眼睛环顾周围的摊点，然后回过头不好意思地对我说："都刚开张，不好去换零钱。"说这话的时候，我感觉她很认真地看了我一眼，好像要努力记住我的意思，我一下子感觉浑身特不舒服。我提高了嗓门对她说："那你先收下这一百。"那女人忙着手头的活，说："天天见面，啥时候给都行。"这时我重新又打量了一下她，圆圆的发髻盘在后脑勺，皮肤粗糙，嘴角上扬，干练殷勤，忙碌的双手却并没有停顿。

正在左右为难的时候，旁边有位年轻的妈妈，她掏出零钱塞到摊主手中，回头向我微微一笑说："我替你付。"我正想怎么拒绝，她抢着说："没关系，就几块钱嘛。"说完拉着女儿就走了，我看着她们的背影，木在原地，竟忘说一句感谢的话语。小女孩一蹦一跳地跑进校门，她的两个马尾和头顶的蝴蝶结上下跳跃翻飞，真像一只快乐的小鸟。她回头跟妈妈打招呼说再见，粉红的脸蛋笑成了一朵花。我再次看着小女孩的背影，心里暖暖的，像突然发现一朵无名小花盛开在近旁，直到有一天，它小小身躯撑着满满的芬芳进入我的视线。

2

白天和夜晚，小城的日子繁密重复，呈现着人世间的常态。

打饼子的临街铺子里，中年的男子面无表情，不紧不慢，总是在傍晚同一个时间，在一个大铁盆里和面。他穿着白色的围裙，胳膊上套着脏兮兮的袖套，脸上粘满面粉，却很从容。墙根处堆着几十袋面粉，都是同一个牌子的。每个清晨，顾客要吃到他家的早餐大饼，那么，前一天傍晚，他就必须要准时和面。无所谓热爱，无所谓厌弃，就这样，一天天的时间推移。很常态、很烟火，就像春天来了老树发出新芽，秋天到了叶子落下。白天，吃饭工作挣钱，晚上休息。常态的生活，是被看不见的规律支撑。

白天要实现的诸多愿望，前一晚必须做提前的准备，具体得像一天又一天的一粥一饭。

3

白发苍苍的一对老人，互相搀扶着，从三轮车上下来。他们总在这座城市的最后一道霞光中，风尘仆仆地赶来，像是去完成一个约定。老头平稳地刹车，娴熟地扶起身后载着的老伴。那个身材瘦削、目光暗淡的老太太，把围巾一直蒙到嘴上。身体斜靠在老伴的肩上，扶着河边的围栏喘着气。老头用一只手搀着她，另一只手指着河道说：“这里要架一座桥。”第二天又告诉她：“那边要盖几栋大楼。”“看，那里是新建的商厦……”瘦弱的老伴弱不禁风，可是每晚出来透透风，或者说能多一个傍晚看看夕阳，看看人世间的风景，是每个傍晚的必然内容。老头子总是和颜悦色，拿出对待一个孩子的极大耐心，亦步亦趋地完成一天天的任务，在这个生命的大教室里，一趟趟出席，做一个最贴心的陪护。哪一站会跟老伴说永别，哪一趟会在中途下课，哪一次会是孤单的归程，谁会去想呢？

目送老夫妻的三轮车在路灯下远去，消失在疾驰而过的车辆掀起的烟尘中。宝马、奥迪的车窗内，拥有豪宅、存款和VIP身份的车主，依然面色凝重，双眉紧蹙，奔走在这城市的夜晚，不安分的心起伏不定，不停地占有这世间的物质和享有人间的繁华，会不会也拥有村夫农妇宁静的快乐呢？会不会拥有安步当车者简单的幸福呢？老夫妇呢，能每天一起看看晚霞，蹬着三轮走在尘土飞扬的路上，就是最大的愿望。而这愿望里没有VIP。

弯曲的山路上，有老年妇女搀扶行动不便的老伴，蹒跚学步。老头每迈出一小步，都借助左面的一根拐杖和右面老伴的肩膀。一个生命支撑另一个生命，每个黄昏，都在傍晚的光阴里重新起步。

4

清扫大街的环卫工人，从凌晨就开始扫啊扫，傍晚时分还在那里扫。眼睛不停地搜寻着一个个又脏又臭的垃圾桶，路边的落叶和纸屑，就像逛街的人们不停地搜寻潮流的服饰和打折信息，开采者找寻富有矿产的矿带，收秋的农民捡拾田园里的每一粒粮食。认真、细致、动作娴熟，他们日常生活的很大一部分就是这座城市的废弃物，被人丢弃了的东西，他们得像宝贝一样捡拾分类。每天都得这样，他们不急。一步一步地走，从凌晨到黄昏，从傍晚到清晨。把不同的分工变成生活的常态。那些地上的叶子，总也扫不完似的。

每天早上洗漱完毕，衣着整洁。反身推上防盗门，在“砰”的一声闷响中风风火火冲下楼去上班，在一楼的角落，清扫楼道的阿姨，在角落擦着汗。

因为总戴着口罩，从未看清她长什么样子。每次碰到，问候的话语总是早早地从口罩后面送出："去上班了？"能听出她是微笑着的，这微笑隔着口罩也能传出来。她的声音干练、清澈和殷勤，扬起的声调里全是满满的欢快。清理楼道的大妈，她的快乐常常传染我。

5

和以往的晴天傍晚没有什么两样，街道逐渐变窄，人群行色匆忙。

某化妆品豪华的店面外，醒目的广告词是手写的，"小三的脸是水润的，你的脸是蜡黄的"。

利润的诱惑不断地开发着人类大脑遣词造句的聪慧。路过的人群相视而笑，或者表情漠然，有人会进去买，也有人不买。

想方设法一针见血，露骨。

超市蔬菜区，货柜上，各类蔬菜造型美观，整齐码放，在晶亮的灯光下，等待顾客检阅。服务员阿姨戴着袖套系着围裙擦汗，蹲在高高堆放的纸箱子后面，沾满泥巴的手，一面拨通电话悄悄叮嘱："饺子我包好了，在冰箱里，你放学自己吃吧！"一面大口地吞下桶里的方便面。很多事物，光鲜得像嫩生生的蔬菜，也狼藉得如吃剩的方便面桶。

6

高考和中考成绩都公布了，山路上到处都是学生，离我最近的三个男孩一个女孩，他们在议论行书的美。在喧闹的人群中，他们悄声说话。扎起的马尾俏皮地上下跃动，黑色的休闲 T 恤，浅蓝色的牛仔短裤，板鞋，正青春的模样。正青春的年华里，朴素，并有书法为伴，不动声色地美着。

城背后的小路上，一位年轻的父亲急匆匆地与我擦肩而过，左右拉着一双儿女，语重心长地教导："宝宝，现在到外面的厂子里干活都要读书读得好的！”孩子们眨着眼睛，似懂非懂的样子。

一群穿着花花绿绿衣服的孩子，借着远处街道的昏黄的光影，把头挤在一起，手持树枝在和一群搬家的蚂蚁互相挑逗，在所剩不多的泥土的地面上去找一些还能叫上名字的昆虫，嬉闹欢呼声穿越树枝，穿越空旷无人的城背后的天空。

7

广场舞的鼓点狂轰滥炸，霓虹亮起，浮尘朦胧，各式鞋子与地砖摩擦，不同名字的味道杂陈，人心浮躁，发丝飞舞，今天和昨天永远一样的音乐一样的造型，就在21点的一片酒意阑珊里。

橘红的街道，流水的灯光或明或暗。车流涌动，开过来很多辆，开过去很多辆，都千篇一律地往前走，红灯亮起，车子开始排队，车窗内忽有人大喊我的名字，在等待红绿灯的三十秒内。声音穿过浮尘飘散的街头，枯燥的行走被唤回到烟火的当下。同事是要忙什么去？不等打招呼，他穿过车流拥挤的街角已跑出老远了。街边的停车位，永远车头接着车尾，填补得满满当当，落满灰尘的各式车辆，被晚风吹了一次又一次，看着很无辜的样子。

干净整洁的街面依旧干净整洁着，污水横流的垃圾桶，永远都在污水横流里站立。逛商场的人仍在商场里闲逛，摆地摊的姑娘，还一直拉着脸不屑和你讨价还价。抱怨道：“你们没做过生意的人，不知道生意人的难呀！”

街边的音箱准时传出连三岁小儿也能背出的叫卖：“牙刷、手霜、面膜，全部清仓大处理，给钱就卖，给钱就卖！”从冬天一直喊到夏天，从去年喊到今年。

走过水果店，挑了一些苹果、荔枝和香蕉，穿过人声嘈杂灯光耀眼的街道，挤在人群中，躲过一阵阵刺鼻的烧烤味，在地摊啤酒猜拳的震天嘶吼里，目不斜视，快步上楼，尔虞我诈关在窗外，隔窗，忍耐步行街的一片喧闹。

流水的日子，昨天和今天，永远很像的样子！

掌心里的幸福

春分过后，小城，春天的味道渐渐浓了。和煦的春风吹过，新叶舒展着嫩黄的腰身，粉红的花苞挤眉弄眼，似乎要在某一个约定的时间忽然绽开。

阳光明媚，天空高远。远山和田野明净，土层松软，大地漫上一层鹅黄。忽然想去散步，在这春天的清晨。

我看看儿子因为骨折而绑着夹板和纱布的右手，还有脖子上的一圈白色绷带，试探着问他："咱俩去踏青好不好？"儿子小眼睛一亮，问："什么是踏青？"我说："就是上山去找春天。"小家伙高兴得跳了起来，他已经在家里待了两周了。

他左手拿着小玩具，兴致勃勃地跟在我身后。走了一段山路，我停下来问他："右手腕疼不疼？"他并不看我，只顾一只手玩着小车车，心不在焉，用搞怪的语调回答我："什么感觉也没有。"再走一段，我再问，他便用机器人一样的方式唱着说："一点儿感觉也没有，Sir.。"我的担心一下子消失了，两周以来压抑和内疚的心情忽然明朗了许多。有时候，孩子真是一剂快乐的妙方啊！他简单的快乐会冲淡大人心里的烦恼，正如这春天的早晨，一缕阳光照进阴暗处的某一扇窗户，温暖的感觉随之而来，明亮的色调也随之而来！

很快，我们就来到山上的一个凉亭旁，找了一块青草地坐下来，儿子一股脑儿将所有的食物都倒了出来，然后开始不断地往他嘴里和我嘴里塞。他一边美滋滋地吃，一边念念有词：把所有的东西都吃光，今天的任务就完成了。这就是他单纯而小小的快乐。我偷看他的小圆脸，红扑扑的脸蛋上粘满了面包渣，额头上留着的一撮头发让他的脸显得更逗了，粉嫩粉嫩的脸和亮红的唇，多像一朵正欲开放的花苞，孕育的是无尽的力量和希望。他把脚凑近我的脚，说："我的脚马上就跟你的脚长得一样大了。"说完就一蹦一蹦地到树丛里去了，并不顾我声嘶力竭地大喊"小心，慢点"。他一面竭力保护着自己的右手，一面用左手采集各种不同的树叶。有时候，叶子散落一地，他便小心翼翼地斜着身子蹲下来，一片片拾起，并一遍遍清点：松树的、槐树的、柳树的……最后高兴地向我报告：松树的叶子好像一把伞。说着便用圆嘟嘟的小手将叶子举到我面前，目光专注地盯着一撮叶子看。

太阳升高了，我和儿子的脸都被晒得红通通的。想到下山还有漫长的路要走，还有很多家务要做，我突然就催着说："咱们得赶紧回家了。"拐过一个大弯，儿子东张西望、摇头晃脑、磨磨蹭蹭。我伸出右手想要拉住他的左手，却见他朝空中努了努嘴，示意我去看，我朝他指的方向抬头望。眼睛被明晃晃的太阳刺了一下，只看见一个人好像悬在空中在修理路旁的太阳能路灯电板，就给儿子解释说："工人师傅在检修电路。"不料他还站在原地，再次仰头向着空中努了努嘴。我再次抬头，发现山头上一大片的桃花已经开放，形成一片花海，花朵的缝隙中洒下斑驳的阳光，让地面的影子都显得那么美。这是几株向阳处的桃树，也许就是今天一大早才绽放的吧，那些匆匆忙忙赶路或者去找春天的人们竟就忘了它的存在。我的眼睛被花照亮了，并不由得为这盎然春意惊叫了起来，拿起相机，将这意外的惊喜收进镜头。

我们的眼睛早已被日常的琐碎生活腐蚀得目光呆滞，我们的脑子满是匆匆的来去和生活的过往，以及那些远在天边的诸多心愿和虚拟的奢望，而对于当下的快乐，眼前的温暖风景以及掌心里细小的幸福，总是视而不见，我们早已失却了孩童一般发现和欣赏的眼睛和心灵。好高骛远、漠视现实成了我们生活的惯性。诸多的美景和美妙的时光都在我们的指缝间偷偷溜走，岁月暗了许多颜色。我们在不断地追逐，却将多少良辰美景、如花瞬间轻易地抛至脑后，在生命的长河里不留下一丝涟漪。

儿子看着我，眼睛眯成一条缝，他在得意地笑，红扑扑的圆脸上露出两个深深的小酒窝。我弯下腰，使劲亲了亲他的脸。我伸出右手，紧紧地握住他的左手，他的小胖手那么柔软，像一个小馒头。从他学会走路，我就这么牵着他的手，无论人群拥挤或道路泥泞，不管悠闲散步或匆忙赶路，只要将他牵在手里，我就觉得心里很安然了。握着小手，幸福的感觉如同春日的暖阳照进心里。

转眼孩子就长大了，当时是幼儿园的小朋友，再后来是小学生了。我已不记得是什么时候，儿子已不再需要妈妈牵着他的手了，每次出门，他总是像一只兔子一样蹦蹦跳跳窜出好远，然后又跑回我身旁，嫌我慢。我便真的很怀念那时牵着他手时的样子，还有他仰着头问不完的“十万个为什么”的眼神，以及叫我“好妈妈”。后来，我再亲他，他会不好意思。记得有一次，他突然出现在我身旁，用手拍着我的肩叫了我一声“老妈”，我惊讶之余发现他似乎马上要跟我一样高了。如今，儿子长成了一米八的高中生，他站在我身旁时，我无端地感到自己的矮小。

想到将来有一天，他像一个大人一样站在我身旁，我需要仰着头跟他说话；甚至过马路时需要他牵着我的手；上楼时，他在旁边不断地说“小心，慢点”；我老问他一些永远不懂的问题，就像当年他问我的那样。时光流转，岁月轮回，一切都那么相似。多像现在我牵他手的样子。那一定是他的大手牵着我的小手，将掌心里的温暖和幸福传递并延续！

生命的长跑

那一年，我十八岁。

那是人生中最美好的年岁。每个人，只有一个十八岁！

十八岁时遇见高考。

恰在这最美的节点上，要经历人生最初的一次考验。就像是一道关口，一次展示。高考是一次毁灭，也是一次新生；是一个终结，也是一个开始。它会让十八岁浑圆饱满的梦，在现实的世界里第一次遭遇残缺、破灭，或者开出芬芳的花来。但不管是破灭还是开花，新一轮的太阳依然在次日冉冉升起。这一切的一切，多年以后，才慢慢体会到。而当时蒙昧，对于时光，胡乱涂抹，一切皆已惘然。十八岁的时光有多美，一点都没觉得。没日没夜埋在无边的资料堆里，消耗自己的眼睛，绞尽脑汁地背诵一切需要背诵的知识点。纷繁复杂的解题方法、答题技巧，一摞一摞的笔记本，密密麻麻的标记注解，所有的秘籍和宝典都在手上了，考就考吧！

第一次参加高考，在考场上，内心强大，像初生牛犊，无比从容，无比自如。心跳匀速，头脑清醒。其余四科正常发挥，只有数学，没法发挥，成绩出来，得了四十分。

那时，小城里一共两条街，正街和背街。城里的麦子收得早，每一场考完，沿着满街铺开打碾麦草的背街，在呛人的灰尘里返回宿舍。沿途，见到最多的水果是西瓜。本地西瓜在街面上卖的时候，就是一年当中最热的时候了。半夜，布谷鸟在远远的山上，咕咕……咕咕……它和满山的花的香气混在一起，借着安宁的夜色传进窗户。时至今日，每每县城西山和东山的布谷鸟声声，就会自然而然地与高考联系在一起。槐花飘香，布谷声声，就是我高考时的氛围。这一切是永远不会忘的。

高考结束，乡下就开始收麦子了，将战场从考场转移到火热的抢黄天，和八十岁的爷爷以及父母兄弟妹妹们一起参加一天又一天紧张忙碌的收割劳动，夜里累得找不到枕头，黎明托着如灌了铅的双腿，踩着露水一次次走向麦田。劳动，可以磨炼人的意志，也可以让考试后内心的忧虑和焦灼都无法乘虚而入。劳累，便不会去想任何痛苦的事。高考结束后参加一场麦收，太适宜了。

等待打碾，等待一年的收成最终变成麦场上的一堆黄灿灿的麦粒，各家各户在田里的付出与劳作都在这个六月里得到最好的见证。

打碾之后，是短暂的农闲，燥热难耐的三伏天，等待高考分数的日子里，手头的无所事事和心里的杂乱无章就来了。平生第一次失眠，睡意在静谧的村庄的上空游走，蓊郁的树林，明净的月光，清凉的夜风，鸟啼蛙鸣，夏虫唧唧，还有一双双眼睛，都投来期待的眼神，在脑海里一一清晰了起来。

天亮的时候，我睡着了，还做了一个梦。

梦里，我在放飞一架很大的风筝，是老鹰形状的风筝。手握着风筝的线，在长长的路上奔跑，欢快地奔跑，只听见风在耳畔响动的声音。但是，那一架老鹰的风筝骤然降落，一头栽向我面前的地面。一个短短的梦，就结束了。

这梦，无疑成了一个隐喻！

十八岁的少年的梦，风筝一样轰然坠地，但是，十八岁的我，用一次放声大哭和那一次高考做了了结和发泄，然后像又一个新的黎明一样，在心中升起一轮太阳。一切了无痕迹，不动声色。当时，我内心是那样强大，在那个唯一没有假期作业的假期，却已经着手制订复习计划，自己给自己布置作业，目不斜视，心无旁骛。

秋季开学了，一辆飞鸽，驮起了所有的衣食住行，不需要任何陪伴，一个人走，走进一中的校园。学校的大宿舍，住满了几十个从初一到“高四”的学生。在这几十人同住的大宿舍里安了家。宿舍对面有一排隔成小间的石棉瓦房，每一间石棉瓦房里，挤满了煤油炉子，是用来做饭的工具。我偷偷找到管宿舍的老师，求他通融，希望能多占一间石棉瓦房。那位本来异常严格的老师遂了我的心愿，多年来，他让我内心一直存有无比的敬意。故此，我多占一间石棉瓦房，在里边放置一只木箱子，几块砖头，如此，我这个“高四”的学生，便有了自己的“书房”，一套学习的“桌椅”。每每我得以躲开吵闹的大宿舍，一个人，闭上门，在里面安安静静地看会书，就无比珍惜这难得的石棉瓦房里的安宁时光。也正是在这间窄窄的石棉瓦房里，我把一本代数书和立体几何书的厚度增加了一倍，每一个知识点的页面上，贴一张和书一样大小的笔记纸，将典型的例题和题解详细记在上面。等到两本书被密密麻麻的笔记纸贴得面目全非，我开始喜欢上了立体几何，这个被老师称作难点的学科，那一个个美妙的立体图形，变换着曼妙的姿势，一道道虚线在脑海里延伸、旋转。圆锥、圆柱、三棱锥、四棱柱、正方体、长方体……看得见的线和看不见的线，都那么清晰地出现在我的脑海中。

冬天，雪花夹杂着狂风，从石棉瓦房的各个缝隙窜进来，九点以后，宿舍统一熄灯，一支昏黄的蜡烛，用来驱赶所有的黑夜和寒意。坐得久了，膝盖和手指都僵了。夏天，太阳穿过顶上的石棉瓦，烘烤着我，烧焦的味道和热气将我淹没。但是，这一屋子的安静，是我所喜欢的。

快高考了，妈妈种的菠菜长得茂盛极了，她给我捎来一大袋子。我和舍友们一起吃菠菜，一同参加高考。一同迎接黑色的 7 月 7 号。

考场外，暴雨如注。这一次，我把数学考到了九十九分。在考试结束估分的时候，我清楚地记得，我的立体几何题拿了满分。

又是一个等待分数的酷热夏天，等麦子打碾完，我家的麦粒在麦场上堆成一个高高的小山丘，麦场上的人在边上赞叹着我家的好收成。人群中忽然有人问我：要是今年还考不上，你明年还打算补吗？他的语调很高，是提示所有人都要听见。我心头忽然一紧，因为我从来没考虑过这个问题，一时竟不知如何作答。

分数终于出来了，是从邮电局的高高的柜台上的一架座机电话里，一个柔美的女声播报中得到分数的。因为是热线，花费比较高，每人两块钱。五个女生都捏着汗，一个一个接受那个神秘的机器的最后宣布。每听到一次播报，就有人从我身边软下去，顺着冷冰冰的水泥柜台靠过去，脸色一下子变得煞白。轮到我听了，我得到的当然是不理想的分数。但是理想的分数是什么？我再也不愿去想了。

于是，就有了一份录取通知书。在某个秋意渐浓的日子，清凉的风一次次吹起衣角，依然是一个人，走进一中的校园，在大门口的一块橱窗里的黑板上，找了几遍，才从右下角，找到自己的名字，那是被秋风吹拂了好多次的粉笔字，已经字迹模糊，难以辨认了。

找到收发室的老师，见到了自己的那份通知书。所有的通知书都被领走了，只剩下我的，在那里孤零零地躺着。我手里捧着它，心里忽然有些高兴，然后一路飞奔，“飞鸽”飞到村口，心里忽然又有些激动。四年，多少次在村口的小路上出发，每一次，都是风雨无阻。这一次，我终于可以回家，让家里人开心一回。

二十年过去了。高考，它还像一个魔咒，潜伏在某个角落，时而跳出来，在隐秘的时间和地方，偶尔施以魔法，好让我不要忘了它。它潜伏在我的身体里，在梦里噬咬我。一张列满密密麻麻的方程式的数学考卷，一道也没有破解，交卷的铃声就响起来了；论述题大大的空格里，还没有填上一个字，考试的时间就到了；或者，答完了一张考卷，怎么也找不到要交卷的地方……奇怪的梦要将我纠缠多久，问过其他人，凡是参加过高考的人，都和我一样会被梦魇惊醒。难道这高考的魔咒要折磨人一生？

又一年，高考时节，儿子说："妈，我今天不想去上学，想到一中门口看看高考。"我说："去看看就回。"

一会儿，他回来了。

我问："什么情况？"

他答："人老多了！"

他学着东北腔说话，打破了我想象中校门口摩肩接踵水泄不通的氛围。

一番哄笑，高考一下子变得如此轻松。

儿子开始盘算自己高考的时间，我对他说：就像是一次长跑，你在路上跑就是了。然后在心里说道：我在你身后，看着你，和你一起跑，为你加油！

鸟鸣及其他

夜不算太静，一切都准备着天亮。

我是个睡意极浅的人，夜阑人静的深夜，突然被一些声音惊醒，再无法入眠。刚刚还在梦里，听到急促的类似呼救一般的声音，或者是嘈杂的哨声响成一片，总之，我是被这个声音吵醒了。在仲夏的某个凌晨。

睁眼凝神细听，思维恢复到现实，原来是鸟叫。只是这一声紧似一声的声音，像是被卡在某个缝隙的鸟儿在呼救，或者是被抢走了孩子之后的愤怒哀鸣。听着这叫声，感觉自己要窒息。在想，这钢筋水泥平滑苍白的高楼的墙面，哪里又适宜一只鸟栖息呢？那声音那么近，似乎就在我卧室窗口的护栏外，或者在楼顶的某个角落，叫声那么凄切，带着无助的悲鸣，让刚刚还在梦境中的我，意识更清晰了，睡意全无，躺在床上，忍受暗夜里尖厉的鸣叫，别无选择。黑夜的笼罩，会让人产生听觉偏差，因而又怀疑不是鸟。在这样没有月亮的平静夜晚，在这样安宁的小城，鸟和人一样都应该在自己安稳的家里，有谁会无缘无故地打碎平静的夜呢。我心目中鸟儿的歌唱应该在山水之间，枝叶之间，至少不会是在半夜，鸟儿们也该有正常的生存状态和生活的。

这让人揪心的鸟鸣不禁让我特别怀念乡居的仲夏，某个清晨的鸟鸣，和那个被鸟鸣叫醒的清晨。太阳伴着鸟的合唱爬上山，乡下的鸟儿勤快，凌晨，方格子木窗外扑棱一声，有只鸟儿飞走了，爪子弹得窗沿闷闷地响了一声，像是琴键上那个重低音不小心被按了一下，发出低沉又厚重的声响。这声音直逼我的耳膜，让我的心猛地跳动着，就这样醒了，在仲夏的某个清晨。

晨光熹微，窗外进行着一场鸟儿的聚会，唧唧……啾啾……咕咕……唧唧唧……啾啾啾……咕咕咕……各种说不上名字的悦耳清越的鸟声，打架似的，挑逗似的，嬉闹似的，富有节奏地交汇在一起。我躺着，享受鸟鸣，猜想着它们轻捷俏丽的身影和欢欣柔美的表情。小村坐落在四面环山的摇篮式的盆地里，蓊郁葱茏的树林将房舍遮掩得严严实实，尤其在骄阳似火的夏天，这里绿树成荫，凉风习习，是鸟雀们聚集的家园。它们在枝条间翻飞跃动，用特有的甜美的歌声表达着对这块土地的热爱。我虽不曾养鸟，不知鸟性，不懂鸟语，却喜欢听林间美妙的鸟鸣，空明、干净、饱满、圆润。鸟鸣很“闹”，虽惊扰了我的睡眠，但我却不忍心惊扰它们的歌唱。树叶沙沙，叶上的露水被惊落了一大片，鸟鸣是村庄的音乐。

然而在今夜，这一声声令人揪心让人胸闷的鸟叫，再也无法让我在夜半安睡，甚至不能躺着听下去。窗外有只鸟也许需要紧急救援吧，我这样想着，便披衣起身，干脆推开客厅的窗，借着昏暗的路灯四处寻找那声音的来源。我所居住的楼下有一棵百年老垂柳，前些年长得生机盎然，枝干需两人合抱，主干上又分出两枝，有些连理枝的意思。树枝一直伸到四楼的窗外，柳枝在春天摆着修长的手臂，轻抚着路过的人群。树上筑满了鸟窝，叶间藏着清脆的歌。柳树周围，挤满密密匝匝的瓦房，老树是旧城的目击者。后来旧城改造，小瓦房一夜间被铲平了，一大片空旷的地方突兀地站着老柳树，不久，周围一幢幢居民楼建了起来。老柳树保留了下来，两排高楼之间建了一条步行街。老柳树虽幸免于难，只是垫路面时被埋进了一米，分杈的两个枝干便紧挨地面，还砌了一个水泥护栏，不料里面收藏的竟是许多垃圾。树叶时枯时荣，几番挣扎，老柳树努力活着。后来，一边的枝干枯黄，露出黑灰的枯枝，像是被刀劈过一般，落尽了叶子。另一边的柳条依旧绿着。

我确定那个呼救一般的鸟叫就在这老垂柳还活着的一枝的稀疏的叶子里面。于是我又开始猜想，也许是一只孤独的老鸟，它晚上归来，不见了孩子的踪影吧？或是从遥远的山林里飞来，在这高楼林立的城中迷了路，拣了一枝暂且停歇，也许它还饥饿，还负了伤？也许上一次就是在这棵树上有人打伤了它心爱的一对儿女？那凄切的叫声并没有因我打开的窗户透出些许的灯光而有所改变。不过，确定的是鸟就在树枝上而不是卡在钢筋缝里，我总算长舒了一口气。就这样安静地聆听鸟鸣，进行着鸟儿身世遭遇的各种猜想和沉思，时间竟偷偷过了一个多小时。清洁工的铁铲准时地与步行街的地砖摩擦，夜里人们偷偷堆积在街上的垃圾被装上垃圾车，年轻漂亮的女清洁工永远穿着那一身橘红色的制服，每天让街道露出全新洁净的面容，自己却一如既往地“脏”着。对面楼上有一两家的窗户亮起了灯光，步行街上有三两个学生在谈论着昨天的考试，急匆匆地走着。也有准备出行的人，沉重的行李箱滚动声隆隆。继而，靠西面的一马路传来出租车或小轿车清亮柔和的嘀嘀鸣号声，起初一两声，后来便接连不断地响成一片，将剩下的一点夜的影子赶跑。靠东面的二马路传来大卡车或大客车刺耳又悠长的号声。再后来，步行街上那个三轮车也推来了，熟悉的叫卖声准时响起：“千层饼……”自西而东或自东而西的人们在步行街上迈着急匆匆的步子，不同衣着、各怀心事的人们带着各自的表情开始了新一天的生活。一个晴天的早晨呈现着应有的喧闹和秩序。

枯枝上的鸟是什么时候停止悲鸣的？我竟没有察觉，大概是最尖厉刺耳的那一声车鸣之后吧，我竟这样被惯常的各种声音带了去。贯穿小城自南向北流淌的漾水河的河堤旁，原先有一排排茂密的槐林，夏季槐花满树，芬芳的花香引来无数蜂蝶，鸟雀成群栖息在林间。林荫下有打太极的老头，有散步的情侣，有琅琅的书声。后来，小城重新规划，河堤改建橡皮坝，橡皮坝没出现，槐林先被砍得一棵不剩，只剩下浮尘漫天。建好的街道上新栽了一些行道树，只是小小的身躯藏不住一只鸟儿，因此城中鸟声渐少。离居所不远有一个临时的花鸟市场，那里倒有一些鸟，都是关在笼子里用来买卖交易的，精致的笼子关着的也有漂亮的鸟，只是每次走到跟前，看到鸟儿扑棱着上下翻飞，急促的鸣叫像极了那晚枯枝上的鸟声，于是干脆不再去听。

近日，楼下常传来特别动听的鸟鸣，参差错落，清亮顿挫，推窗而望，竟有好些人围观，下楼到近处细看，原来是个游走的商人在叫卖电子鸟。那些电子鸟五颜六色，形状各异，声音甜美嘹亮，叫起来的时候还能摇头摆尾，活像是真鸟。只是那些被重复操作的机械的动作和声音，很难让人感到自然界的生动。人类多么善于用自己的智慧创造诸多的假象来欺骗自己的眼睛，编造谎言来愉悦自己的耳朵，大概，此后的鸟鸣或许只是幻听而已。不过，如若用心听，穿过浮尘、人声、车声的喧闹，在更远的东西两山方向，时不时还会有布谷鸟在声嘶力竭、豪迈用劲地唱着“咕咕……咕咕……”悠远而飘忽。

那便是我所能听到的鸟鸣了。

且等春来归

大地

二月，早晨，推开村舍的一扇木门，凉风急匆匆地赶过来，撞在脸上，蹿进衣领，让人打个寒战。那风带着宋词的味道：乍暖还寒，最难将息。意外的发现便是那墙角，冰雪消融后一大片一大片潮湿的土层，在阳光下，冒着薄雾，青烟似的。阳光的脾气变得温和，格外柔软，它将冬的一点尾巴赶到远处。不知谁家的一两只新燕呢喃，引得墙外一片喧闹，鸟雀们应和着，忽而轻落在你身后，忽而成群滑翔，在对面的大椿树的暖枝上集合，扇动翅膀抖落剩余的几片枯叶，将旧的残余打扫干净。一声清脆的鸽哨从空中划过，那碧空，白云有两三朵，几只白鸽悠闲地穿梭着。天与山相连的地方，雾蒙蒙一片，云雾深处，一阵阵吆喝，是农人在赶着牛耕地，打一个响鞭，牛儿一声长“哞”，伴着一曲山歌，一年的憧憬和向往都埋在泥土里。歌儿飞过一座座山头，撩动着山村的美梦。太阳高了，山里的雾气变淡了，每座山头上都是耕田人。牛儿使劲拉犁，用力翻耕土地，粗大的手掌，蕴积了一个冬天的力气，刨打着土层，撒下种子，盖上厚厚的肥，将田地平整成一块酥软漂亮的面包，最惊心动魄的梦，都在土层里了。土层像个大锅盖，把土地捂得严严实实，聚着气，体验着泥土深处的生长变化，等着揭开锅盖的那一天。

老人们把自己搬进房前屋后的小菜园，为园边的牵牛和何首乌精心搭建篱笆，长长的竹竿一根根站着，在土里排好了队，再用绳子穿联起来，等藤蔓植物的手臂缠绕竹竿，攀爬而上，那菜园边的篱笆就成了一片花朵的海洋，那是农家小院最自然的一道屏风。园子里，一畦韭菜已挣脱厚重的土层，脱去枯黄的外衣，长出一棵棵胖而嫩的小韭菜芽儿，摆动着手臂迎着过往的风。

春的脚步摇曳着花朵的节拍，播下去是梦，梦长出芽儿，满眼是春。梦是虚无而斑斓的幻境，芽儿却是柔婉而诗意的存在。等满园繁花似锦，布谷声声划过宁静的拂晓，梦就结果了。春日的早晨，大地收藏一个浑圆的憧憬。

春水

似乎只隔了一夜，水便不再高冷孤傲，它像倔强的小姑娘，发过了脾气，破涕为笑，面部柔软了。冰碴儿还亮晃晃的，水却游龙一般在河床里游动了。水的温暖能让冰雪消融，犹如孩子们的欢笑能让大地苏醒。那是对春的大胆叩问，是一种穿透厚厚棉袄的脆响。那蠕动的激情，流过村庄的沙砾，便勾勒出一幅春的山水，明净恰如山水的村庄。

小河不大，尤其是在春天，两岸的土层一点点松软了。哗哗掉进水里，惊醒了青蛙，跳出水面，把河面搅浑。天上流动着白云，地上流动着羊群，小河绕过树林，羊群绕过河岸。草芽儿在衰草里探出头，密密麻麻地，踮着脚在水里找着自己的影子。河床里的石头，搁浅着，它知道河水将漫过它的身体，从它身上流过，溅起一些水花，那时，它将让小河说出叮叮咚咚的话语，奏出春天的音乐。

有一种情愫，细瘦而绵长，迢迢不断，恰如春水。心中流过多年的水，沉淀着春水一般的梦境。那个阳光灿烂却并不够温暖的早春午后，那个稚气未泯的小女孩，偷偷换去臃肿的棉袄，穿上小巧的春衫，轻快如飞，深吸一口清香的空气，打碎河边的冰碴儿，舀来一盆清亮的春水，要洗去一个冬天的寒冷。冻红的小手第一次试探着春水的温度，体验着春水的硬度，感受着春水的味道。将初春的记忆深深刻进孩童的脑海。春水成了生命里的牵挂，那里泛着粼粼的清波，映着风筝的影子，并带着铿锵的声响。再一次想起这句词：迢迢不断如春水。心中便再次被家乡的大手抚过，又一次感受春水的温度，这是我在自来水管的流淌中体验不到的愁。走过多少大江大河，心中牵连的水，只有一条。

忽然，春水的自由，春水的奔溢，春水的澄澈，春水的惆怅，又带我站在那条在春天并不宽的河旁。

春趣

《自然》课本里奇妙的事，需要在春天找到确切的答案。

村头原有一口老井，井口很大，直径约有十米，深不可测。听说是毛爷爷时代挖来储水灌溉用的。边缘由大石块随意砌成，在春天里，参差不齐的石头上生了一层厚厚的绿苔，给水穿了一层绿衣裳。井水在春天涨得很高，水面绿油油的，远远地望去，水中各种奇形怪状的植物依稀可见，风吹过，水面浮动，井内生物跟着漂动，像是藏着无数的怪物和精灵。井水幽深神秘，水面挤满了好奇的小脑袋，他们想要看看水里的究竟，却只看见了自己。

阳光朗照的午后，小伙伴们偷偷带齐了各式工具，大小不一、质地各异的桶、盆、罐、篓、勺分配到每个人手中，大家卷起裤管，攀着石块，探身下去，开始捕鱼。男孩像猴子一样串联起来，最低处的那个人手拿竹篓潜在水中，抓鱼，女孩伺机向岸上的人传递。大家手里攥着容器，挤眉弄眼，屏气凝神，等待游鱼经过。唯独那石缝里不听指挥、不知配合的青蛙在鼓动着肚皮，在石缝里吹出一个个白色的气球，闹哄哄一片，早把鱼惊到深水里去了。脚下苔藓湿滑，稍不留神，就会掉进水里，那时，大人们的警告早忘到了云霄。一只小桶在传递过程中掉到井里，沉入水底去了，人却都安然无恙。全体人员上岸了，揪着的每颗心终于落地。最终，大家捕获了一盆黑豆一般的鱼苗回去。养了一段时间，大家把头挤到盆子边缘细细查看，盆子里除了挤满各式各样的小脑袋，还蹦跶着一盆小青蛙，大家失望至极，索性倒进了园子。

于是盼望着天气变暖，盼望着下雨，雨过天晴，在那河湾的深水里，也许会藏着许多寸把长的鱼……

村子的中心有一个几十亩地的苹果园，在人间四月，果树撑起绿色的大伞，白色的花串淹没了叶子，果园翻起白色的浪，蜂和蝶是白浪里的弄潮儿，燕儿和雀儿也在枝头纷飞乱舞。果树下的绿毯上，蒲公英的黄色小花，毛茸茸的，还有五颜六色不知名的细碎花朵安静地镶嵌在草堆里。那里空旷又幽深，藏着童年的幻梦，是我们独自拥有的园子。

园子周围的带刺植物长了一道天然屏障，再加上人工修筑，园子被围得严严实实。果园里还有专人负责看守，我们在园子周围逡巡着，秘密谋划一次入园行动。每人从家里偷出一个鸡蛋，到邻村商店卖掉，再买来一瓶不知名的酒，准备为进入这片神秘乐园而进行一次贿赂。

在园中的石桌石凳上，我们掏出那本封面画着蜻蜓的《自然》课本，开始收集各种动植物标本，采集各种花花草草的叶子花瓣。捉来蜻蜓、蝴蝶等昆虫，放进瓶瓶罐罐。还挖开土层，亲眼看到蚯蚓如何给植物松土……在那里，我们瞪大了眼睛看春天，在大山深处，果园的浓荫笼罩下，一片青青的世界里，第一次，发现了季节在这里的美好。第一次，在记忆深处刻上春天的印记，那个永不褪色的园子，空气是香的，露珠是穿在一起的，风是树叶上来的。还有那粉嫩的小圆脸，那毛茸茸好奇的大眼睛，翘起的马尾辫，系着错位纽扣的春衫，沾满泥土的小手。在春天，果园和我们缺一不可，从此，每个花朵烂漫、繁花似锦的日子，春天都会在这里找到起点，春天刻在脑海里的色彩，就是那个不能随意进入的园子。

多年以后，春天只剩回忆。忽觉春已远，且等春来归。努力地去寻找春天，逃离小城，赶往村庄。我知道，身处闹市，就不算亲身经历春天，就想象不出春天的模样。

相遇一池莲

这注定是个慵懒的午后？

阳光还算温柔，将湖水揽入怀抱。因为风的光临，人们鼓足勇气行走在盛夏七月的热情中。湖面没有泛起任何波浪，唯有野鸭和水鸟增添着水世界的一些动感，没有目的地摇头摆尾或在空中滑翔。鱼戏和蛙鸣互不干涉，垂钓者雕塑般蹲坐在水边，水草漫不经心地疯长，湖畔的柳树依然油画一般站在对岸，那一成不变的圆形树冠，诱人的姿态不止一次打动过游人的神经，不知道它们在承受过无数的相机快门之后，会不会褪色。湖水呢，浑黄的一片，早就取代了春天时的一汪碧蓝，或者冬天时的一袭洁白。一阵刺耳的马达轰鸣而过，游艇将昏昏欲睡的湖水搅起并不清澈、并不喜悦的水花。天空蓝得一丝不苟，恰如童年某个悠远的谎言！

一切都按照常理热闹着，被温热的夏阳和湖水恍惚了双眼，散漫的脚步敲不出悦耳的声响，时光似要沉沉睡去。脚步转弯，时光转弯，在晚霞湖水域边缘的湿地公园，相遇一池莲。在曲折回环的廊桥和凉亭掩映中，一群明眸善睐长袖善舞的仙子，一池裙裾飘飘袅娜娉婷的花神，出离凡尘的面庞，沁人心脾的幽香，含羞带怯，翠色欲滴，逃离红尘乱世的喧嚣，隐逸在湖畔的某个角落，携着无穷的绿意和清凉的风，在这个七月，突然闯入我的视线，清洗我的双眼。

荷，水芙蓉、玉环、藕花、青莲……世间最美的名字都在这里了，用来称呼这横生于水底泥中、圆柱形叶柄、圆形波状叶片、花单生顶端、高托于水面之上、晨开暮闭的莲!

绿衣翩翩的荷塘，瞬间引来了游人的脚步，成为镜头的聚焦点。人们扶栏张望，熏染满池清香，挥动相机把自己和莲花相提并论，嬉闹声惊醒了莲叶下的游鱼，它们惊惶地逃离水面。最惹眼的便是那单生于顶端的花了，红花，灿烂却不妖艳，红得恰到好处；白花，洁净素雅，超凡脱俗；粉花呢，含蓄娇羞而不媚，清新优雅而不俗。她们是绿世界里的点缀，是被衬托的主角，在自我的世界里宠辱不惊，在自己的花季里我行我素。脸庞分明还带着晶莹的清露，哪里有在淤泥里挣扎过的痕迹！一阵阵风掀动荷叶的裙，许是不愿遭受人们的注视，花朵的脸庞遮蔽在接天莲叶的无数手臂下。艳阳照耀下的荷花如此娇艳动人!

一朵寂静绽放的莲，定是那一世芙蓉如面柳如眉的女子，缓步轻移，纤足莲步。或者，是那来生轮回之中端坐莲台的佛心菩提，于世事浮沉中，独享一缕清风，一池幽香。于淡绿浓情里，倾听蛙鼓蝉鸣，捡拾曲径残影。月满夜静，雾薄露浓，凌波独红。莲，是花世界里的弱女子，以柔弱的身躯写意男儿的血气方刚，污秽泥淖的困境折磨，剥离凡尘纠缠，一朝吐露芬芳，就把神圣、纯洁、高雅在花之君子的枝头高高托起。单生于叶柄顶端的花，从不呼朋引伴、招摇过市，那遗世独立的孤傲和冷寂，又是哪一种花能效仿和复制的呢?

轻迈脚步，靠近莲池。不惊动安静的花，默默观望，悄悄地离开。让心携一片荷塘的馨香，并把素颜的自己留在荷塘。愿做一朵莲，在湖水边缘水草并不丰茂的某个角落，浅浅开放，寂静张望。依照季节的安排，在所扎根的淤泥里，托起裙裾般的叶，举起素淡的花。不蔓亦不枝，笔直洁净地站在那里，花朵高托于水面，素心若水笑容如莲。交付清风明月，寂静、安宁、无须绚烂，就在某一世某一时，你必经的某个路边!

秋 韵

时值九月，秋的尾声。

但天气反常地暖和，夏天似乎以另一版本延续它的残余势力。天空蓝得透彻，不见一丝儿云影，那么高远，那么清澈。风儿似乎还是温热的，拂面而过，丝毫没有萧杀的意思，倒是将漫山遍野的花一齐都吹绽了，金黄的、浅紫的、淡蓝的、雪白的……五颜六色，异彩纷呈，它们纵情烂漫着，地毯一样遮住了山的脊梁，大地更加斑斓了、绚丽了，便觉得春天好像又回到了人间。

在乡下，田野里，处处欢声笑语，人们在这样阳光灿烂的日子里收秋，捡拾大地的最后馈赠，田野的繁盛景象达到了一年当中的极致。刚采挖出的土豆堆成一座座小山丘，转眼又加工成雪白的淀粉；成熟的玉米高高地悬挂在路旁的槐树枝上，享受着暖阳，一串串一簇簇，散发着金黄的香气；打碾了的荞麦在麦场上晾晒，以接近土地的红褐色的容貌激发着人们的味蕾。地里新翻的土层松软而厚重，它将所有的养分都已输送给庄稼的块茎或者籽粒，如今卸下所有的担子，任由匆忙收获的脚印写满它的胸膛，却也可以肆无忌惮地敞开怀抱了，不久它就可以累倒在冬的臂弯里安然睡去。

树林依旧长得严严实实，密不透风，浓密的叶子绿得发亮，遮住了一片鸟鸣，蓊郁葱茏的枝条摇曳着盎然生机，挡住了颇有热度的阳光。漫步林间小道，恰似走在七月的风里。目之所及，树上没有一片叶子准备枯黄，它们要将生命的颜色进行到底，挺拔的树干充满了对未来的信念。一切都好像与夏天没什么两样，它们还不打算老去！它们并不考虑枯萎！是时光倒流，岁月停滞，季节没有变换，还是眼前的风景恍惚了我的双眼？恰如不惑之年的我们，还有着青葱少年时代的梦幻，好像还是妙龄十八的当年，一切似乎都没有变！

可是，仅仅时隔数日，秋风乍起，秋雨绵绵，气温骤降。第一阵寒风吹过，空气里便弥漫着一股清凉，天空不久就变得灰蒙蒙，鸟儿渐次地飞走了，扑棱声中抖落了一两片黄叶，将秋的讯息重重地砸向地面。再过几日，迎面吹来的冷风有了硬度，夹杂着零星的雨丝，远山的灰色烟雾散开了，将寒意调匀，密密地洒向大地。树林开始变得稀疏，叶子颜色逐渐变淡，参差斑驳了起来，恰如婀娜少妇的乌发突然出现了几根银丝，让蓬勃的青春有了白雪的痕迹。那青黄的叶片上一下子写满了霜色。季节好似突然从火热的盛夏七月跌落至清寒的九月深秋，正如妙龄十八的女郎，经历凄风苦雨的人生磨砺转眼苍老成满头银发的母亲。这一切似乎只是一夜之间，让人来不及思考。片片叶子枯黄凋零，漫天蝶飞，铺满老树根部的土地，又恰似那瀑布一般披散肩头的乌丝变成白发，又倏忽掉落脚跟。过不了多久，那光秃秃的树干就像劳累了一生的农夫，瘦骨嶙峋地站立在村头，张望再也爬不上去的山坡，孤独而冷寂。

而对面的山，那些苍翠的树林已然变得灰黄，像是刚经历过一场大病的老人，再也没有力气挺起腰身，抖擞精神。一丝悲凉顿时蹿上心头，秋天，它以丰收的名义将一个繁花似锦的七月摧毁，表面上，树木繁盛了好长时间，一切都保持着盛夏的模样，秋的凋零和衰萎还很远。但事实上，我们只需注视一下大地和蓝天，岁月前行，四季变换，似水流年，一天天，改变着我们的心性和容颜，有所生长，便有所枯落；有所结果，便有所凋零。四季变换，将不同的色调和味道呈现。那凋零了的必然是生命的外在，花朵的凋谢必然引领一颗硕大的果实，走过四季，圆润而饱满；苍老的容颜必然包含一颗深邃的心灵，历经时间的洗礼，丰厚而深沉。

岁月的风尘必然有所剥夺便有所给予，坦然接受四季更替和岁月更迭，正如从容走过人生的四季，在春天里适时地播种，在夏天里尽情绽放，在秋天里长成一颗成熟的果实，并懂得在冬季的炉火旁回望和收藏。生如夏花之绚烂，死如秋叶之静美。如此来说，秋天就是用来凋零的，秋天如若没有凋零，就将掩藏所有的收成。

唐代文学家刘梦得给了我们最好的启迪：

自古逢秋悲寂寥，
我言秋日胜春朝。
晴空一鹤排云上，
便引诗情到碧霄。

冬日去看湖

时令正是三九寒天，一年当中最冷的日子。

几场雪过后，天气晴好，天地冰冻。

像是要封冻一场梦。

朋友说，去看晚霞湖。看看远山的雪，听听窗外的风，我心里懒懒的，说："太冷。"转念又想，冬雪覆盖的晚霞湖独自在那里，是一种怎样的宁静呢！一念起，内心欣喜。

恰似如约而至的冬和如期降落的雪，湖就恰似我心中暗暗思念的老朋友，断了联络，不通音信，很久没有看它了。淡淡的焦灼，深深的牵挂，无论有无约定，今天，赴约一般，要去看湖。犹豫和寒冷抛至脑后，激动和期待随车疾驰。透过车窗，远远地，跃入视线的是一块硕大无比的白玉，在阳光下，静静地卧在山的摇篮里，放射着晶莹而透亮的光。这一块固态的白，猛然冲击了我的视觉，"荡漾"二字从脑海中逃窜了。下意识地想，晚霞湖睡了！对，春夏秋的脚步太闹了，它们走远了，湖终于可以累倒在冬的臂弯里睡去，还盖了一层厚厚的雪被。阳光照着，暖暖的。

正如抚床凝望熟睡的婴儿，默默注视，记住他可爱的笑靥，便蹑手蹑脚悄声离开，不去打扰他的睡眠，不去惊扰他的美梦。如若是老朋友，轻轻路过并得知他一切安好，却不必和他说一句话，这样便好。于是，湖继续睡着，车亦无须停。

归途，我说，想去看看织女在冬天的样子。车便轻轻停靠在环湖路边。推开车门，冷风迎面，打起了寒战，而织女吹着冷风就在对面，和我隔着面前的湖。她依然是裙带飘飘轻柔曼妙的姿态，依然是面若桃花双眸似水地等待。寒风袭过她的脖颈，吹过她的脸颊，撩动她的发，掀动她的裙，她的步履看上去那么决绝，总是在匆忙赶路，山一程，水一程，把尘世的温度都镶嵌在俊俏的绣花鞋里。她的目光幽深而坦诚，纵是相思汇成湖水一潭，纵是往事成冰，她亦痴痴凝望将岁月之门轻启。待岸边泥土松软，燕语呢喃，七月就近了！守望让她站成孤独，在冷冷的风里，她显得那么高，需要仰视才行。

环湖路一改往日的热闹，冷冷清清的。只有一两只鸟雀在忙着觅食，被我的影子吓了一跳，飞得无踪影了。湖边的垂柳，苍老得气喘吁吁，叶子落尽，卸下所有的装饰，伸着僵直的手臂，再也跳不出柔美的舞姿。风吹过，唯有枯叶在林间窸窣。偌大的湖，沉浸在一片安宁和肃静当中。像节日过后的街道，演出完毕的舞台，音乐停顿，人走远，喧哗声落幕，寂静笼罩。

忽然想起夏天，晚霞湖的热闹。三五成群的人在湖边垂钓，碧绿的湖水泛着水花，荡出一层层美丽的波晕，从没有宁静的片刻。散步的情侣双双对对，多少甜蜜的心事都悄悄说给了湖听。树丛中有乘凉的老人，嬉闹的孩子，欢笑声回荡在繁茂的深处。更有酒酣意浓时，杯盏碰撞，酒令铿锵，杯盘之间，香味氤氲，唇齿舌尖的快意，豪壮激昂的话语从席间传出。夏季的晚霞湖闹到了极致，目睹了繁华，并厌弃了繁华，冬的幕布轻轻一拉，那些闹就被丢在了前台。独自隐在冬的某个角落，湖水尽享幕后的冷寂和安宁。将心事上锁，沉淀并凝结，繁华落尽，回归本真，喧闹远去。

此时，与湖默默相对，面前的湖那么亲近。有质感，有味道。天蓝得毫无遮拦，阳光朗照，照着我和面前的湖。有个声音从唐代传来，“众鸟高飞尽，孤云独去闲。相看两不厌，只有敬亭山”。

唯有晚霞湖吧，我和湖，相互对望，有湖在此，心里还能装下谁呢？

小心翼翼地踩着冰面，听着冰与鞋吱吱的摩擦声，就像湖畔松树的一枚针叶，或花瓣上的一滴露水。我以孩童最简单的方式和心态，踏在晚霞湖封冻的冰面上，踩在晚霞湖的胸膛，零距离触摸她的心事，这是冬季给我的最好礼物。

此时，我深信，一个人、一座湖，阳光下，冷风中，洁白里，与风景无关，与喧闹无关，与世事纤尘不染。

站在湖上，吐纳之间，眼里、心里，一片雪、一片白。在想，心，必与湖有约。然后，庆幸，今天，如期而至，如约而来。

捞　纸

如果要用一个字，那一定是，捞。对，就是捞。

捞是一个形声字。从手，劳声，它的本义是从水中寻取东西。比如，打捞，是把沉在水里的东西找着，并取上来。

如果，不去捞，或许它将沉淀，或许它将消失！

上古时代，人们结绳记事，后又出现了甲骨文，再后来又以竹片、木片和绢帛书写。因为笨拙，或者昂贵，纸的出现成为必然。

世间必先有纸，然后才有造纸术。蔡伦改进了纸的制作工艺，并将这一成果奏报了皇上，那一年是公元 105 年。

世间必先有纸，然后才有秦简上刻着的“纸”字。既然秦简中出现了“纸”，那作为秦人祖先早期生活过的西和礼县，纸，也应该早早就存在了。西和麻纸，大约先于蔡伦而生了。

纸，也是一个形声字，从糸，氏声。“糸”指“植物纤维”，“氏”意为“基底”“基本面”“受物面”。“糸”与“氏”联合起来表示“植物纤维（浆液）均匀铺摊在一块平底板上”。纸的本义就是，在平底板上摊晒压平形成的纤维浆液硬结层。《说文》曰：“纸，絮也，一曰苫也。从糸，氏声。”

苫，盖也。本义是用茅草编成的覆盖物。

那一苫之絮，就是最初的纸了。

直到亲眼见到了捞麻纸，才知道西和麻纸的确是被手捞出来的。

一定是要用到手！裸露着肌肤的手！肉体柔软的手！浸泡在冰凉的红褐色纸浆中的手！

它是指尖弹跳出情感的舞蹈。麻纸，就是最终被捞出来的啊！

用手的肌肤触摸制作，把一种潜藏在心中的无形的智慧和技艺，传达成一样有形的实物或者一样可以用来观赏的艺术，这物件一定有手的温度在里面，恒定的体温透过双手，流淌在被称为手工的载体里，是为手工！

它和机械化的快速制造，流水线的批量生产相比，后者是冰冷的整齐划一的模型，是赶着工期填补的数字。

我第一次，在低矮简陋的家庭麻纸作坊，看到那块长方形的竹帘，镶嵌在一双巧手，在盛满纸浆的池子里，端起的竹帘，在水中捞一次，再捞一次。竹帘巧妙穿梭，褐色的纸浆翻滚起伏沉淀。一刹那，纤维就均匀地停留在竹帘上。就在那一刻，断裂的纤维瞬间重组，新的一张西和手工麻纸就获得了呼吸，拥有了自己独立的生命，每一张都有不同的构造和个性，每一张都是绝版，都是世间与众不同的唯一。它触碰到指尖的温暖，一张活生生的麻纸就躺在墙角那一摞刚刚诞生的兄弟姐妹怀里。

捞麻纸的“80后”小伙，一身土褐色的素朴衣衫，并不穿围裙戴袖套，捞麻纸是他日常生活的全部。纸是怎样被捞出来的呢？他一步跳进纸浆池前的土坑，那土坑仅能容一人站立。他动作娴熟地手持飞杆在水中来回搅动，然后手指灵巧地拿起竹帘开始操作，那竹帘在翻动起伏的纸浆中来回各舀一次，就快速地将竹帘撑在横杆上，取下两侧镇尺一样的两截方木，提起竹帘，拿在旁边的土台子上，双手揭下一张湿漉漉的纸，整整齐齐地平铺在纸床上。他目光镇定，不慌不忙地捞出一张又一张纸，不紧不慢地将一面竹帘拿起又放下，不急不躁地将一池纸浆变成一摞又一摞湿纸。我的镜头一次次聚焦来回穿梭的竹帘，却始终未能看清液体的纸浆凝结成一张麻纸的魔术一般的表演过程。于是，我恳请他，把捞出纸的竹帘在空中停留数秒。在他双手举在空中的竹帘上，我清晰地看到了麻纸的纹路，诞生在竹帘上的麻纸，生命的表情里刻上了母体的印痕。麻纸下端的丝丝缕缕，是水冲刷纤维留在它身上的烙印。此时，正午的阳光透过简易的木棚，一束光斜着身子，照射在刚刚新生的这张麻纸上，并穿透这一张薄纸，将影子和余光洒在纸浆池的红褐色的液体上。他举着麻纸给我看，并投来简单干净的目光，我看着他的眼睛和麻纸。恍惚间，时光退回去两千年，一介布衣的老农，长须飘飘，白发绾起，卷起袖管，旁若无人，在汉代的暖阳里，打捞时光深处不可或缺的手工。

我绾起红围脖，跳进操作间，双手端起竹帘，伸进冰冷刺骨的纸浆里，期待能用自己的双手，把千年的时光捞成一张纸。在我虔诚专注的目光注视下，竹帘在池中来回游走，捞了一次，又一次，拿起竹帘，只发现一股拧结的绳，换来外面一阵哄然大笑。心不甘，再捞数次，竹帘上仍旧一无所获，而池内的纸浆已经平静了，昏昏欲睡了。我再次看看那双手，说："水那么冰凉，为啥不戴手套？"一阵大笑再次掩盖了他解释的声音。我方才明白，一张均匀漂亮的纸，必然离不开双手肌肤的温度，轻重缓急，起伏顿挫，不可以隔着一层厚厚的手套！捞纸是指尖上的舞蹈。

西和之南的西高山，宁谧的村庄，山清水秀，一世安暖。西汉水畔的朱刘河，把房屋缠绕在臂弯，叮咚声中，绿水铺满河道，歪歪扭扭的一根横木，连接着此岸与彼岸，晃呀晃，稳实的布底鞋踩碎岸边的晨曦，粗布的衣衫摇落斜阳的余晖。浸泡在河里的构树皮，连续 7 个日夜，河水浸润，天地滋养，然后被那些粗糙的大手，打捞出河水，堆在对岸。在白石灰水里打个滚儿，浸泡两三天，个性柔韧的构树皮蘸了石灰，是为了更容易将它蒸软，一捆捆穿了白衣的构树皮被码放进泥土筑成的圆形炉子上的大锅里，锅在底端，而圆柱形炉子的围墙高达数米，装进满满的一炉构树皮，加入充足的水，然后再用和好的烂泥将顶部涂抹封闭，旺旺的炉火就在炉子的底部燃起，蒸煮连续一天一夜。村庄被炊烟浸染，土炉子上的热气滚滚腾空，苍凉的山歌在一片氤氲的暮色中漫向远山。灶房里白花花的花卷蒸熟了的时候，河对岸的大锅里，构树皮也熟了，花卷是日子里的清香，构树皮是村夫村妇365日的希望。他们不出去打工挣大钱，就留守在村庄，守着一座土木结构的低矮的老房子，守着方正的被麻纸磨光了土质的围墙和院落，守着一炉子的构树皮，守住一些安宁，一双手不停地捞啊捞，把堆成山的树皮，变成层层叠叠密密麻麻的一块块心病。

蒸熟了的构树皮，再次被一一投放进水中，洗掉石灰的残留，干净的构树皮，被码放在屋檐下、院子里，村庄的胃用一年的时光慢慢咀嚼，细细消化。一炉子的构树皮是一个农户手工作坊捞制麻纸一年的原料。在石碾上碾成穰，再用铡刀一一切成小块，用石锤捣烂砸碎，直到像蒜泥一样的均匀，那些纤维就变得又细又软。倒入石槽里淘浆，变成均匀的纸浆，加入水，倒进纸浆池，搅拌混合，就等着被捞成纸了。

被群山包裹，被悠长的岁月包裹的朱刘河，这个冬日，它站在阳光里。在这世外村落，轰鸣的机械声远去，噪耳喧闹散尽，独剩一个人，一片山，一座桥，一声水起水落，一张麻纸凌风而立。

层层麦田绿意流淌，阳光正好。一双粗糙的手，伸进纸浆池，在红褐色的液体里一遍又一遍打捞。一张又一张薄如蝉翼、柔韧绵滑的麻纸被捞上来了。这布满纤维痕迹的手工作品，它经历了怎样神奇的工序，这是村子里一代代家传的秘密，概不与外人说。它的出身并不高贵，是乡间的孩子，低矮简陋的作坊是它的家。它并不白的外表，是与生俱来的优雅与古朴，它自带暗香，最相配于一种水墨的意境。

西高山朱刘河，是山水相依的好地方。西汉水畔的庭院，夫唱妇随。不言不语的默契，光阴顺其自然，跳跃在指尖。

屋檐下，波浪一样的红辣椒，一串串垂挂在风里。还有一根绳子穿着一叠圆形的树叶，在阳光下来回摆动。

女主人发现了我的好奇，便自顾自说道："这是馍馍叶子，蒸馍馍时用它垫底。蒸出的馍馍很香！"

"树叫什么树？"

"馍馍叶子树。"

"那树有名字吗？"

"我们都叫它馍馍叶子树。"

"在哪儿采来的？"

"周围的山上很多，我们祖祖辈辈都用它蒸馍馍。"

我第一次听说，世界上居然有一种树叫馍馍叶子树。

说话间，一个巨大的花卷递了过来，吃一口，麦子的清香，都在手工花卷里了。玉米秸秆穿起来的圆形饭甑里，布满馍馍叶子，每一片叶子上卧着一个馍馍，再用小麦秸秆手工编织的圆锅盖罩住，柴草燃起旺旺的炉火，清香就弥漫开了。

四面土墙围起的院落没有门，风和阳光可以自由地出入。贴满麻纸的墙面，平滑的土层和纸，一起盛满阳光。院子的女主人，齐耳短发，在太阳下闪着光，手拿一根针，动作干净利落，往贴在墙上的每一块麻纸的右上角轻轻一点，稍稍提起，一张张纸垂下右上角，在风中期待着，有如破茧成蝶，新生了一双翅膀，好奇的眼神打量着世界。当四面墙上的麻纸都在风里扇动翅膀，那年轻的女人，把一张张麻纸收集进自己的双手里，只听得撕扯的声音哧哧作响，一张纸在和墙面数小时的亲密接触里，晾干了水分，才真正意义上获得了生命。痛苦的呻吟在指尖转瞬即逝，丰厚的一摞收成，在眼前整齐码放，飘着树的香，飘着泥土的香，还有暖阳的味道都一一嵌在纸里了。

一茬纸干了，收好，码放在堂屋里的炕箱上。那只粗糙的大手，摊放在麻纸上，熨斗一样一一压平。而刚刚捞出来的一沓湿纸砖，一张张纸被贴在墙面上，浴着阳光，土色的麻纸，给土色的墙穿了一层又一层的优雅漂亮的衣裳。一张纸和另一张纸手挽手，在朝朝暮暮的相守里，两个人的流水线上，将人世间的温暖尽数收藏。

构树一次次被砍下，剥去皮，用来制作麻纸，而它的根部又会长出新的枝条，就像大地上的菌类，在适宜于生长的地方，一茬又一茬。麻纸的前世今生，贴着泥土，贴着指尖，贴着阳光，贴着一面土墙，却都离不开手的温暖。

手工捞制的西和麻纸，一朝相遇笔墨，受另一双巧手的点染，贴上另一面墙，就成了世上最完美的手工。

活着的影子

北方有佳人，绝世而独立。

一顾倾人城，再顾倾人国。

宁不知倾城与倾国？佳人难再得。

子夜，初秋的风带着露，有一丝潮润，有一丝凉意。

村庄被裹在纯黑的被里，安享香甜的鼾声。浓黑的树影里，溪水叮咚，虫鸣啾啾，鼾声四起。

村子深处，昏黄的一束光，把宁谧刺开一道长长的口子，撕碎的夜色顺着小路，一直流，一直流，漫过两千年前的夜。

灯烛闪动的帷幔上，貌美绝世的女子，身着华服缓步走过，一举手，肝肠寸断，一投足，佳人犹在眼前。神情恍惚的汉武帝端坐帐前，呆滞的目光，嵌在布幔上，朦胧的女子就在眼前，阴阳相隔，几丈白色的帷幔放大成了天地之间的河汉。

先讲一段载入《汉书》的爱情故事吧。有着惊世骇俗美貌的李夫人在生下儿子后不久，便香消玉殒了，从此世上再无李夫人。汉武帝忧伤不已，一病不起。文武百官们挖空心思办法想尽，想找到一模一样的美貌女子。世上的美貌女子何其多？只是，岂能替代她？汉武帝的心不答应啊，模样越相似，越发勾起了无尽的思念和忧伤。可是，文武大臣得为江山社稷着想啊，他们当中总会有聪明的人出现。最聪明的一个人叫李少翁，他用一个完美的童话缝补了汉武帝的爱情裂伤。他自称能让逝者复活，能让汉武帝亲眼看见李夫人。汉武帝当然大喜啊。李少翁一步一步编织童话，他照着李夫人生前的模样，做成一个傀儡，着其华服，佩其首饰，美艳无双的李夫人在一道帘幕上投下了影子，白帘幕在灯烛下，走来了倾国倾城的李夫人。坐在暗处的汉武帝望见了日夜思念的李夫人，如痴如醉，不禁喊道："爱妃。"李少翁急中生智学着李夫人的腔调在幕后说："万岁……"

"快到朕的身边来。"

"妾身和皇上之间，隔着一座白云山，不能前去陪皇上啊。"

"我这就命人将这座白云山推倒。"

"万万使不得呀，此山一倒，妾身就再也见不到皇上了。"

"如何是好啊？"

"万岁莫难过，每逢十五日晚，我们在这里相会可好？"

少翁说罢，立即熄灯收场。

从此，每逢月半月圆时，隔着白色帷幔，汉武帝与"李夫人"于一道帘幕间相会。爱情的童话产生了疗救的解药。无数的夜色，包裹帘幕，执迷的爱恋，刺痛心尖，皇权一次次失陷于往事红颜，红烛摇曳，孤独在灯火跳跃间四处逃窜，被一束束光照亮的高墙深院，微茫的歌声，从此夜夜飘散，携着一帘幽梦，飘忽的影子越走越远。

世间至高无上的权力，在世间至高无上的爱情面前，略显苍白。因爱而生的疼痛和思念，让世间或许又多了一样艺术。

感谢爱情和李少翁，在今夜，金銮殿内的独奏移居乡野山间，最素朴的大众舞台上，还能让我们看到活着的影子。帝王和布衣，他们的爱情是相似的。

苍茫的歌声里，鼓声激越，缠绕在指尖的柔情，怕是要惊醒汉代的某一个美梦。

汉武帝睡了。

村民亦睡了。唯有影子退缩在后台，昏黄的光里，牛皮的骨骼一个个被撑起，生旦净末丑，活动筋骨，摩拳擦掌，调琴试音。孩童时期，在那个几乎没有任何艺术表演的小山村，最早留存在记忆里的概念，就是这“牛皮灯影戏”了。

昨天他们承诺：“明晚来，专门演给你们看。”

今夜，我们到达，舞台亮起。

天色尚未完全变黑，台下一片空白，布幔尚未被影子爬满，场上也还没有一个观众。姑且，就掀起简易的幕布，躬身钻过一道木头横梁，斜着身子爬上一个高台子，来到幕后。拍拍尘土，一抬头，皮影戏的全部都在眼前了。

一条长凳，一排古旧的木箱子蹲卧，三五个乡村老艺人各自忙活。支起木架子，安放好牛皮小鼓，红布包裹的鼓槌在鼓面上静静等候。古旧的二胡，镂空的音窗，镶嵌在六角形的紫檀木琴筒上，琴杆竖起，千金紧扣，白马尾的弓毛、紫竹的弓杆，银弦拉起，左手垫拨琴弦，右手顿弓颤弓，弦音触碰，接近人声的幽怨就一声声传出，一遍遍调试，震颤夜的眼帘。

朱红的扇面扬琴，雕花的琴架，枝枝蔓蔓的花叶刻满，清音起，花枝颤。灰黄的土墙前，一条多年前的木椅，斑驳的椅面，将一位七十岁老人指间的潺潺流韵稳稳安放。他弯腰低头，银发斑斑，额头的每一条皱纹都被灯光挤满。扭动每一个弦钉、矫正弦轴，富有弹性的竹制琴槌，闲敲轻击在琴弦上，晶莹剔透的大珠小珠溅落玉盘。端详良久，我轻声问道：“大叔，用的简谱还是五线谱？”老人并不抬头，说“都一样”，说着琴槌轻轻点在弦上，由低到高一串空灵的旋律就在灵巧的手腕间跳跃，从白色琴槌下嘀嘀嗒嗒流淌出来。指节粗糙的一双手，一定是先把麦子割完，把土地耕软，土层打理平整，在黄昏时分，才又静静坐于琴案前，握起柔情的琴槌，让一串串美妙的音符流淌在指尖。在一个个天寒地冻的日子里，这一双结满老茧的手，让一股温热的旋律慢慢浸润生硬的乡土，柔软村庄的肌肤。今晚，琴音犹如涓涓细流，缓缓地，它流进了村庄的胸膛，流进了我的心。

老人依然没有抬头，说："随便弹几曲，会的话跟着唱！"于是，琴声起，歌声起，一曲又一曲，潺潺不止。压住嗓子轻轻低吟，或者扯开嗓子放声歌唱，跟随抑扬顿挫的琴韵，嗓音也随之婉转悠扬。平生第一次站在后台，和琴师面对面，临时仓促地配合表演。放松，并且开心，可以不必担心观众的指点，不必担心跑调。如此自然而然地唱和，就在这深沉的夜色里。就这样随意自由地，清音流水。把冷冷清清、凌乱简单的后台搅乱了，把夜的一片宁谧刺破了。回头，突然发现，台前的幕布下，已挤满了观众，他们索性把帘幕掀起来看。刚才并不知道台前的扩音麦没有关，歌声琴声顺着夜色散落在那些密密匝匝的安睡的瓦屋，把村子的美梦惊醒了。好奇的群众闻声赶来，把这个空旷的观众席稍稍作了填补。满地的灯光被人影踩乱，冰凉的地面温热起来。正对着舞台的村子里的小庙，远远地蹲坐在树丛中，香火缭绕，蜡烛的灯芯在风中摇曳，神灵端坐，目光炯炯，面泛红光，微微笑着，闲看闻声而来的人们。

鞭炮齐鸣，给天给地发了通知，台前的幕布已被灯光染上一层漂亮的红光。一切就绪。来到台下的观众席，守候幕布上的表演。

一声脆响，打开音乐的盒子，鼓音低沉、琴音婉转、二胡弦音幽怨、击板声铿锵。一番前奏烘托，舞台忽然就热闹了。喧哗得如同节日里鸣锣打鼓，人声鼎沸，幕布上随之有官帽官袍长靴阔步的男子踱步而来。他面色严肃，神情凛然，双手背后，高亢的唱词随手臂上下摆动而掷地有声。双脚蹬着风火轮的古怪人，腾云驾雾地来了，十万八千里的路，一个筋斗云就在眼前。

有妇人上前来了，她乌黑的长发一直垂到脚跟，粉面，纯净的脸，修长的指尖，低头呜咽着，琴音忽而变得柔弱幽怨，似深山远寺飘出的仙声雅乐，又似村妇的窃窃私语。小小的屏幕，铺满红光，被各色人等挤满，被喜怒哀乐点染，唱念做打锣鼓喧天。把传说中的经典全部演绎在这块幕布上。善恶分开，明辨忠奸，百善孝为先。单薄的影子，把世间的万般柔情承担，诉尽人生的苦乐酸甜。一言一行的掌控全缠绕在指间，飘逸的动作，随性的旋转，把故事情节化成满场的喝彩声连连。

世间的万般神奇只因为隔着眼前的一道帘。薄如蝉翼的帘，谁能把它看穿？

我看不穿。于是躬身，再次来到后台。千军万马消失，一切秩序井然。还是那三个艺人，满头大汗，青筋暴起的黝黑的手臂，结满老茧，手指舞动间，牛皮也变得柔软。妙手弹拨，人影变换，相应的唱词念白严丝合缝。那一张沧桑的面孔上，时而笑容满面，时而愁云惨雾，眼角的皱纹里，能装下所有的恩恩怨怨。表情都传递到声音里了，你透过光影去听吧，你看不到他们的脸。他们发白的蓝帽子，是这个六月的太阳晒的吧。还有光脚穿的布底鞋上，是刚刚顺着玉米田埂走时沾满的泥土。不过，这些都不影响今夜的表演。他们藏在舞台后，用指尖的温暖唤醒那些沉睡的记忆，让冰冷的影子起舞。

幕布下方的平台子上，牛皮的影子在暗处平躺，走下舞台，它是一个个生硬的平面，等到它上场，它的骨骼和心脏都缠绕在肉体的手腕指尖，一经灯光照耀，便成为血肉之躯。两千年前的血液，汩汩流淌，顺着那些艺人的手臂，温暖在每一个黄昏、每个夜阑人静的角落。在延续，在传递，血流不止，影子就不会倒下，牛皮就永远活着。

故事结束了。

再次从后台钻出来。人散尽，戏场又空旷冰冷起来。

戏场中央，午夜的冷风里，独独端坐着一个老人。灯光洒在身上，他独自一人沐浴在一片昏黄的光影里，他的身后，拉长的影子，不离不弃，陪着他。这个守到最后独享舞台的观众，让我想起了九五之尊的汉武帝。当年他也是一个人端坐在观众席。

夜风冰凉，发潮的夜色漫过来，如血的红光溢满我的眼睛，循着血色映照的路，我看到，汉武帝的背影被光影浸透，一个人的剧场，一个人独自守望爱情，坐成一尊雕塑。

我还看到，白色的帘幕间，那些活着的影子，一个又一个不同面孔的血肉之躯，柔情委婉地走来了。

一程山水

细雨空山李子坝

清明前，到李子坝去。

从碧口，穿过青川，走到甘肃最南端。村子叫李子坝，人称“南来陇上第一村”。有些远，但是，充满期待。到达时，雨赶在我前面到了。雨，像是个领路的人，一路小跑着。

李子坝，沐着雨，潮潮润润的，就那样安坐在摩天岭南坡，在这少有人问津的地方隐居。河道里，挤满了石块，石块上长满青苔，石头都穿着青苔的外衣，像久远的旧时光对李子坝的一片痴情和留恋，天长日久地，耳鬓厮磨着，任水怎么冲，也冲不走了。崖畔上，有野桃花冒出来，像一个素颜的女子，不吵嚷，点缀苍绿的群山。路上出现外人，惊了花，一瓣又一瓣地落，落了一大片。山外的桃花早就凋落了呢。

李子坝并没有坝，多高山，多密林河谷，也多雨，也多云多雾，早晚清清凉凉的，没有燥热。茶就喜欢这样的地方，温温润润的，独居远山。清静，不闹。李子坝的茶，是云培雾养的。青石板的路，在雨里，清幽悠长，通往一户户人家；竹楼木屋，就在茶园边上，绿树灰瓦。妇女端着大碗，在路边吃饭，转身唤一声，她家的狗就听话地走来了，偎在她身后，摇着尾巴。搞摄影的朋友又惊又喜，赶紧抢抓了画面。她们用吊壶烧水，屋子一角的地上，一个土坑，烧起长木棒，红红的火焰舔着壶，一会儿，壶里冒着白气。主人泡茶水给你喝，不管你来自哪里，都认你为客人。烧火的老妇，身边卧着狗，乌黑的墙面，乌黑的壶，火光打在老妇人的脸上，像一幅油画。

下雨真好，凉意袭来，雾把山尖包裹，山就安静了。陆羽一定也喜欢安静，好茶，是内心的幽静，它远离繁华的闹市，藏匿于丛林秘地，并不为很多人看到。一个人虽喜安宁，却不远离红尘、皈依佛门，茶也是这样的品性，它走进凡俗之人的日常，是浓浓淡淡的生活之味。没有陆羽，哪有“茶”？陆羽之后，才有“茶”字啊。人在草木间，草木如诗，茶来自草木，必须要获得人的气息，茶是自然草木之精华，与人相遇，方得天人合一。陆羽说，茶者，南方之嘉木也。陆羽煮茶，一定是天生的。三岁被遗弃西湖边上，幸得龙盖寺住持僧捡拾到，取名鸿渐。九岁，不愿削发为僧，有位禅师便用繁重的劳动迫使他回头。扫地，洁厕，踩泥刷墙，上房盖瓦；还有一百二十头牛要放；还要冲茶。那时，茶字写作荼，属药类，病了的人才喝。那个苦味，那个浓淡，难把握啊，可是，陆羽煮的茶还是让禅师很满意。

后来他出逃，到了戏班，做了优伶。陆羽诙谐，说自己“有仲宣、孟阳之貌陋；相如、子云之口吃”“不知何许人也”。无限的伤感气息。他在戏班里是一个丑角。但是，他把丑角演得很好，便有人推荐他到隐士那里学习。学习就是沉潜，时机到了，他便下山出游，品茶鉴水。天宝十三年，大唐盛世竟然为陆羽辟出一条路，让他外出考察茶事，稀奇事啊。他逢山驻马采茶，遇水下马品水，一路走一路记一路用心探求。后来又隐居南方山间，钻研茶事。穿着短褐衣，脚踩藤条编的鞋子，独自一个人，在荒山大野找茶。到那些农户家的茶园里，寻经问道。他在山水自然里找到他心目中的茶，变成文字，四十八岁那一年，一部《茶经》问世。“茶者，南方之嘉木也，一尺二尺，乃至数十尺……”

李子坝，清道光年间就开始种茶，至今有一百多年树龄的老茶树。清明之前，李子坝的茶芽长到了最饱满的状态，满坡的茶树。在雨中，茶芽鲜绿欲滴，叶身扁削光滑。茶树在春天万物萌发时，展出雀舌一般的第一芽。茶农说，明前茶采摘讲求早、嫩、勤。“茶叶是个时辰草，早采三天是个宝，迟采三天变成草”。万事都讲求“时”，就像一个人最美好的那些年华。太早了，青涩不知愁滋味。太晚了，万事忽如东流水，花一样落尽，都成了空。唯有那些好时光，就像那句“在最美的年华遇见最美的你”那样惊心动魄。民间的说法“明前茶，贵如金”。在李子坝，有一种茶品种叫“黄金芽”，堪比黄金。人的好时光，就是比黄金还贵重呢，比什么都珍贵啊！

茶农说，清晨采的高山龙井鲜茶芽，必须要当天炒制，绝不能过夜。摊晾、杀青、扁形、去毫、回锅、精选、提香……李子坝的日常，就是在一道道细密的工序里让茶香弥漫出来，茶味就是李子坝的味道。

印把子，是李子坝的一个小地名，在刚进村子的地方，就像一柄大印，手攥的地方就叫印把子。这个地方，只住着几户人家，走进屋子，厅堂正面挂着一幅中堂，中间一个大大的楷体“茶”字，左右条幅写着：陇上茶乡物华天宝，南来李坝人杰地灵。落款：李学春写于印把子。不知李学春是何人，只见这“茶”字，端端正正的，在那里，有着无限的饱满韵味。一幅“茶”字的中堂，概括了李子坝，像一个匾额，挂在印把子上，挂在李子坝的门面上。正沉迷于字，一杯新茶又递到手中，看看茶杯里，汤色清亮，在杯中跳舞的一瓣瓣茶芽，浮浮沉沉，正是新近刚刚烤好的李子坝明前茶。低头，茶味沁来，香气清高，有着高山深谷的气韵。轻轻啜一口，滋味浓爽，意蕴悠长。这是这个春天的第一口鲜啊，是明前茶的灵气，一生一定要喝一次。

清人袁枚说：“一滚便泡，滚久则水味变矣。”经常在席间，听一句话，以茶代酒，对啊，寒夜客来茶当酒。清茶一杯也醉人，何必要酒。

房前屋后，随便辟出的空地上，各种蔬菜，长得繁密茂盛，隔窗户望出去，翠翠的，一团一团。雨窸窸窣窣的，从檐头一滴滴落下，打在土院子里，一坨一坨的青苔上。

李子坝无坝，却有李子。李子树正在开花，纯白繁密的一树一树，雨珠儿挂在花嘴儿上，晶晶亮亮地垂着，不忍落下。白色的瓣，细黄的蕊，储满这初春的雨露。进入村子，有好多的李子树啊，李子花白扑扑的，像擦在村子脸蛋上的脂粉。

下雨天，不能采茶，茶园斜靠在山的臂弯里，雾蒙蒙一片，安安静静的。山里的时间好不禁用啊，似乎一转身，一天时光就走远了。再看看茶园，这明前的雨，落在明前的茶上。雨落着，山越发空旷寂静了。

李子坝，一年又一年，茶在那里，隐心不隐迹。

昔人已逐东流去，空见年年江草齐。

康　北

云台看云

盛夏时节，去康北。

到云台镇时，是上午。安宁的小镇，窄窄的街道上，碰到三三两两的人，目光干净安闲。阳光浓烈、明快，它照着我，而我，就梦一样散漫地行走。

看看天空，想起云台，这个美妙的名字。云台的天上定是聚集着世上最美最生动的云。在云朵的故乡，赶上了看云的好时节，忽就一阵欢欣。

去看云。驱车向毛垭山万家大梁开去。

在山脚，仰起头，见云朵浮在山头、缠在山腰，和山不离不弃。飘忽、高远、冷傲，干干净净的，不可及。沿山路，缠着山，追着云，一路匆匆地向上走，想要走到云的近旁，触着云的手。到了观景平台，俯视群山，山就空旷起来了。那些云，又似乎跑到了远方，聚到了低处。一朵一朵的在眼前浮着，向远处弥漫，把天空的胸膛全部占满。它们互不牵连，安静、闲适，又好像远远地躲着我似的。等到下山，再回头看云，那些云，一朵一朵的，像一群顽皮的孩子，爬到路旁的树梢上，垂挂在竹子尖尖的叶子上。

这云，在高不可及的高处，神秘安放，就像多年来存放在内心的一些向往，游荡在生命里的一些奢望，它在又高又远的地方，只字不言，常常牵引着我一路去追逐去寻觅。云的美好，牵着这么多人，从山脚到山腰，满山地追，到处寻。像是寻觅一个人，一种境界，一些幻想。

在连山的绿浪里，云投下一个个黑影。拍照时，有一朵云就赶了过来，它就在我的身后，映照陪衬了我的白衣裙。一不小心，眨了眼，照片里，云便俯身浮在我头顶，我呢，恰好，像是闭眼无限陶醉的样子！那些恰到好处的意外，构造了一种恰到好处的意境。

起风了，不知是从哪里来的风。风把云吹散，又把云聚拢。

云卷云舒间，时光就走了，人也都走了，云却还在山头。山间的花开了，又落了，不论时光来去，云都是满心欢喜的样子，如是，我的内心也就生出一些细小的欢喜来。

眼前忽然无限地旷远起来了，像空旷的心丢失了大量光阴，惆怅而又空寂。想象着一朵云，眼前又无限地明亮了。

心里住着天地光阴，眼里装满草木情深。一路追逐，并一路修行。

直到，空山无人，只剩下，满山的花香，满山的水吟。

只留下这湛蓝色的天空、纯白色的云，在这盛夏，山也蓬勃，水也欢腾，而云台的云，唯能让人心生一片安宁。

白马关

地图上见到的白马关古城，面南背北，东有建光门，西有永安门。北门在高高的山上修筑，北部城垣顺地形沿山梁攀缘而上，整座城，南部方正规整而大，北部逐渐收拢尖圆而小。此番样貌，有人说，它形似挂钟。凭我的直觉，它俨然一座佛塔矗立。

这是一座于清光绪时期用石头垒砌而成的古城，高厚的城墙圈起来的是一截旧时光。如今这一座“佛塔”，唯留存一座东边的建光门和一截古旧的城墙。东门外的马莲河一如既往地流淌，河上有一座建于民国时期的桥，名为“中山桥”，而我更喜欢它旧时曾有的名字“永安桥”。

白马关地处康北，扼川陕、守陇右，为古今非常重要的军事要地和交通要道，它是云台镇的前身，是旧时康县城所在地。而作为一个兵家必争的关隘，秦人东经横扫六合，蜀汉西出震慑魏晋，南宋尚保半壁河山。而在此设立白马关，最初是在南宋嘉定年间。一直到民国十八年，白马关成为当时康县县治驻地。后几经建制变换更迭，就成了今天的云台镇。

云台镇年轻的书记，谦恭低调，笑容可掬，不善言辞，没有多少特征可以表明他的领导身份。不知怎么，让我联想到左宗棠当年说给白马关新任州判的一番话：“官莫嫌小，由小可以至大；地方莫嫌脊苦，惟脊苦益足显其措施；民莫嫌刁顽，惟刁顽正赖官为训导。昔王文成曾为龙场驿臣，卒为有明一代名臣。良由动心忍性，增益其所不能，故后来之成就大也。白马关虽陋，较龙场驿为胜，该卒果能实心实力，为民谋生全，为民广教化，安见脊苦不可致富厚，刁顽不可迁善良哉？”

左宗棠坐镇陕甘总督时，白马关曾发生了多次官民纠纷，他亲自批复处理。新一任州判向左宗棠禀呈地方情形，左宗棠便以明代名臣王阳明举例，说出了上述所引之词。

能得左文襄公指点，也算是白马关和这一方黎民百姓的福分机缘。

如今的云台镇，桑园茂密，果香扑鼻，云和风，都是特有的样子。云台镇盛产桑葚，桑葚肉色紫红，味甜多汁，性味甘寒，能补肝益肾、乌发明目。桑葚已经丰收，桑园里不见男耕女织，唯闻村巷里四处弥漫着桑葚酒香。有小楼林立，有炊烟缭绕，云台是幸福安闲的样子。

镶嵌陈列在绿意葱茏里的白马关城楼遗址，是一截活着的历史，在它身旁缓步行走，找到上一次到来时曾经靠过的那一段古城墙，茸茸青苔记载了所有过往，在白马关佛塔状的古城至今尚残存着的某个历史角落，学着上次的样子靠一靠，让身心在此稍稍停歇片刻。白马关还是曾经的白马关，我还是今天的我，新旧的照片里，那些惊人的相似，为我和白马关做了最好的佐证，时光匆匆，一阵风，把我的衣衫吹向一边，又吹向另一边。

忽就想起诗经里的句子来："静女其姝，俟我于城隅。"那个心事重重的女子，在等谁？在等她自己吧！

满眼风月居桥亭。喜欢静默的东西，内敛不张扬，沧桑又天真。就像一座桥，木质，历经了岁月，仍敦厚沉稳。有天长地久的水从身旁流过，有南来北往的人在面前走过，有寒凉温热的风在耳畔吹过，有那一轮春夏秋冬的月，亘古地，从四面八方照着。而桥，就在白马关旧城门的身旁，不言，只拥有一颗木心，在水里，在风里，在月里。它的一头写着"永安桥"，另一头写着"桥亭风月"。与风有关，与月有关，与纷纷扰扰无关。永安就好，只享受那些荒凉的、颓败的意境。

黑马关

山间的景是素的，满眼的风物，无一例外地绿。

深深浅浅的绿，覆盖着一道道山岩的走向，遮蔽了山的骨，只显出丰茂肥美的体肤。一波又一波，绿浪逶迤。而我，一袭白裙，就在这绿浪缠绕翻卷的小旋涡的某个褶皱中，像辽阔大海中的一叶小舟、一片孤帆；一会儿，群山聚拢而来，我又仿若莲叶簇拥中的一朵白莲，或者，莲瓣中央一只闲游的蜻蜓，无所事事而又轻快飞舞的样子。

一匹黑马，腾跃而起，溜光的脊梁、四肢和头颅，出现在一块高台之上。黑马的雕塑被四个篆书的镏金大字诠释，文曰：天马佑民。马头下方有香炉，炉内有灰烬，有残香，缭缭绕绕的。马身上有红飘带，围系在前胸和腹部。还是很新的质地。这一匹马，健硕无比，姿态昂扬，腾空的身体，矫健，精神抖擞，就在这绿意溢满的山间。于秀水青山的安宁处，每天看着它，多好。于是，我转身，朝着小木屋里看山的老大爷喊了一句："您老人家就跟神仙一样啊！"老人不解其意，只是笑笑。老人只知道，他所在的地方，叫作黑马关。

再向上走一点，有一座凉亭，翘起的飞檐，棱角分明，红梁柱是刚刚刷好的，新鲜的红色，可是山间再不见一个人影。高高低低的小路，起伏辗转的台阶，一路引着我，一路漫无目的地走。林下坡地上，长着紫色的野莓子，摘几个放进嘴里，无比的甜，甘露似的。山脚下若隐若现的一间瓦屋，冒出一大片白烟，它自由自在地升腾缭绕，和浮在半山腰树尖上的乳白色的雾气，慢慢交融，汇合在了一起。烟和雾，薄一点的地方，鸟儿的啾啾声传了出来。再过一会儿，四周的树丛里，各式的鸟儿的歌唱传了出来，各式的虫儿的鸣叫也传了出来。满山满树的鸟儿和虫儿，都在为我一个人唱着。于是，我又觉得，这一刻，我自己也跟神仙似的。

这一座山，原本是一条公路的必经之地，盘曲缠绕的路把山里和山外连接起来。而如今，山被一条隧道打穿了，人们都去走捷径，一切的车马喧闹都被装进山的肚腹。这里很少有人绕道而行，满山的安宁都留给了鸟儿、虫儿和欢唱的山溪，还有那一匹腾空而立的黑马。今天，这些安宁也给了我。

顺着山势走，时不时有野莓子和不知名的山花，将手伸过来，我用手拨弄它们，而它们并不理我，只丢下一地的绚烂，便和风嬉闹去了。准备下山，阳光忽然从山的一侧斜斜地照过来，把雾气赶跑了，山间又越发清净了。便不忍离开。一个人，着白衣，就想在这山间，听满山的鸟鸣虫唱，看满坡的雾气渐次消散。

雾气散尽，更高更远处，山峰的轮廓清晰了，一座锥状的山峰，从绿树连天的地方突然跃入我的视线，在我回头的瞬间，它在云头突兀耸立。它像这群山的头颅，在高不可测的地方，统领群山，若隐若现。

这被绿意包裹的山间，素衣素心的我，慢慢行走，只觉得风光无限。如果阳光不曾向前移动，一直这样斜斜地照着对面的山尖和草木，我就站在一棵树前，看日光赶走白雾，鸟儿送来欢腾。看天上的云，时而散开，满心的欢喜；时而聚起，一脸的诡秘。或者，日光渐渐暗下去，月亮又从山坳里漫步踱上山来，它只照着一个人，在她白天站立的地方，辨听夜色里鸟儿的音调变化，刚好和山间的小溪奏出一片和声。

这素净的山间，月光惊吓了露珠，从草叶间滑落了，脚步轻轻迈，月光悄悄移，一切都是小心翼翼的样子。

窑坪木香

老宅子深藏在万山丛中，在这万木争荣的盛夏，就像一个老人藏在时光的背后。时光没有遗忘它，那些岁月的痕迹沉淀在泥土的墙体里，镂刻在精致的窗格里，散发着木香，悠悠的，就像一个幽怨的人，对旧时光发出的一声声叹息。

一群远离了木香的人，被电子信号囚禁着，走在窑坪的老街上。窑坪有着经年的木香，藏在低矮幽暗的阁楼的雕花里。多年来，它的香依然是活着的。

窑坪的老街上，有一座廊桥也是木质的。他们说，始建于唐代。我于是坐在唐朝的桥栏上，靠在唐朝的木柱边，就有唐朝的风不断地吹过来，肥肥的风，掠过脖颈、手臂，廊桥和我退回了千年时光。而我的黑衣，正好相配于这桥古老的意境。

对于木，有着一种天生的依恋和敬畏。幼时过腊八节，正是立春前后，雪还有厚厚一层，端着小碗，到园子里，把米粒一个个喂到喜欢的树嘴里，并悄悄地给树说些话，要那些树多多吃饭，在春天快快生长，并结出丰硕的果子来。夏天的时候，喂过饭的那些树，茂密的树叶间垂挂着肥嫩的桃子、苹果、梨，还有核桃。就这样看着树一年年长大。

在草木间，经常会指定某一棵树是自己的，看着一棵树成长，就像负责把一个树孩子喂大一样。我们各自负责着自己的树慢慢长大，时光慢慢变老。后来，那些树长大了，成材了。那些端庄的、厚实的，被砍下来作为木材，变成房子的某个部分，或者被打制成一件器物，做成了一个椽子，做成一扇木门，被雕成一扇花窗，或者做成一个板凳，长久地和人打起交道。被木匠手中的各种工具削制出的刨花、锯末，堆成山，闻着满院子的木头散发出的特殊的气味，就知道，树被砍成木头，还是有生命的。它的生命不会终结于一棵树被砍。它会在时光里长久地释放它的生命信号，一扇木窗，在和人相依为命的时光岁月里，它完成与人的生命交换。

母亲用菜籽油来擦梨木的家具，桌柜越来越亮，发着红油油的光。再小一点的木料，会被做成一把木勺，用来盛饭，木勺盛出来的饭，一定和铁勺有着不同的味道。

木和人一样，有着它的生命和气息。活着，它是一棵树。后来，它以另一种方式活着。当一棵树站在天地间，扎根在土层里，它在不停地吸收，它吸纳天地日月精华，把一层一层的生长变成一圈一圈的年轮。可是，当它变成一种木器、木材，被做成门，雕成窗，它就静静地在那里，把体内所积聚的气息释放出来。人和木在一起，他们会形成气息的交换。人的灵性给了木，木的气息给了人。故此，钟爱于木，包括由木所演变而来的一切器物，由木制成的一切家什。在那里摆放一件木质的东西，它是会呼吸的。木是有心的。

窑坪是幸福的，窑坪的古街上，有那么多老宅子，木质的、雕花的，泛着木香气息，沉淀着时光痕迹的古旧木屋。昔日豪门大户，今日寻常百姓。古宅在今天依然有着好听的名字：何家大院、赵家大院、太和居……

是日，邂逅窑坪，重遇一些久违的木构造的古屋，在古旧的气息里，暂借着窑坪的古宅子，活在一段旧时光里，靠近一扇木门，推开一扇雕花的窗，戴着自己喜欢的木质手串，伸手触摸那些数百年的木，丈量它们承载着的岁月。咯吱一声，这些逼仄的楼梯，经过无数次的踩踏，已经不成形状，昏暗的光影下，我不断地低头看路，小心着脚下的每一寸光阴。斜倚在太和居层次分明相互掩映的门厅回廊边，摆了各种姿势拍照，把自己想象成大户人家的女子，拥有一些木香，拥有一些书香。木是最接近自然的东西，金银珠宝，都不如木那么美好，那么纯粹自然，那么灵性，那么接近于生命！

此时，透过太和居层层的圆形拱门，看到那一棵不知名的连理枝。在盛夏的光阴里，绽放着无边的绿，粗壮的主干上无数的枝条在风中摆着手臂，显得那么茂盛，它活得那么自在。

恍然间，青石路上，苔绿草深，木香袭来，我的内心，一些清澈，一些闲适。

宿大南驿

无论走到哪里，我都路过那里。

此生，注定要在某些地方歇脚的！

就像，今夜有缘借着大南驿的一袭夜色入眠。抛掉一些疲惫，忘掉一些忧伤。

走到哪里天黑，就在哪里过夜。车里循环播放着一曲怀旧的老歌，车外是通往大南驿的无边夜色，匆匆赶往的大南驿街道村，是我此生漫漫长路上的客栈之一。

大南驿是旧名，它似乎是专为行人歇脚而生的一个地方。

如今的名字，大南峪，却偏向于表征它的地形地貌，凭想象，它地域宽阔四周高中间低缓，水源丰沛，气候温润，摇篮一样聚地气，它会是人们常说的“金盆养鱼”之类的风水宝地吧。喜欢这个名字，还因为我家乡的小山村有同样一个“峪”字在名字里边。虽是山谷，却也是心中最美的山谷。于是，就觉得分外的亲切了。

大南驿，潮热，没有风，三十余摄氏度。

夜色里突然来了一些陌生人，把夜色搅乱又把夜色还原。大南驿的夜，黑得很彻底很纯粹，唯有这家客栈的灯火把夜划出一个缺口，还有诗人波眠关于诗歌的慷慨陈词穿透夜色四处飘荡。

还有，暮色里的蝉，像空山无人，仅有的一座古刹传出的木鱼声，夜色渐浓，蝉鸣就越激越清晰热闹了！

听着蝉声入眠，晨光里又被一片流水声惊醒。同榻的桂姐问，下雨了？我掀窗，没有雨。天光还暗，所有的房屋都还在酣睡。而对面的山，身后像着了火似的，它显得越发地黑了。天边的云，被一些光涂抹，有些铁青，有些火红。无数的鸟儿在亮光映衬的天幕背景下，扑棱翻飞，混乱的鸣叫划过天际。这些激烈紧张的气氛，好似那座跟天连着的高高的山后，将要发生一件大事。

那由远及近的叮咚声，不是雨声，是流水声。天色晴好，水流淙淙，探头四处找寻，没有发现水从哪里来，流向哪里去。只听得水声，还有，山间的露，正一颗一颗地滴落，打在花叶上，打在晨光里。

就这样，我在大南驿的某一扇窗前，听鸟鸣，听水声，听见天地心灵之间有一次悄悄的对话，竟就忘了客栈外，还有人，在等！

行走花庙

花庙，房舍和人都退居于林木深处的山脚，把大量的平畴让给那些欢快的稻子。

稻田是大南峪花庙村特有的风情。

两年前，花庙曾用一川金黄的稻田迎接我。正值秋收，花庙被一片橙黄的稻香涂染。割稻子的妇女们的欢声笑语在稻浪里此起彼伏，她们裹着五颜六色的头巾，一片嚓嚓声里，大块的稻子在她们身旁扎起了堆。在空地上铺开塑料布，被割下的一束束稻子，在碌碡上用力摔打，一粒粒的稻子就在塑料布上飞溅，像突然从稻田深处飞溅出的笑声。孩子们蹲在柔软的田块间，手抓着黑黝黝的淤泥玩耍。那是第一次见到割稻子宏大而又欢快的劳动场面，色调和气氛，就是一幅油画。

而今天，花庙给了我满目的绿。一川的秧苗闪烁着绿意，在水中摇曳，正借着伏天的高温蓬勃生长，这满眼的绿舒展开来，让我记住了花庙在炎夏的另一番模样。

村头有一棵树，确切讲，是两棵树。该叫藤缠树还是树缠藤呢？但是，我知道，无论谁缠谁？两棵树，缠与被缠，终究都是要死的。因为这两棵古老的树，我深深记住了花庙这个地方。

进到村子里，汗流浃背，口渴难耐。同行的桂姐给了我一袋茉莉花茶。走进一个敞开着的安静院落，我想要讨一杯花庙的水，泡开一朵朵茉莉花。

一位白发的老人，领着我走进屋子，亲自为我手中的杯子添了水。我双手捧着杯子走出来时，内心欢喜，我知道，我的杯子里，是康北最好的山泉水，泡着它最好的茉莉花茶。掀开杯盖，细小而白的茉莉花，在杯中缓缓舒展，清淡幽微的香气就在花庙的树影里散开。

酷热潮湿的花庙，我们一行人，在正午的阳光下，以苦为乐，一直走，一直走，当欢笑驱散暑热，当杯中郁郁葱葱。

是日，大暑。

人生何求？生活有时候就是一杯水，一段路，一次邂逅，一次行走。

清阳山

1

九十九级台阶，三道门之上，清阳山，清阳寺。

台阶陡绝，攀缘而上的人，心惊，发怵。仰头唏嘘间，人如蝼蚁，攀爬在膜拜的上坡路上。

清阳二字，有阴有阳，有水有火，有实有虚。清，是安静，纯粹，是水的阴柔与孤独，是山间潺潺小溪，沉着在大地内部悄声流淌，是女性特质；阳，是明亮温暖、活力外露与蓬勃生机，是轻盈悬空、气象万千的阳光和清气，在天空之上环绕众生。它与阴相对，是男性本色。在这山重水复的茫茫林海之中，沟沟岔岔纷繁复杂，就像世相，难以厘清。而这样一条无名的山沟里，一座以清阳二字命名的山，山上有以清阳二字命名的庙，清阳山该是一座怎样的山呢？就在山前，还未真正进入清阳山，清阳二字的相生相托、相依相辅、矛盾统一，给人以和谐美好的感觉。清阳山的神秘，隐匿在内心。

第一道门建在平地，高而宽阔，敞着胸怀，接纳从尘世的四面八方奔赴而来的人。笑谈之间，仰看头顶的石刻匾额“清阳山”，大步流星入门去，第一道门进得似乎轻而易举。

第二道门却似悬在半空，从半山突兀而出。望之，心头生出一些惊异，颇有些两股战战，更有犹豫退缩之念。手扶触着膝盖的石阶上，慢慢转动僵硬的脖颈，小心翼翼笨拙地抬头，定睛，目光碰见欧阳中石先生的手笔——“二天门”，三个大字镶嵌在天空的蓝底子上，侧身扭头向下看，与第一道门背侧顶部的“道法自然”相辉映，便感觉自身似在云里雾里了。被悬在半空进退维谷的处境和错觉，让脑中忽然一片空白，瞬间，抖落满身满心的杂念，只一心为着赶路。二天门有雕龙画凤盘绕，四角飞檐斗拱，层层叠叠彩绘的廊檐之上，翘起的四角一直伸向云里。穿二天门而过，忽然心生欢悦，好似一件大事已成功一半，于是窃喜。再大口呼吸，一鼓作气，战战兢兢两步走一个台阶向第三道门行进。

过了“三天门”，清阳山送出一个平台给我，双脚踏踏实实地踩在平台上，抛却刚才攀爬的紧张，仰头舒气间，眼睛又看见“德明亭”三个大字在四角方亭上，乃范曾题字。这个平台，是走向清阳山的第一步。

攀上九十九级台阶，穿过三道门，去看这座阴阳相生、水火相容的山。路上的欢喜和纠结，畏惧与困惑，像极了生命里的一些遇见。

攀上九十九级台阶，穿过三道门，若果真就能到此妙境，到达化境，一路上的所遇，所历经的担忧和恐惧，凡此种种，终了，也都归于造化和安排！

第一道门，接纳、包容所有的欲念。第二道门，让人忐忑徘徊进退维谷。第三道门，向前，是空白；退后，是深渊。

2

清阳山初建于明朝，万历三年的某一天，在这座并不起眼的山上，忽然来了一些道士，他们起先在一个山嘴的杨姓人家借住。后来，道士和当地的杨家开始合伙建寺。

寺庙原址只有东面的娘娘殿、祖师殿和钟楼等。

清阳寺，何以得名？姑且有此猜测，三条水在山脚汇流而下，簇拥满山的安宁，是为清。山在东面，太阳出来，从山顶望去，面前的群山逶迤，对面的九座山头以朝拜太阳的姿势趺坐山前，山间万物蓬勃，是为阳。这是“三水来潮，九凤朝阳”的地方，在这样的山上建起一座庙，供人来朝拜，也算是占得了这好风好水。取清阳二字，尽得其意，美哉妙哉。不光如此，旧时最初建寺的人姓杨，故寺名谐其音，也是为了永久地纪念，自古已有之。比如，旧时曾有一个石姓人花钱建起一座庙，不好命名，就在寺里雕出一座石佛，将寺庙命名为石佛寺，永久流传。

清阳寺的香火鼎盛，年复一年，每逢盛大节日，都要集会或唱大戏以欢庆纪念。而世世代代，大大小小的活动都要先请杨家以贵宾身份来到现场，一切方可就绪。杨家住得远，来来去去有诸多不便。直到新中国成立前后的某一年，这一次负责去请杨家贵宾的，是一位李姓人，他长得黑而胖，却也算得上当地致富带头人。他手里有些钱，腰杆直，说话有底气，这一次他向杨家提出一个大胆而空前的想法，杨家也爽快地答应了。于是李姓人留下了二十八个钱，以这种方式，算是替换了杨姓人家的“贵宾身份”。数十年之后，旧时的古庙早已荒败不堪，而今又一位李姓老总投入千万资金，决心要重新修建庙宇。隔着一道山梁，在美丽的郭家沟，有一个矿业集团，地下工厂，地上花园，一幅生态文明与工业文明相得益彰的精美画卷正在那里展开。而那个投资兴建清阳山的李姓人，正是郭家沟矿业集团的老总。

一座山，遇见李姓，或者遇见杨姓，都是山的机缘。

清阳山下，这一条不大不小的沟，是旧时的茶马古道，陕西四川的商人必从这条沟经过，走出高桥镇，到达天水再上兰州。清阳山一带曾经是商业繁荣地区，以抄纸、烤酒为主的手工业，一度成为当地人重要的生活来源。试想，抄纸和烤酒这样美妙的手工，多道工序全凭手来完成，以植物和粮食为原料，协调水之形，火之性的阴阳结合。它们有着很多的相似，泡蒸晒踏打溜，叮叮当当、喊喊喳喳、窸窸窣窣的声响长年累月在山间回荡，可以想见当年的热闹繁华。

清阳山晨钟暮鼓，仙音袅袅，更有马帮结队来来往往，马蹄嗒嗒，马铃铛铛，山歌苍凉。

清阳山，也算是听遍了世间的俗音凡响。

3

清阳山上，道教协会的张道长，着青色道袍衣帽。

他是一名退伍军人，面部有疾，腿部有疾。

民间故事里，惯常的概念，那个全知全能，看透世事真相，能点化你的人，一定是跛足的或者丑怪的，衣衫褴褛，蓬头垢面，疯疯癫癫，与凡俗之人有着极大的不同。他有着特殊的形貌，有着诡异的行踪和言语。但是，他是带着神灵旨意的。

于是，我想，那些在人世间翻过跟头的人，他们受过伤，经历过世间的繁华与幻灭，有过兴衰变迁和起起落落，也许看尽世相，便化身回归，出现在世人面前，不让凡俗之人看出来，用其貌不扬或残破的形象来点醒别人。残破也许是一种天机。佛道讲，生命经历过一些幻象之后，已不在意自己的形象，就会化作一个形貌怪异的人出现。庄子认为，悟道之人，就是世人眼中的奇怪之人。

不知怎么，见到张道长，我有了这样的奇怪的联想。

他种田丰收了，凭借自己种庄稼的实际经验，归纳出世间万事的道理。他说，无论干啥，下得了功夫，吃得了苦，就能有收益。

他说，修道之人，要调整好心态，修身养性，顺应万物生长的规律，合乎春夏秋冬四季的运行。

他说，天有日月二光，地有万物生长，父母娘老子叔伯兄弟，人人都有六亲。师呢，在这个世上，每个人无论学啥都离不开师傅。信仰不是迷信，而是人间正道。遵从道教和传统文化，信仰天地君亲师，是统一的，并不冲突。

他说，历代的伟人，有益于广大百姓的人，人们敬奉他，故而写入书，为他塑像为他焚香磕头，一代代传承下去，他就成了神，无可厚非。

他说，一杯水，是清的，浸成茶则是茶色，倒入墨则成黑，倒入赤色颜料则成红，要让它再清就不易了。人，就像事物的本质一样，本来是清的，白的。

他说，世上无难事，只要肯攀登。

道法自然，就像太阳照耀大地万物，地球恒常转动，春季万物发芽，夏季万物生长勃发，秋季万物凋敝老化，冬季大地安静。这就是四季本来的面貌。人也一样。

他又说，只要功夫深铁杵磨成针。

听君一席话，心有所感。

我知道，世上本无一杯清水。但我坚信，世上有一杯清水。

知道归知道，执着归执着。

人生天地之间，白驹过隙，沧海一粟，不过是逆流而上，要么坚持一杯水的清，要么坚持去掉一杯水的浊。

大概，此为修身养性，此为修行。

4

一棵年逾千岁的花，是花中极品。

一株花树，选择一方山水扎根千年，年年把自己开成青春的模样。千岁了，却还是少女一样的花满枝头，花香四溢。岂俗常之花！

花是女子。一株千年的花，当是花中的女王。

她还有一个最具女性气质的名字，紫薇。她花名娇媚，花朵细碎，泛着娇弱炫目的紫，天生是高贵的女神范。

唐朝时，紫薇像一个面容姣好，鲜亮光洁的女子，深得皇家的青睐，曾盛植于长安宫廷之中，也算是受尽世间万千宠爱。风流倜傥的白乐天，喜欢种紫薇于厅堂，以便近睹娇弱花容。他是要做紫薇花的铁粉或知音吧，他说："丝纶阁下文章静，钟鼓楼中刻漏长。独坐黄昏谁是伴？紫薇花对紫微郎。"

我要说的这株紫薇，却逃离皇家园林的万般优越和万千宠爱，像一个拣尽寒枝不肯栖的孤傲女子，只选择清阳山的泥土，在这素净幽僻安宁的乡野山洼扎根，并在这里守护了千年时光。她是天下独绝的一株花。清阳山兴衰几度，只因一株紫薇树，恰以阴柔之气纳天地之阳刚，释放母性气息，荫庇一方水土。故，清阳山的香火不断，清阳山的气脉绵延。时至今日，四周新建的木楼庙宇，把紫薇围在中心，恰似一个巨型花坛，众星捧月般，护卫着花神。一株花和一方水土神灵，完成着它们之间的相互滋养供给。

世上千树万木，独紫薇袒露着光洁的皮肤。据说，紫薇树因为没有树皮，如果触摸，树枝便会全身颤动。深秋，她的花期虽已过，满地落英残芳，但她，筋脉挺露，新鲜而光滑的树身，莹滑光洁，依然是这个秋天里最惹眼的景致。婀娜盘曲的腰肢互相依偎缠绕，共同撑起华丽大气的树冠，满枝的绿意葱茏，是她素朴又高贵的外衣。她安安静静地站在院子里，任凭人们怎样抚弄挑逗她的皮肤，她都没有枝摇叶动，发出"咯咯"的笑声来。

修行千年的女子，还有什么可以让她随便动容的呢？哭与笑，不会再那么轻易了吧！

5

清阳山，三重殿。儒佛道共存。

依山就势，顺势而上。

第一重殿。有天宫。清阳山上最高级别的领袖三清圣人，端居殿上，高规格的服装彩绘，衣带头冠，仪态威武，在他们的领导之下，各路神仙，层次分明的座次，脉络清晰的秩序。侧墙上，有壁画“十二大仙朝三清”，三位道教大神在云端里坐，十二大仙姿态表情各异，衣带飘然，腾云驾雾，各自朝拜。有人间。人世的影子和人世的美好所想，都在这里了。掌管水土平安的神，掌管发财致富的神，掌管医药救人于苦难的神，掌管子嗣生育的神……所有的神都生得慈眉善目，有求必应。有一个殿，令人眼前一亮，一尊一尊的女神像，端坐殿上，身形肥硕，仪容饱满，面目慈祥。有的手持八卦百宝箱；有的手托龙头金剪刀；有的袒胸露乳，怀抱婴孩；有的双手托举，给幼婴端尿姿态，好有人间气息的一幅愿景。那怀里的幼婴，只裹一个红肚兜，虎头虎脑，浑身饱满，手脚圆融，面色红润。我想，美好的人间，最是缺不了女人和孩子。哪怕女人有时哭哭啼啼，唠唠叨叨，哪怕孩了生性淘气，好动顽皮。人世的繁衍生息都在那一声声婴儿呱呱坠地的哭声里了。最喜这陈列着的送子观音，一尊尊女性的神，为这人间的气息增色不少。有地下。阎罗是地下的最高统治者，他生得面目狰狞，他掌管着阴森可怖的地下秩序，那些在人世作恶多端的人，被处以各种刑罚，永世不得翻身，上刀山，下火海，填井，腰斩，上吊，油煎……去了地狱的人，在那里警示世人，作恶没有好下场。

第二重殿。供奉着泥塑金身的佛教诸神。释迦牟尼，菩萨，罗汉……

佛以心为出发点，世间万物变化无常，唯有回归到人的本心，出离烦恼，超脱生死痛苦，达到空无一物的境界。道的出发点是自然，“人法地，地法天，天法道，道法自然”。仰观天象，俯察地理，人顺从于自然，一切的法则都源于自然。以此来求得人与自然的和谐。佛和道，在历史上曾经争斗相残，而在清阳山和谐共存。佛家的圆觉之境，道家的清净之地，名不同而道同归。

第三重殿。是即将落成的孔殿。木料齐备，青砖青瓦堆放，还有旧时的砖雕，有龙纹的，有鸟兽的，有花雕，有大象形状，有游鱼形状。就在一旁，静静观望。某一日将被安放到房梁之上，承其旧制，以示高古。正在建修当中的两层结构的大殿，是在这清阳山最高的地方，为孔子建起的一座庙。全国各地，孔庙何其多？香火何其盛？今日，却在清阳山的高处，亲眼看到那么多人挥汗修孔庙，一砖一瓦、一木一石，都是精心安放。时代发展了，孔子也该住上楼。这位中国人眼中的圣贤，早在公元前五世纪，他所创立的入世和人文主义精神的文化主流思想、哲理与儒家宗教体系，其核心价值观，在时代发展的今天，依然有效，堪称民族脊梁。《说文》释：“儒，柔也，术士之称。从人，需声。”柔者，弯曲又笔直之树木。好似象鼻，可直可屈，变化自如。术士，魔法通达者之尊称。想象大殿落成，民间艺人，驻守清阳山的丹青手冉泽旭和他的学生们，塑起九尺孔子的巨大圣像，又一笔一画绘制出峨冠博带，圩顶长髯，勾出额间纹路，点出一双智慧的眼睛，清阳山又该是怎样的气象万千。站在刚刚盖好的楼顶四处张望，左右开阔，远处山峦逶迤，高天流云，密林重重。更有水声潺潺，自不同的方向叮咚而来，殊途同归。孔庙被建在最高处，是清阳山最大的人文关怀。

清阳山，阴阳相生，儒佛道共存的地方。

裕河某日

1

藏在深山的裕河，山回水转，让人迷醉，也让人迷路。

路在山水间缠绕，心就跟着在山水间缠绕。九曲的心事，绕来绕去，幽怨了，纠结了，扭了八十道拐，上了锁；翻过一座山，忽又敞亮了，明了了，解开了心结。心和事便都落在了这明净的山水间。

打下车窗，问路，在茶园里修剪茶树的老人，丢下手里的工具，从地埂的陡坡上小跑过来，浓重的川音，笑意盈盈地，两手比画着，说："你们走大路，一直往前走，看见一个'大茶壶'，再往右走，当你看到一棵柿子树，再往左走……"

如此左左又右右，便知道前方更是山重水复，且加大马力一直向着柳暗花明处行去。而老人，为我们指路后，望着车绝尘而去，像完成了一件大事，欢欣地回到窄窄又陡陡的田块间，继续他漫不经心的劳作。我知道，这天长日久的茶树，终将被他修剪成山的一道道蛾眉，在这安宁的远山，准备在整个冬天里养精蓄锐，在来年的春天里吐露明前的第一瓣新芽。

我们找到了大茶壶，上面刻印着"金陇红"。一壶热茶，撑起小镇的绿水蓝天。在日积月累的光阴里生长的茶芽儿，也在渐次安宁的岁月里熬成一壶茶，浸润这一方裕河的土地，也长久地迎接着南来北往的路人。

找到了路边的柿子树，可是柿子树有很多，时不时的在白墙青瓦后面悄悄站出来，迎着你。树上没有叶子，只剩满枝满枝的红柿子密密垂挂，让人怀疑是提前挂上去的小灯笼。这些小精灵，是季节留给大地的礼物，谁还忍心去摘，就让它点缀整个灰白的冬天好了。

2

和一个地方的缘分，或许是擦肩，或许是一而再再而三地纠缠。

第一次来裕河，是深冬。十万大山在眼前次第展开，每一道山梁被草木覆盖，郁郁葱葱，没有萧索之气。裕河冬季不落雪，在冷风里，机器轰鸣作业，在建的五阳公路，从半山腰开凿而成，行走一段，已经垫好的路基又被垮下来的山体覆盖，我们踩着岩石继续爬坡前行，快速通过后，回头发现石块继续往下掉落，树木连根拔起，窸窸窣窣的土层，像沉睡已久的大地渐次睁开眼睛。虽然大自然如此这般强势地为难和考验着人类，但这条公路已然成形，千百年来无路可走的裕河即将发生翻天覆地的变化。沿途的民众欢欣鼓舞自发投工投劳，期盼着世代梦寐以求的公路从自家门口经过。到农户家里去采访，和村子里的老人小孩一起围坐着火塘，吃着农家饭菜，听他们述说祖祖辈辈的故事和无路可走的艰难。村子里的房子建设没有规律，没有院门，屋前的空地上，随意围起来一些篱笆，种了白菜、萝卜和辣椒，各种瓜果在屋檐下摆放，人们神色悠然，忙着招呼每一个陌生的面孔进屋喝茶。村子里的人，眼神澄澈干净，像山间小溪里的水。

第二次来裕河，是盛夏。山清水秀，万物舒展，正是草木最繁盛的时节。这一天，举行五阳公路通车仪式，第一辆从五马乡到阳坝镇的班车，头戴大红花，载着满车兴高采烈的人，奔驰在新修的公路上。驾车重走一遍缠绕在山间的五阳路，并找到前一年采访过的马世忠一家，他翻修了两层木楼，给二楼装上了木质围栏，将每间房子建成了民宿。我问，上次吃饭时见过的那些老人呢？他说，老人走的走了，在的还在，老母亲到武都城里走亲戚去了。时间过去一年，这块土地上，有流逝，有生长，也有潜藏。裕河的婚嫁传统是男到女家，女儿留在家里，把男孩子嫁出去。但是四位父母不分你我，一起赡养。上次见到的四位老人都有 90 岁了，精神矍铄，身体健朗，大口吃着腊肉大碗喝着茶。马世忠真有福气，他有两个女儿，都会留在家里，大女儿找了四川南充的女婿，结完婚一起去了广州创业。家里的楼房外墙刷成仿古色，古色古香。他说，这是村子里统一装扮的。在树木掩映里，一座座小楼鳞次栉比，每家每户一楼的火塘里，挂着吊壶，火塘里的烟火，终年熏烤着屋顶的肉，那些褐色的腊肉，沉淀着裕河人的时光岁月，是他们桌上不可或缺的美食。问他们腊肉卖不卖，他们回答，不卖不卖，自己都不够吃呢！那一日，夜宿裕河的某一条山沟，有一家不为外人所知的小客栈，客栈没有名字，只是藏在树林深处的几间小屋而已。巧遇了来写生的两位画家，十几年未见的人，居然在山谷里遇见，看他的画，一幅又一幅挂满了屋子里所有的墙面，裕河的山水林泉被他搬到了纸上，成了浓缩的裕河山水。树林深处，五六个闲人，就着那晚的月色，石桌上摆满了二脑壳酒和熟食。一会儿，酒酣耳热，歌声起，飘在山间，树林深处一户人家 90 多岁的老太太，循着歌声来了，她忽然从墙角处出现，看我们像看着天外来客，给她吃的，她说，我才不吃那些乱七八糟的东西。她却能大碗喝酒。她的儿子有 70 多岁了，母子二人在山间的桃源里，神仙一般生活着。70 多岁的儿子像个老顽童，无论春夏秋冬，每天扎进沟里的深潭里游泳，和游鱼成了最亲密的伙伴。他说，这沟里共有十四种鱼，每种鱼我都认识它。他们从不吃外面买来的食品，不认识那些花花绿绿的塑料包装袋。除了两三户人家，一个小客栈，这里基本见不到人影。

我们还约好第二天到他们家吃早餐，是最地道的酸菜豆花面。后半夜，月亮挂在树尖上，把所有的虫鸣点燃了，虫儿在月色里大展身手，唧唧啾啾，窸窸窣窣。蝉鸣独树一帜，它的长调盖过了所有的合唱。在几百米海拔的裕河山水间，月色照着，虫儿唱着，很快就进入了梦乡。每夜被梦缠绕欺负的我，奇怪，那一夜，大脑空荡，像一个没事人，像一粒尘埃，在房间。那房子也变作一粒尘埃，被十万树木覆盖，被十万大山包裹，无边的大山和树木也是苍茫宇宙里的一粒尘埃，被浩瀚无垠的月色笼罩。凌晨，万山空寂，空气潮润，唯余月色悄声不语，唯余流水叮叮当当。继而，此起彼伏的鸟鸣，尖厉短促、平缓悠长、曲折幽怨、轻快明亮，它们在屋外吵架似的、开会似的、嬉闹似的。总之，不懂鸟语，只静静聆听着它们的唱和，加入这旁若无人的欢喜。突然就醒了，天光亮晃晃的，恍惚许久，才恢复了记忆，思维回到现实，意识到昨夜自己客居于此，流浪的身心曾有一夜寄存于裕河的山水中。此生旅程漫漫，住过多少客栈，有过无数醒来的方式，但，唯有那个被鸟鸣和流水叫醒的清晨，一定会被长久记得。

第三次来裕河，山外已然秋到尽头，满目的萧索，空气也冷冷的。裕河却别有天地，那里深藏着人间最后的秋天，空山静寂，山野一改夏日单调一味的绿，色彩渐次分明了，一层红，一道绿，一绺黄。天空蓝得让人恍惚，没有一丝云影，像一个诱人的童话。依然循着这条九曲的山路，绕过来绕过去，回忆着旧路去找寻心中的山水。

3

推想，这一条沟起先仅有八户人家，或者有八处特别的湖水，故名“八户沟”“八湖沟”。但此间方言，“户”“湖”“福”同音。如今，这一条沟干脆改名为“八福沟”。沟口有户人家，敞开的院门外，远远地看见堂屋檐下，挂一长方形酱红横木板，上面端端正正嵌着四个蓝色楷体大字“福口茶舍”。悄声反复读这四个字，觉得意蕴幽深。进八福沟的人，都将从这福口处穿过。有福之人从福口处进沟，进入福口便是有福之人。有口福之人喝福口茶舍之茶，喝福口茶舍之茶便是有口福之人。如此揣摩，左想右想，这茶舍名字起得真是好，忽让人心生欢喜。其实也不是专门经营茶，它就是一户普通的山庄人家，屋里屋外都是满满当当的生活用品，他们是每天都在福口里生活的人。廊檐下只留一个大方桌，供路过的人歇脚喝茶，吃地道的农家饭。竹箩里晒着各类山野特产，香菇、木耳、萝卜干、各类野菜。屋檐下的宽走廊上，泥土的炉子，镶嵌着一口铁锅，铁锅有着一定的倾斜度，就知道它是用来手工炒茶的。再看看杯子里的茶正浮浮沉沉，想象它从山间的枝上被一双手一瓣瓣采下，又被另一双手揉搓炒制成茶，在这夫唱妇随的田园里，等待有缘之人、有缘之水将它泡开。彼时，木桌木椅边，茶香缭绕。一会儿，桌面便被大盘小盘挤满，阳光温热，风从山岭深处吹过来，桌上的香味散开，粉蒸肉、腊肉、小青菜、炖萝卜、酸菜豆花面，全是裕河的风格。这让我怀想某一年初夏，在一个叫丹堡的小镇，同样的宽廊檐下，汗流浃背的人面对一桌子的美食，前辈正雨老先生劝我们吃腊肉的情形，他说，最地道的腊肉，你到别处是吃不到的，一点都不腻，尝一块尝一块。今天，同样地道的农家腊肉摆在眼前，同样劝吃的话传来，我们经不起诱劝，便不辜负美食美意，暂不论卡路里和体重，对着桌上盘盘盏盏大快朵颐。

逆着水流的方向走，听着流水的清音占据了山谷，峡谷陡急处，水流飞溅而下，如白练悬空，垂直落向深潭，声音激越，猜不透潭深几何。山势开阔处，水流漫漶，细小的游鱼摆动尾翼，树影摇曳其中，阳光穿透水，水底的流沙落叶石子清晰可见。流水本无形，随物赋形，地势给了它外在的身体。流水本无心，依山就势，同样的水被造就了不同的性格。人也是一样。潭里的石头，很少有棱角分明的，无论大小一律有着光滑圆融的形象，长年累月经受这流水的击打摩挲，无一例外的憨态可掬，大石块变成小石块，小石块碎成沙。看着平平整整的一块白色石块，一脚踩上去，绵软柔滑，脚深陷其中，俯身查看，原是细碎的沙铺在那里，铺在浅水旁石块的身下。看似坚硬的东西，有时会蒙蔽我们的眼睛。坚硬的外表下更有可能藏着一颗易碎的心。踩着木质栈道一直走，脚步声散开，在寂静的山谷响起，无边的树木在头顶笼罩过来，少许阳光从树缝里透下来，影影绰绰，眼花缭乱，眼前忽有许多数十米长的绳索从天而降，在林间来回缠绕，这人迹罕至的深谷，谁会使用绳索呢？一定是藤条之类的蔓生植物，它们依附它物而生，攀缘而上，借着别人生长自己，要么把自己完全交付给别人，要么极力捆绑这世间的某些身外之物。离开了身外之物，本性使然，或者无法生存，或者匍匐在地。

山还有多重，绵延舒展，永无穷尽。路到尽头我们收住了脚步，路有了分岔，选择另一条路返回，是因为旅途有限，永不要走回头路，为看不同的风景。来路无限未知，是艰难的上坡，消耗着我们的体力，内心充满负累，故而行色匆匆，一心想着结果，往往忽略了过程。归途是轻松的下坡，我们的内心已被来时的山水装满，回去的路觉得很近很快。所有的归途，都比来路近。我们欢快地下山，压着脚步走，与此同时又记起上山时的种种打算，感慨着，遗憾着。我对苔藓偏爱，在山间我见到了空前繁密茂盛的青苔，双手轻抚着，站在那盛大的植物面前，下决心返回时一定要带一些回去养。好友对一种结着珊瑚珠似的不知名的小绿植情有独钟，打算要养在家里的小花盆里。还有，山谷间不同的岩石块上，分别刻印着从八位书法家那里征集到的风格各异的“福”字，我们都还没有拍全……还有，许多打算都是想着在归途中完成的。可是，我们选择的是另一条路。年少时有过诸多的愿望都是等着长大后去完成的，年轻时有过诸多的愿望都是等着退休以后去完成的，生病时有过诸多的计划都是等着身体恢复后去完成的，贫穷时有过诸多的希望都是等着有钱了去完成的。可是，也许我们会选择另一条路。

山路的转弯处，一大片茶园在面前展开，深秋季节的茶树又老又旧，叶子粗糙，树枝没有被修剪，散乱地生长。只是，在茶园里，第一次见到了茶树开花，在枝叶间，密密垂挂着，淡黄的花，单层排列着四五瓣，玲珑剔透着，深黄的花蕊，藏在浅浅的花心里。还有的含苞，像一个个白色的小圆球，在太阳下闪着光。我们才知道，飘荡在周围的一股香气来自这些茶花。窜进茶园，摘下一朵，凑近闻一闻，特别熟悉的香味，是茉莉花茶的味道，难道茉莉花茶用的就是茶花？想想不对，茉莉花是另一种花呢，它不是茶，它是一种花，把这种花加到茶里，就成了茉莉香味的茶。茉莉和茶花有着相似的香气罢了，就像世间许多美好的事物都有着相似的美好一样。之前尚不知道茶树会开花，开花了会结果吗？茶花开了，会结什么样的果呢？沉迷于这淡淡的茶花香，便埋头在茶园里，俯身茶树旁，摘了一朵又一朵。摘来的茶花，给每个杯子里泡几朵，花在茶水间盛开，满满的一杯，盛放的茶花，淡淡的花瓣，淡淡的香。要让人迷醉在这儿似的。

4

回到福口茶舍，从这里出了八福沟，内心已然承载了许多福。离开时，不停地回头，提醒自己尽可能记住路上的一些标记，发觉自己成了晋代的渔人，处处志之，还奢望来年邀人一同前往，尽管有可能会不复得路。但，我依然可以为外人道出那某日光景，以及裕河深处，有沟，名曰：八福。

玉　垒

大地一片静默，世界只剩潮润的暖风，在耳边呼啸而过。

光阴静止，时间凝固，今日何年？何人在玉垒关前？望川泽气蒸，雾锁山河，烟海苍茫。观天边云卷云舒，忽如峰峦叠嶂、战马驰骋，时而丝丝缕缕，缥缈氤氲。

玉垒关前，天高路急风远，灰雾轻笼天地之间。

极目，峭壁连高峰，绝崖深谷，刀刻斧凿，层层叠叠，漫向天边，一片苍翠出离视线，在眼睛所不能及的远方，继续向远方弥漫。

白龙江和白水江一改奔腾跌撞的姿势，手挽着手和颜悦色地悄悄耳语，或者大声说话，只用身体的颜色表明自己的来路。它们是在诉说一路的离愁别恨、悲喜酸甜？还是回味往昔刀光剑影、日月轮转、沧海桑田？或者，要带着高原雪山的圣洁宁谧，把郎木寺镇黑虎女神所居住的洞穴——这个圣地中的圣地、岷山南北的差异和秦岭山系的奇险细细交谈？

我的心，此时要变成一只秃鹫，低飞在神秘旷古的甘南，在偏远的郎木寺古镇，在那个潺潺的峡谷溪流中投下翅膀的影子，去为河水探源。那条宽不足 2 米的小溪，就是传说中黑虎女神为民除害后化身钟乳石所居住的洞穴涌流出的泉水，那清悠悠的一泓，它有一个美丽大气的名字——白龙江。江水缓缓穿越郎木寺镇，将小镇一分为二，一面属于四川，另一面属于甘肃。

藏族和回族在这里按照各自的传统和信仰生活，晒大佛，做礼拜，小溪两边的人们在所敬仰的神的世界里烟火缭绕，灵魂被佛祖和天主各自保管。

白龙江，是一条流淌神谕的水，它从海拔4078米的岷山北麓的碌曲县与若尔盖县边境的郎木寺发源，由北而南穿越西秦岭，上游属岷山山脉，中游属秦岭山系。江水在山峦起伏间、沟谷纵横里一路奔腾流淌，它是嘉陵江主要源头之一。

白水江，它的源头在甘川交界岷山山脉南端的弓杆岭，是嘉陵江上游最大的支流。流域大部分属暖温带湿润气候，是动植物们的乐园，属于世界生物圈保护区。江水自西北向东南一路浩浩荡荡，流经美丽的四川九寨沟县。

循着自然界千万年汩汩流淌的约定，白水江与白龙江注定要在甘肃文县的玉垒关前相遇、汇流。

有着不同性格的两条水，各自承载着不同的体温和面容，蕴藏着内心的天堂，它们身体和灵魂交汇的地方，必有着大自然的安排和神灵的指点。我确定，玉垒，它在那里等我。我们匆匆前往，玉垒关就在那里。山，是最险峻伟岸的山；水，是最丰厚壮阔的水。玉垒，蕴含江河之美，赋予山川之险，吸纳灵秀之韵。玉垒，它承载两江之重。它的个性，它站立的姿态，注定接纳世间的气象万千，饱尝历史的风云变幻，见证时代的荣辱变迁，收藏光阴的扼腕咏叹。

时间向前推移1800年，脚下的土地，烽烟四起，战马嘶吼，鼓角争鸣。三国的战火在弥漫，玉垒关，一度成为魏蜀双方为了占领陇南阴平进而完成霸业而争夺的焦点。魏文帝时期，郭淮重兵把守玉垒关，被诸葛亮设伏兵击败。蜀汉占据阴平后，阴平太守廖化又派兵驻扎于玉垒关。魏将郭淮在此筑城，调兵遣将，亲率大军攻打廖化。玉垒关郭淮城的故事，像那些历经千年遭受风雨侵蚀仍然站立的城墙，记录着玉垒关岁月烟云中的点点滴滴。蜀后主时期，历史演绎了分久必合、合久必分的巧妙一幕，邓艾伐蜀，魏蜀双方谁占领玉垒关，控制阴平桥头这一峭壁雄关、秦蜀咽喉，谁就争取到了战争的主动。魏将诸葛绪、钟会，与蜀将姜维、廖化等斗智斗勇，迂回作战，历史就在这个节点，让邓艾乘虚完成阴平偷渡，如此“奇谋”成就了灭蜀的战功，成为魏灭蜀决定性的军事行动。邓艾凿山架桥，攀木缘崖，那悠悠栈道承载着玉垒雄关的多少传奇！耳畔似乎还有士兵行军铿锵，绝境逢生的呐喊，给这处古老的关隘增添着神秘色调。

玉垒关阴平桥，在历史的不同时期，被政治家和军事家不断地变换身份和角色，掌握这至关重要的一座桥，就扼住了命运的喉咙。战乱时期，先筑桥以通过，而后过河拆桥，以绝敌人后路。和平年代，修桥扩路，用以商贸流通，外交往来。桥，可以成为打通阻隔的凭借，亦可成为引狼入室的便道。阴平桥，尤其承受了历史多次的雕琢。明末曾被匪寇焚毁，清康熙年间又建起木桥，咸丰年间又重建维修，盛世太平让桥一度成为可以观赏的风景。1949 年 12 月，历史的又一出闹剧重演，国民党焚毁阴平桥以阻止解放军南下，入川部队用两个昼夜抢搭浮桥以通行，解放了碧口。历史的命运有时可以拴在一座桥上，但是历史的大势必然印证那句话：山阻石拦，大江毕竟东流去。

1963 年，甘川公路通车，此后的十数年间，阴平成了木船汽车往来的繁华渡口，成为连接陆路和水路交通的枢纽。玉垒古关，阴平渡口，橹声激越，江水欢腾，号子声声，摩肩接踵。一叶叶木舟顺江水漂漂荡荡，相似的口音让不同民族和地域的人们亲密交往，高亢悠扬的歌声响彻陕、甘、川交界的群山峡谷，让三省各地互通往来再不受阻隔。

直到 1975 年，下游的碧口水库蓄水修建，公路改至江水北岸，玉垒关阴平古渡，似乎完成了它的使命。一艘艘渡轮被岁月悄悄搁浅，在一声声轻叹里靠岸歇息。1988 年，一架钢铁长龙腾空而起，虹桥横卧，桥身下江水壮阔仰天长啸。桥上，重型汽车来回穿梭，旅客行人再不用过江攀崖，叫苦连天。这座玉垒关公路吊桥，是打通陕、甘、川的要津，让千百年来的天堑成了通途，也是通往美丽的九寨沟的必经之路。

今天，在玉垒关前，漫卷历史、莽莽群山和汪洋江水将我包裹在一片苍茫和宁谧之中。但我的视线渐渐清晰，内心无比绚烂，碧波轻舟在脚下晃晃悠悠，映照着一方美丽的家园。突兀雄奇的远山张开宽阔的胸怀，它是在以包容和接纳的姿势将这个前所未有的时代揽入怀抱。横跨两岸的端直的关头坝大桥，车来人往，牵连着故乡和远方，让梦里歌里的牵绊顺利到达，让隔山隔水的乡愁得以存放，它光明正大慷慨激昂。关头坝大桥所连接的212国道像洁白的哈达在青山间飞舞，又如矫健的巨龙在绿水边游走。拥有238平方千米地域面积的玉垒乡，依山傍水，枕玉而居。在平均海拔700米的暖窝里，拥有10300亩的水旱良田，让玉米、小麦、黄豆等粮食作物布满高山河谷；让油桐、木耳、花椒、橙子、板栗、漆树等经济作物遍地开花，6000余玉垒人民在此安居乐业。

玉垒古关，拂去昨日险关争夺的沧桑烟云，尽显今日奇秀壮美的无比雄姿。大山，大水，大气势，大道蜿蜒，大江承载，脚下的大路，定会宽阔又平坦。

沿着这一条平坦的大道，穿过草香扑鼻的小径，就来到了玉垒乡冉家坪村漂亮的戏台前。那个雕梁画栋古朴漂亮的舞台，可以触摸到当地政府对民间艺术的温度。在冉家坪村头，在泛着木质香味的新舞台前，我们领略了玉垒花灯戏这种非物质文化遗产的魅力。演员们浓妆淡抹，彩衣花裙，风中起舞，却都光着脚踩着拖鞋、布底鞋或者球鞋，他们用高亢的曲调，浓重的川音，完整的情节，独特的腔调，吸引了凝神观看的观众。他们似乎刚刚从劳作一线的田间走出来，脚下踩着厚厚的泥土。他们是劳动中的农民，是生活里的主人，是舞台上的主角。随时跨上那个漂亮的舞台，自娱自乐，带着浓浓的生活的原汁原味，把民间艺术的魅力发挥到极致。只是，传统留下了一个小小的遗憾，舞台上竟没有一个女演员。我们拍摄、录音、鼓掌、赞叹，脑海里珍藏了玉垒花灯戏的旋律和画面，让内心的一种怀想，遭遇一段旧时光。

山高水远的玉垒雄关是豪迈伟岸的大丈夫，它有着雄浑高亢的男高音，宽厚的胸怀，铺天盖地，神秘苍凉，遒劲饱满得让人无地自容。玉垒花灯戏是在这奇山秀水间巧遇的一位温婉、明朗的奇女子。她跟随着从四川迁居至文县的先民，带着浓重的川味，一路扭着热辣辣的小秧歌，还扭出了秦腔和陇南山歌的灵魂。在三省交界的玉垒，她是浸润着陕、甘、川的灵秀成长起来的一位民间女子。起初她养在深闺，足不出户，只在上元灯节、美好时辰，在前簇后拥的花灯映照下登堂入室，浓妆亮相。时代发展，玉垒花灯戏这位女子对地方民俗元素兼收并蓄，载歌载舞，声势壮大。作为民族融合的结晶，玉垒花灯戏成了喜闻乐见的民间艺术形式。她的歌舞在这雄奇的山间荡漾，玉垒大地顿时生动而激昂。在文化底蕴如此深厚的玉垒，它无疑锦上添花般地装扮滋养着脚下这片丰厚的土地。

午后透亮的阳光下，沿着青石小径，穿过荫蔽的大片竹林，林间清风徐徐吹来，暑热尽散。翻江倒海占据内心的那诸多欲念，存放在电脑和手机大网里的那些蝼蚁般的数据，此刻，可以一一放下不管。腾空内心，靠近竹林，卸下一身的疲累，惊起满地竹叶窸窣。亮光于叶缝间漏下，给心灵一个通道，让它，在这个古老安闲的远方，找到失散多年的温情，到达靠近云朵的蓝天，在那里巧遇童话一般的美丽从前。

小路转弯，我们的脚不小心就站在了一个大院中。

和我见到过的许多民风淳厚的村落有着相同的品质，冉家坪村的居民同样没有用高墙和铁门将房屋围住，院落是开放着的，房屋是敞开着的。古朴的木屋安安静静在丛林掩映中蹲坐，悠闲安稳如一位饱经风霜的老人，在岁月沧桑中越来越温和慈祥，它双眼浑浊，长须白发，一身青衫。玲珑精细的雕花门窗，镂空的对称图案，泛着黑，透露出岁月的颜色，廊檐下的木柱，在圆形的柱石上，稳稳地支撑了一个家庭的温暖。台阶和院子一律用青石板铺砌，干净整洁，石缝里有小草均匀生长，一派生机。品种繁多的花花草草就在院边任意摆放。院子中央，夫妻杜仲树横逸斜出的身躯，互相依靠，耳鬓厮磨。丈夫身形魁梧，有着阔厚硕大的叶片，妻子身形圆柔，有着细碎婆娑的枝条。他们伸出修长的手臂，要把家园护卫在怀抱。生儿育女，遮风挡雨。他们共同坚守脚下的土地，和木屋一道静静守候，让每一寸绿荫都夫唱妇随。

房屋的女主人就坐在屋檐下，见有外来者的身影，老远就大喊：“快过来吃枇杷，刚刚摘的，甜得很。”她脸蛋红润，短发齐耳，体形微胖，面前是一篮子黄灿灿的枇杷，一串串一簇簇在篮子里挤着。她并不问来者何人，只把甜甜的果子递到每个人的手里。我们说：“给你一些钱吧？”女主人大笑起来：“要啥钱？尽管吃。挑个大的吃。”不一会儿，院子里人多了起来，出嫁的女儿回娘家了，小外孙在老人怀里撒着娇。古房子，雕着花，在风里，以它为背景，我们和这淳朴的一家人，完成一张合影，以此记录某个晴天美好的画面。向着夫妻树和古房子说再见，转身，再次与一道道简单干净的眼神相撞，内心把最美好的祝福送出。

冉家坪的枇杷，是我们没有预约的一种幸福和感动，让内心的诗意找到可以抒写的笔墨纸砚。

而此时，另一个院落安静的一角，核桃树伸出绿色的手臂。海棠、桂树、芭蕉的绿荫下，方桌上，一块素毡，一些白宣，一得阁墨香缭绕，茶雾缕缕散开，鸟儿叽叽喳喳。谈笑间，妙手弄墨，笔走龙蛇，墨香滴落纸上。身后的矮屋上，一株兰，借着屋瓦的温度，在仅有的一撮土里扎根，开着素淡的黄色花，细小的身躯，独自安安静静地优雅。

太阳落山的时候，甜甜的粮食酒、腊肉、野菜、豆花面和夕阳一同把人灌醉。洪亮的男高音在玉垒的土地上响起。醉意朦胧里，玉垒关越来越远，渐渐模糊，只在脑海里屹立着最清晰的记忆。

雄奇的远山，宽阔的胸怀，薄雾低垂，两江合流的江水，没有渡船，像一块安静的玉，镶嵌在玉垒关峡谷的一片静谧里，一动不动，好像在安睡。

可是静水深流，必有它流淌的方向。

两江之水，在玉垒关相遇，借神谕的指引，以澎湃的姿态，流向不远处的嘉陵江，更远处的长江，终将归入大海的胸膛。

碧　口

我曾不止一次，通过名字里的颜色，想象着古镇碧口。

天是纯净的蓝，水是澄澈的碧。陕甘川交界处，群山簇拥的暖窝里，六百余米的海拔。隐藏在此的碧口，万山滴翠，茶香萦绕，川音袅袅。

放逐想象，梦回从前。“来客人喽，客官这边请……”长长的唱腔韵味深长，干练殷勤的招呼声响起，夹杂在阁楼的木板咯吱声中。花冠裙袄，大袖红袍的女子，肩头霞帔彩带，腰间饰金缀玉，小脚轻迈凤头鞋，乘着白龙江的木船远道而来。她落座八仙桌旁的太师椅，好奇的双眼第一次和碧口的目光相遇，端详着它的样子。

一袭青布长衫，蓝绸大褂的茶博士，乌黑的辫子搭在斯文的背上。他拈指轻弹，茶托茶碗飞落桌面。拎起锃亮的茶壶，紫云春绿中带黄的清淡茶汤从古铜色的长壶嘴临空泻下，滴落茶碗，咕咕数声，戛然而止，茶水与碗沿相平，茶碗里热气腾腾，茶碗外不见一滴水珠。茶盖滑向茶碗，留出一条缝，任由茶香四溢，馨馥沁心。女子兰指舞动，双手托起茶碗，用茶盖轻轻刮一刮茶汤，尖而细长的茶针或扁而薄平的茶片，在碗里上下翻腾，浮浮沉沉，晃晃悠悠，汤色渐浓。鼻翼凑近，凝神品味，茶碗内，茶色或浓或淡、茶香或幽或浅、茶味或苦或甘、茶形或齐或乱。双手托起碧口盖碗茶，领略其中包含的天地人合一的精神。

四座茶客，家长里短，嬉笑怒骂，啜一口香茗，蒲扇轻摇，龙门阵摆起，走卒跑马，热闹凑成一片。

忽有惊堂木脆响，一桌一椅一扇一抚尺，屏风相隔，口若悬河的说书艺人声情并茂，浓浓的川味在茶楼响起。“话说，当时在马背上端坐着一人，此人下了马往那儿一站，身高在八尺开外，晃荡荡黑泱泱像镔铁塔一样。面皮黑，黑中透亮，一双扫帚眉斜叉八叉插额角入鬓边，大环眼狮鼻阔口，大耳朝怀，颌下一部暴长钢髯，扎里扎煞二尺多长迎风都吹不倒，压耳毫毛像排笔相仿。他没穿盔甲，头上戴着匝巾，身上穿着软铠。这人是谁啊？张飞张翼德是也……”“好……好……”喝彩声欢呼声在茶楼回旋。那梨花木再次敲响时，“欲知后事如何，且听下回分解”。如痴如醉的茶客，碗中的茶，添水不添钱，换茶添茶钱。他们抻长了脖子，听书听了一回又一回，茶喝淡了一碗又一碗，茶添了一盏又一盏，水添了一壶又一壶。不觉，一日幸福安闲的光景在此间消磨掉。

夕阳西沉，茶楼是古镇镶嵌在夕阳余晖中的一枚印章，它的门楹两侧刻有长长的对联：“为名忙，为利忙，忙里偷闲，且喝一杯茶去；劳心苦，劳力苦，苦中作乐，再倒一碗酒来。”楹联阴刻的凹槽，每一个笔画里，都盛满晚霞血红的印色，让古镇在自己的标签里特色鲜明地骨肉饱满，诠释或彰显，个性张扬。青石板的古街依然热浪蒸腾，灯火映照，暑气四散，扑打着茶楼外墙的朱红木板。川剧小曲咿咿呀呀，余音绕梁，荡气回肠，把闲散的光阴搅动得醉意朦胧、神情彷徨。古色古香的小镇醉在茶韵里，迷离的双眼像是要就此安稳睡去。

白龙江，一条诗意流淌的水。蓝绿的江水穿越碧口的古街，映绿了两岸。依江而建的一排古木楼，见证了时光岁月和奔涌的江水，耳鬓厮磨。从明代开始，碧口的商业空前繁盛，这一条绿色的长龙，穿行在碧口至四川昭化的崇山峻岭之中，再汇入嘉陵江，一路直达重庆。在陆路崎岖难行的年代，在没有国道、没有高速、没有铁路的岁月，它将水的灵性和品质发挥到极致。一支支商船队伍在碧口启程，浩浩荡荡，把大山深处优质地道的中药材、土特产、茶叶运送到重庆码头，又在那里把来自西南各省、江浙一带的日用物品运到碧口。六百年来水路运输的繁华兴盛都记录在它奔腾流淌的路上。今天，如果你行走在白龙江岸，你会发现，一位发髻高绾、长裙短袄的女子，怀抱稚嫩的婴孩，望穿秋水，盼归的姿态一站就站成一尊雕塑，伴着白龙江的风在等他归来。这是碧口标志性的建筑之一。

另一个标志性建筑叫紫云宫。它是碧口水陆码头上最大的楼堂会馆建筑群，来自陕甘川等地的商人云集于此，在所有的会馆当中，它鹤立鸡群。在客商出入、樯帆林立、熙来攘往的碧口矗立。雕梁画栋，碧瓦飞甍，古韵悠长的紫云宫，尽显能工巧匠之技艺精湛、商会船帮的实力雄厚。富丽堂皇的紫云宫，把古镇的表情映照得光彩夺目。那些商人，车马往来，冠盖云集，出入紫云宫，意气飞扬，昂首挺胸，曾让繁华的碧口站在了时光的某个制高点上。遗憾的是，破旧立新的榔头并没有对辉煌一时的紫云宫手下留情，它和众多楼堂会馆一道遭遇灭顶之灾，仅剩下这个豪华瑰丽的名字，在此后的岁月里一次次勾起人们的记忆和想象。

民国初年，古镇的繁华盛极一时，百余条船只行走在白龙江上，古镇人口一度达到 4 万余人，建有海关、电报局、盐务局等，税收一度占到全甘肃省税收的 13%，曾创下年纳税 10 万两白银的纪录。直到 1956 年，文县至武都通车，1958 年，文县至碧口通车，水运逐渐衰败萧条，白龙江似乎完成了它的历史使命。历史的轨迹有着相似的特点，一条江和一个人一样，在重任面前，必然在场，必须担当，多重的担子都担在肩上。

1965 年，碧口利用丰富的水利资源开始兴建电厂。1976 年碧口电厂首台发电机开始发电，白龙江上出现第一颗明珠。20 世纪 80 年代，一支 10 万余人的淘金、硅铁企业大军蜂拥而至，给安静的古镇带来强大的经济动力的同时，也将大量的灰尘，黑色污染蔓向青山秀水和白云蓝天。古镇在现代化的快车道上灰头土脸地疾驰了 20 年，富含污染粉尘的萝卜干、腊肉和豆花面也不再香醇。工业化和自然开采的恶果不久被生态文明的砝码唤醒，硅铁产业渐渐隐退，短暂的辉煌退位，生存的召唤占据了碧口的一片蓝天。2008 年遭遇地震损毁以后，碧口开始了自然生态旅游产业的大发展，是凤凰涅槃，是碧口重生。

古镇哼着小曲，茶香浸润，酒意微醺，双眼蒙眬，一声鸡鸣，而或一声脆响，将古镇的一切古老的繁华和旧迹击落在地，又一轮缓缓升腾的红日，引领出另一片崭新天地。黎明的亮光洒遍碧口的每一个街角，揭下历史如梦似幻的华美面纱，眼前所能见到的就是今天的碧口了。

一身乔丹休闲的红衣女子，她顺着平坦的武罐高速来，循着远去的历史足音来，走在现代化的碧口新街，在楼群林立中穿梭，东张西望，四处去寻历史留下的影子。

统一规划的仿古街道，楼群一排排一行行，灯笼悬挂，白墙红窗。街檐、巷口、绿荫下几乎随处可见牌桌旁的老人，摇椅摆放，棋盘上厮杀，人群围观。他们白须长髯、鹤发童颜，趿拉着拖鞋，怀揣茶杯，静坐凝神，或俯身观望，似乎要忘记晨昏忧乐，岁月悠长，热闹都集中在车马相士将，身后装修豪华的铺面独自“与狼共舞”。所剩不多的逼仄的长条子大杂院，一进好几院，都守着一个通向街面的出入门口，一条光线昏暗、狭长低矮的过道，如同历史伸向古镇街面的一道喉咙，用它得以大口呼吸，以支撑藏在光阴背后的古木楼，它在灰尘里蜗居。正午时分，阳光从窄窄的天井洒下，仰面，每个小院会拥有一块长方形的干净碧蓝的天。天空下，横七竖八的铁丝上，挂着五颜六色的内衣。生满绿苔的石块上，拖把和浣洗用品不规则堆放，还有鞋，躺在窗台上。电视的声音很响，透过木窗依稀可见图像。听到响动，住在屋子里的人都探着头在自己的窗户上张望，却并不惊讶或者出来询问。他们仿若来自五百年前，在缓缓流走的时光最深处，不事张扬地安享每一寸时光，一动不动地和木楼相互守候、相依相伴，仿佛天井洒下的一缕阳光、一方蓝天或一阵风雨就足以让生活五彩缤纷。古旧的木门，明椽明瓦的楼檐，檐下的竹篓，竹编的泥墙，垒砌的石块，蔓延的青苔，闲挂的几串辣椒和堆放的几个盆景，一同注视突然拥堵在小院的那么多行人。众人的喧闹没有惊醒安卧的木楼群，它姿态安详地蹲坐在古镇街面的深处，身上写满了时光的痕迹，为表明古镇之所以“古”的身份留下最特殊的凭证。它周围一栋栋的楼群用钢筋水泥的骨架和光滑亮丽的彩砖超越了它的高度，层次分明着古镇的昨天和今天，是该用崭新的建筑做彩边镶嵌在古镇的今天，还是要用古旧的楼群做渲染存留古镇的昨天?

新建的茶韵广场上，茶圣陆羽的塑像一直把头伸向云里，他像是在凝神品味碧口李子坝的茶香，又似乎极目茶园，揣摩着如何让这韵味在《茶经》里久久留存。他在茶香满园的山水间，要将茶道的奥妙播撒在脚下的每一寸土地。街道的拐角处，茶摊摆放，大包小包，不同颜色的茶包挨挨挤挤，静待过往行人慧眼识真。主人如数家珍地介绍各种茶的采摘时间、品性特点及价格。白木板上的毛笔字标注，有的200元每斤，有的2000元每斤。各种茶包，在碧口街道的拐角处，挤在简单的铺板上，等待被某一杯有缘之水慢慢浸开、细细品尝。与此同时，我在猜想它们的姐妹一定在豪华的包装盒里，昂着头，抻着长长的脖颈，以高贵优雅的品性和气质，端坐在金碧辉煌的货柜上，等待红木紫砂品茶论道。彼时琴音悠悠、墨香缕缕，酒意芬芳，诗味缭绕，而茶呢，与水相遇，甘苦同盏，浓淡相宜!

相传，碧口镇马家山的茶村龙池坪，曾一直被贫穷笼罩，十年九旱，饥饿折磨，遍地呻吟。玉帝的神使游龙周游天下，了解民情，呼风唤雨洒甘霖，解救民众于水火之中，并与恶魔黑鹰厮杀七日，虽降服恶魔，它却身负重伤，难以医治。马家山的百姓，组成敢死队，去“死亡之山”乌龙山采摘金丝草，治愈游龙，此举感动了游龙，它决定留在人间，同马家山的百姓同甘苦共患难，不料玉帝大怒，认为马家山沟壑纵横，无池无潭，哪有游龙栖身之所？为此，马家山的百姓决定开掘大池以容纳游龙，三载光阴，日复一日，挖掘的土堆耸立成一座山岭，占地几十亩的大池开掘成功。此举感天动地，玉帝恩准，游龙乘风西行飞越万水千山，在一片欢呼声中飞落池中。游龙摆尾，地动山摇，瞬间，池中碧水盈盈，绿波荡漾，眨眼间，游龙腾空而起，剧烈抖动身体，银光闪闪的龙鳞霎时落满马家山的每一道山梁，变成无数颗茶籽。次年，漫山遍野的茶树汇成一片茶海。人们受龙池的滋养，浇灌田园，采茶种粮，烧饭煮茶，丰衣足食，过着幸福安康的生活。静卧在万山丛中的山顶，龙池坪，在一种人与自然和谐相处的美丽神话里，神仙一般，拥有最酣畅淋漓的阳光和最赏心悦目的茶香！茶博馆里茶香缭绕，参观者摩肩接踵，历史的经验和事实的真相再一次证实了马家山与时俱进、利用茶叶产业战胜贫困的人定胜天的传奇！

古朴的小镇碧口，一条水街穿行而过，水中映照着碧口的昨天和今天。

受青山秀水的滋养，碧口的明天又会怎样变着法子美呢！

我们放逐想象，在子夜碧口的街道，醉意朦胧里，摇摇晃晃，踩着青石板的小道，穿过巷子深处，放足了辣椒，一人一碗麻辣烫。然后，咿咿呀呀哼着曲儿，幽灵一样，在昏黄的街灯下，漫无目的，继续向远处的街灯靠近。转身，白龙江上，虹桥飞渡，一片水雾迷蒙里，几个影子被拉长，一声狗吠，几处鸟鸣，白龙江在和谁耳语？是江船火独明，还是流水灯氤氲？

此刻，管他是五百年前的那一天，还是五百年后这一天，双手托起一盏茶，茶香缭绕里，如梦似幻，我和碧口，相互遇见。

丹　堡

1

丹堡，它是一个小镇的名字。

摩天岭呢，它在甘肃之南的文县与四川之北的青川县交界处。甘肃四川背靠背，比邻而居，但是，中间隔着的，却不是寻常的山，听听它的名字，大名鼎鼎，摩天而立的山岭，无路可走。古时由甘入川，穿越摩天岭最险绝之处，唯有一条阴平古道。当年邓艾率魏军阴平偷渡，在岭南的悬崖峭壁上裹毛毡翻滚而下，长驱南下，凭借残兵败将入川灭了蜀，改写了三国历史走向。

小小的丹堡与摩天岭，有什么相干？它们是有血缘关系的。南宋朝，文州太守周孝嗣，奏开摩天岭。引商贩，收其利，从此商道大开，人流载途。西南林野，药材皮毛丰盈，山货西下，川货东来，皆在丹堡汇集销售。五湖四海之巨商大贾，都来丹堡开号悬栈，百货充积，丹堡一度空前繁荣。

丹堡河，旧名偃溪，载于《水经》，发源于摩天岭，源远流长，夏涨冬涸秋泛滥，把狭长逼仄的山谷左右推远，在两沟八梁十面坡的丹堡村镇穿境而过，再汇入白水江。丹堡是有着摩天岭的血性的，丹堡是摩天岭血脉相连的亲戚。丹堡河流域原是氐人故地，元末才有汉族迁入，人口繁盛起来，那些来自各地、钟爱山水林泉的商人，选择自己喜欢的一方土地居住，时间久了，地方便以姓氏命名。昔日之何家坪，即今日之丹堡街。四海之客带着不同文化资源，汇聚在丹堡。清初还建了川陕会馆，昔日丹堡经济之繁荣，可见一斑。

逆丹堡河而上，一条在崖畔上开凿出的公路，九曲十八拐，依山势扭来扭去的。沿途村庄大多坐落在半山腰上，山野灰褐色的土层里，很少见到庄稼，山坡灰头土脸的。问其故，是土壤条件不适宜庄稼生长。而丹堡河谷两岸的平坝地里，方方正正的地块，土地肥沃，密密麻麻的，长满各种蔬菜，翠色欲滴。油菜正开得肆无忌惮，繁密金黄的一片花海。远处看，一绺儿黄，一绺儿绿，像给丹堡河谷织了锦似的，茸茸的。山上山下，景致大相径庭。川坝河谷，因为有丹堡河水的灌溉，一茬一茬的农作物次第生长，丹堡人一年四季便有吃不完的菜蔬。

旧时流传，孔夫子的墨宝曾遗落在丹堡河。如今呢，当地流行一句俗语“文明不过丹堡河”。据说，丹堡人自古读书修文，村民无论贫富，都竭尽全力供子女上学，这是当地不成文的习俗。看来，潜藏在高山深谷的丹堡河，不光滋养这一方土地，还流淌着绵长的文脉。隐匿在大山深处的小镇，沉积着时光岁月的厚重。丹堡河畔，历代文人墨客辈出，从明末至民国有进士、道台、参将、举人五人，贡生十三人，秀才三十四人。小小丹堡，还因走出了一位受雍正皇帝加封赏识的好官何宗韩，得了“道爷故里”的雅称。何宗韩出生在丹堡河上游的山野之地关爷楼村，清雍正二年进士，曾治理淮河边上的庐凤道水患，成了百姓爱戴的何道爷。乾隆年间曾任江南巡抚，官至大理寺左少卿，有人说是迄今文县历史上做得最高的官。雍正皇帝曾如此褒奖，“陕甘无大僚，唯何宗韩可用也”。

2

永宁寺，在一片油菜花海里若隐若现。

刚才在山下，顺着他们的手指望向山顶，永宁寺就在那座山上。看看山，光秃秃的，有些懒意。出于好奇，冒烈日上山。

群山层层环抱的一个向阳山坡，零星住着几十户人家。路牌标注：（丹堡镇）天头坪村。山势陡峭，山路盘绕，险峻，山的腰部却无端地延伸出一个巨大的平台，布满平整方正的田块，地埂旁到处是沟渠，一股股溪流潺潺流淌，漫溢在田间小路上，一阵叮咚声。心想，真是一座奇山，看似贫瘠干旱的高山，却到处有水。随即又想起一句话：山有多高，水有多长。内心便一阵欢喜。油菜花藏在这深山，并不为等谁来，兀自芬芳。油菜花深处，接近崖边的地方，便矗立着永宁寺，这陡然伸展出的平台，似乎是专门为了承载永宁寺而生的！寺庙的后墙外，视野忽然开阔，丹堡河自远山深处蜿蜒而来，顺着一重一重灰蒙蒙的山脊蛇形流淌。在阳光下，闪着亮光，在黄绿相间的河谷里盘绕，来到永宁寺脚下，回旋，转身，继续往前奔走。

横看成岭侧成峰，世上的事，站在山下，和进入山间，能一样吗？

永宁寺的檐头，彩旗迎着风，一片猎猎声。庙前，锣鼓声铿铿锵锵的。男女老幼，出出进进，欢欢喜喜。因为节会，永宁寺空前热闹。不知怎么，忽就想象平素的永宁寺，它藏在不为人知的高山深处，静静地在那里守望，晨钟暮鼓。春天时，花香满山，冬天，雪一层一层落下来，一层又一层的静寂。雨来，沐雨。风过，听风。俯身看水，仰头观云。梵音袅袅里，香雾迷蒙。璎珞花开香满三千世界，菩提树长荫庇百万人家。多好，多自在！永宁，永远安宁之意吧。

永宁寺是一座佛教殿堂，坐北朝南，供奉弥勒佛。始建年代不详。今寺内有一碑，记载了住持僧刘本海在同治年间动工补修寺庙，让寺庙面貌焕然一新的事迹。上丹乡（现归入丹堡镇）乡民为其竖碑以弘扬精神，记载功劳。时间为同治十二年（1873）中秋。

寺庙香火绵延至今，还与一个人有关。

康熙十七年（1678）九月十四日，关爷楼村一个年过半百的穷秀才何帝锡，在他紧靠山根修建的一间榻板房屋前，来回踱步，焦虑欢喜中，等待一个小生命的降生。一声响亮清脆的哭声划过天空，这与众不同的啼哭伴随着来到人世的便是何宗韩。他的父亲何帝锡一激动便题壁：小子声如黄莺，后来光大门庭。他这个儿子，是有来历的。据传，康熙年间，文县县城北关新建关帝庙，塑了关公像，需刻石立碑纪念。众绅士推举何帝锡撰写碑文。何帝锡觉得颂扬太多，易落俗套，他便另辟蹊径，寥寥数字简要颂扬关公匡扶汉室、南征北战的功劳，笔锋一转挥毫罗列败绩，直至他昏然入睡。梦里门外来了一位面如红枣、眉如卧蚕、长须拂胸、绿袍拖地的魁梧大汉，走近拍着他的肩，说道：老先生，笔下留情，赐你一子。何帝锡惊醒后，见案上灯火通明，座上塑像与刚才梦中拍肩嘱话的神人一模一样。何帝锡笔锋一转，便大写关公的忠、义、仁、勇，碑文一气呵成，文采非凡。不久，他的妻子怀孕，产下一子，就是那个初降人世声如黄莺的人，何宗韩。

像很多旧时的寺庙一样，隐匿在天头坪村的永宁寺，一面是诵经木鱼声，一面是琅琅读书声。烧香念佛和教书育人，在永宁寺并存。众多的学龄孩子中，就有何宗韩。永宁寺，是何宗韩的母校之一。这样算来，永宁寺至少有三百多年的历史了。

何宗韩晚年辞官归乡，回到大山深处的家乡，曾为永宁寺题写过一个匾额。文曰“天花妙解”。在佛教经典中，“天花”来自梵语，意指开在西方极乐净土的“天界仙花”，妙解，语出《晋书·王珉传》，说“时有外国沙门，名提婆，妙解法理”，精妙说解之意。数百年过去，永宁寺几度兴衰，经历“文化大革命”，也遭遇了“5·12”地震，损毁严重，乡民在原址重建寺庙，保留部分的房体结构和廊檐木料。寺庙里的那些泥塑金身，也许业已几经变换。我们很难辨识数百年的丹堡时光在永宁寺留下的痕迹，但是，斑斑驳驳的木刻，褪了色的红底子上，“天花妙解”四个大字至今仍悬挂在永宁寺最显眼最重要的位置。虽被无数次地描摹，但还清晰地显现着何宗韩的手笔，像扎在寺庙头部的一朵大红花，时时彰显一座寺庙和一个人的关系。木刻匾额左侧赫然署着：大理寺少卿何宗韩敬书。

3

何宗韩，祖上江南人，江南多才子，名副其实的江南大才子啊。

明洪武初，世祖孟文公举家搬迁。住文县丹堡乡关爷楼村。从江南来到大西北，何故？不详。

何宗韩十二岁中秀才，丧父。其母言，砸锅卖铁，我也要供娃继续上学。三十岁中举人，四十六岁中进士，那一年是雍正二年(1724)。机缘巧合，何宗韩遇见的是雍正，人生难得知遇啊。学识渊博的雍正皇帝在危机四伏里上台执政，他勤勉政事，招揽人才，重视科举选贤。这一次，雍正皇帝亲临殿试，何宗韩是皇选二十八人之一。走进保和殿应试，他目睹了豪华金殿，再看看守卫森严的阵仗，文武百官的肃穆威严，便心跳加速，大汗淋漓。更有人讥讽他来自边远的文州……他跪拜呼万岁时，动作僵硬，几近跌跌撞撞，毕竟接近知天命的人了。皇帝问何故？他说：“自小生长在阴平山区，家贫，住榻板房，矮小潮湿，有风寒，致腿小疾。叩礼不恭，望圣上恕罪！”英明的皇帝随口说，今后阴平之地可参照京城瓦房修筑。皇帝对何宗韩的赏识，你猜有多大的效应？官府从此允许民间百姓搬鏊坐脊泥瓦建筑，文县的瓦房高大起来了。

这一年，何宗韩进士及第步入仕途，担任礼部主事。礼部相当于今天的中宣部、文化和旅游部、教育部。接下来的四年他勤奋工作，深得皇帝赏识。于是，天降大任于斯人也。雍正五年（1727）雍正皇帝在圆明园召见他，朱批何公“老成明白人。身量大汉子。可要道员之才”。面谕为：庐凤道按察使司佥事。这是省一级的司法部门。那何宗韩是什么职务呢？相当于省检察院一个科长。其道之治所在的安徽凤阳，是清代直属的海关税收要道，非常重要的关税来源路线之一，税务种类繁多。凤阳税关，商务水陆往来之要冲，常有走私之陋！在这样一个重要关口当差，机遇风险并存，公报私仇者多，排挤恶搞者多，阿谀奉承、落井下石、垂涎三尺、中饱私囊的更多。他从中央调到地方任职，又不在主要位置，工作难度，可想而知。一个官员只要不贪，即使身处利益中心、位居要职，只要禁得起威逼利诱，做到刚正不阿，便能把公事干好。何宗韩把他的公事干得好，一干就是六年，直至雍正十年（1732）。

其间，州境水灾，洪水漫淹，农田房舍毁坏。何公向朝廷申请资金，一时未到，便想办法向地方乡绅筹措，官员和乡绅们反对，互相推诿。情急之中，何公大呼“抢险大如天”。于是与天斗与地斗与人斗，率精兵强将抢险救灾，并在报灾情时，严厉打击营私舞弊。一场水患，验证是非曲直，红脸白脸，人心向背，大白天下。百姓心中有数，心中的那杆秤，最准。后来，时任江苏巡抚的尹继善督导检查，称赞何公是真正有贤德之人！

洪水过后，便是饥荒。饥荒恶化，便是更大灾难。朝廷的赈灾粮食尚未到达时，何公果断打开粮仓给灾民发救济米粮。河南发大水，每天有数千饥民逃难至江淮。饥民遍地，他就在大路上设置了炉灶大锅，为灾民煮粥。体弱者留养，强健的发给食物，劝其回乡，无数灾民性命得以挽救。有的人，不得已卖掉子女，何公想方设法帮助赎回。

何公的一举一动，圣上岂有不知的。雍正知道何宗韩把凤阳这样复杂的地区整顿得井井有条，大悦，说："凤庐号难治，何宗韩在官六年，实心整顿，而人反议其长短何也？"皇帝一高兴，又说，何宗韩治理凤庐道有功，他是甘肃人，减少甘肃地丁粮钱。这不，惠及家乡百姓了。何率众叩谢。此时，雍正又说："陕甘无大僚，唯何宗韩可用。"

皇帝重用何宗韩，派他去江南科考举贤纳士，选拔栋梁。雍正十一年（1733）补刑部福建司郎中旋升大理寺左少卿。

雍正十二年（1734）钦点从耕耤田九卿。中国古代帝王重视农作，便有亲耕田地的礼仪制度。雍正时将每年仲春亥日作为一个固定节日，行耕耤礼仪。皇帝亲自在耤田内进行亲耕礼，亲自扶犁耕田。繁复的礼节，一级一级的官职参与耕礼。之后，百姓们正式开始农耕生产。何宗韩，就是那个在雍正皇帝扶犁行礼之后，第二个接过犁耙的人。他可不是为了表演，他接过犁耙，一口气就来来回回耕了几行地。他自小放羊耕地种庄稼，耕田技术还蛮好呢！雍正皇帝便又笑着表扬他了。

皇帝宠爱他。皇帝身边什么样的人才没有？赏识、喜欢、爱惜等词语可以用在一般臣子的身上。可是唯独对于何宗韩，那就是宠爱吧。其他的词语表达不了他们之间的那种磁场。宠爱到什么程度呢？皇帝拜谒祖陵都带着他。可是，雍正十三年（1735），皇帝和何宗韩的故事，就像一幅电影画面，在最美好的地方戛然而止，让所有人都没有准备，便出现了结局。这一年发生了什么？初春，何宗韩以谒陵扈从身份跟随皇帝参加拜祖仪式；四月，因脚疾，辞官归乡；八月，雍正皇帝驾崩。十年之后，何公殁。葬于文县上城西北山坡。

何公 56 岁辞官归乡，让我想起一个词，英雄气短。56 岁，该是人生的壮年啊！可是又想起一个词，急流勇退。能得一人知遇，知足啊！又有什么遗憾。在山高水长的文县，过安安静静的日子，多好！何公大起大落，终究成了经久不衰的故事。

4

小镇的日子是茂密的，像丹堡人摆上饭桌的七碟子八碗，每一个碟碗里都是光阴啊，散着陈年的味道。

天气清朗，照着懒洋洋的丹堡，丹堡街沿袭民国旧习，三街六市，只是少了往日的喧闹，洗尽铅华，多了一些平静。穿行在窄窄的老街，红木板的门面列着队左右排开，互相对望。各色小吃，色泽诱人，一个摊点挨着一个摊点，手脚麻利的女人，笑盈盈，把一碗红辣子浸透的吃食递到客人手中，慢悠悠的时光，悠长的日子在此间消磨。腊排、腊肠、熏肉炒蒜薹、蒜拌鱼腥草、粉蒸肉、清炒菜薹、酸菜豆花面摆上桌的时候，地道的文县文化前辈正雨老先生说："正宗的丹堡菜，你到别的地方吃不到的哦！"丹堡的吃食就是丹堡的慢时光。

一条青石老街，能找到千年农耕文明结晶，安放着一座座保存完好的四合院。田家大院、郭家大院、张家大院，方方正正的四合院，罗列着丹堡数百年的旧时光。旧时为商者、为官者会有两进院、高台阶的阔绰院子，廊檐木柱为一色木料，彰显富裕高贵；耕读之家的四合院，正房一般有"耕读传家"之类的匾额，书香气息浓重；有功名的读书人家，四面房屋都悬挂匾额，多是赐赠。

推开悬挂着"志操纯一"匾额的对开的红木大门，便走进了丹堡的一截旧时光。主人给自家堂屋命名为"明禧堂"，正厅一层八扇门，再配以匾额"诗礼启明"，左右厢房为两层木楼，六扇门，各有匾额。左厢悬"行笃敬"，右厢悬"言忠信"，倒厅悬"瑞映楼台"。年过百岁的田家大院主人田尚勤老人，在廊檐下的阳光里，长须白髯。他见证了院子近一个世纪的光阴。他站在那里，于在场和不在场的人而言，是对生命一个多大的鼓舞啊！修建于清光绪二十二年的老院子，历时三年，门窗上雕有莲花、牡丹、菊花和鸟，花和鸟都是深深浅浅的时光印记。廊檐门柱匾额，有阴刻、有阳刻，凸出来的和凹进去的，都是明明暗暗的旧光阴。

田家上溯祖上五代，太祖曾任过八品修职郎，曾祖父是廪生，祖父一辈弃文习武，从普通士兵到从六品千总，父亲又以文扬名。修建这座大院，是田老祖父手上的事了！

正午的阳光，铺满方正的天井，花花草草，繁繁密密的。正厅门廊有木质躺椅，小几上茶水正浓，热气氤氤氲氲的，靠着门柱，或摇着木椅，嗅着木和茶的香，忽就睡意蒙眬了。只记得这是在丹堡。看院子里观瞻的人群，出出进进，花花绿绿的！

宕昌行记

宕昌国·鹿仁村

第一次，去一个叫宕昌的地方。

公元 400 年左右，宕昌羌人酋长梁勤自立为王，建立羌人地方政权宕昌国。至今，宕昌国旧城遗址在县城的西端，城垣尚在，古风犹存，这是一个罕见的奇迹。千余年时间过去，征战厮杀，迁徙演变，分裂融合。国名、族名、城名、县名却始终未改变，就叫宕昌。就凭这一点，全国仅有。

这座陇南仅存的晋代城垣，依山傍水，山为屏障，峡做堑壕，古羌水岷江像一道水廊，与官鹅河、大沟河、红河三水汇合。不同走向的水，带着自然界的旨意，交汇融合，宕昌城也算占尽了天时地利，这居高临下的金锁之地，易守难攻，运行着自然的好风好水。“宕昌”真是一个生命力极旺盛的语词，高古，冷硬，沧桑，荡气回肠，太富于积淀感，有着高山深谷的气场。宕昌是个好地方。

宕昌羌人修建房屋时，用牛羊毛织成的毡覆盖其上，防寒保暖，独具特色，算不算民居建筑艺术中的一枝奇葩呢？

站在冰雪覆盖的宕昌古国的土地上，先忍不住想象一下遥远的宕昌羌人，古老的羌藏部落，在白雪覆盖的高山峡谷里，鳞次栉比的房屋，隐没于雪峰之中。树木苍黄，积雪皑皑，风，大声来回奔跑。男人们裹着兽皮棉服，在篝火堆旁宰杀牛羊以祭天，唱歌跳舞以自娱。柴火烧旺的炉边，梳着长辫子的妇女，脸被火光映得通红。歌声在冰凉的山间，回旋萦绕，暮色像水波一样，在山间荡来荡去。像这样悠闲和睦的时光是占多数的，因为古老的宕昌国，囿于一隅之地，不图扩张称霸，虽逢大国争锋的乱世，宕昌国却在兵刃厮杀的战乱中，奉行“兴内安外”的立国之策。和平时无徭赋，倡生息，不相来往。征战时才屯聚财物。大多数时候人们生活安泰，乐业安居。

作为魏晋南北朝时期陇南境内先后建立的五个胡人政权之一，宕昌国与中原王朝及其他地方割据政权的关系上，或为友，或称臣，或朝拜，或进贡，以求荫庇或和谐。宕昌自古物产丰饶，牲畜、药材等都是纳贡或睦邻友好的上品。

因为没有文字，古羌人只看草木的枯荣来记载年岁。可知，彼时人与自然的和谐！

因为于乱世中偏安一隅，广大的百姓得已相对和平安居。故此，陶渊明心目中那个阡陌交通，鸡犬相闻，黄发垂髫，怡然自乐的理想国桃花源，除了在我的故乡古仇池国找到世外桃源的物化印证之外，大约相同时代的宕昌国，便是另一个最好的印迹了。

而眼前，十足现代气息，灯火旖旎的宕昌县城，在柔和的暮色里，闲散幽静，在听岷江水的轻轻吟唱。

沧海桑田，历史变迁，岷江依旧，宕昌依旧。

于是，又冒出一个词用来形容对宕昌二字的感觉：昌兴。巧合的是，晚间留宿的客栈，它的名字恰巧叫作“昌兴大酒店”。

次日，慕名去一个叫“鹿仁”的村子。榻板房，黄泥墙面，青石板的村道，依照山势错落安放的民居，镶嵌在冰雪和枯树之中。寨口石块黄泥垒砌的羌碉邛笼有十余丈高，大概就是战时用以防御外敌入侵的烽火台了。如今，它矗立村口，以坚固的身形守护村寨，多像羌藏民族竖起的臂膀。古宕昌国的羌人后裔，就住在这个依山坡而建的村子，传承着远古时代的羌人风俗在这幽闭的远山生活着。

“鹿仁”这个名字，古称“六忍”。《岷州志》载，元朝，蒙古兵攻杀，村寨头人为了避祸，立下了六忍戒规：见了官兵要忍、见了官家要忍、挨饿受冻要忍、官打民要忍、心生歹意要忍、看见刀枪要忍。“六忍”二字后来演变成了村庄的名字。也许正因为隐忍内敛，躲开了许多血腥之祸，这性格也像极了宕昌国“兴内安外”的立国之策。而到了人民当家做主的时代，无须再六忍，便谐其音改村名叫鹿仁。这是一个好听又古朴的名字。

鹿仁的村头，阳光很好，照在雪上，被过滤，越发干净了。风吹在脸上，有些痛。三三两两的中年妇女，穿着红底蓝花的印花短棉袄，蓝色的盘扣，头戴类似于竖着白兔耳朵的黑色帽子，身后垂着粗壮的黑长辫子。她们说着我听不懂的民族语言，朝她们微笑时，她们也会用宕昌话打招呼。河道里的冰层厚厚的，干干净净的冰，玉一样满河道镶嵌着，冰下面，透亮的河水潺潺流动。村道上，一个相同装束的妇女，挑着水桶远远地走来了，穿着一双布底鞋。她跳下河边的高台子，站在冰面上，在冰层融化的地方，提起水桶取满两桶水，先把水桶推上岸，再攀上高台子，呼扇呼扇挑着水桶向着村子里走去了。一条长辫子，扎着一截绿头绳，始终在风里摆动。

青石板铺就的台阶，来回盘绕，渐次升高，就把我引到阿毛的家里。一层一层的院落，互相依附互相牵连，他们家的民宅有新建的两层小楼，钢筋混凝土之外，全木料的墙面门窗，还泛着木香，新建的房屋已经融合了当地现代化的建筑元素。而对面则是一座两层的土木结构的老宅，老宅有着鲜明的民族建筑特色，该有百年历史了。他们就地取材，用石块砌成墙面，用黄泥夯实房背，熏黑的门和窗，楼柱和廊檐，都一一说明房屋的历史。一楼的窗前码放着整齐排列的柴棒，二楼的房檐下，堆放着粮食和生活用品，大大小小的包裹挂在墙上。人们春夏季节住在楼上，秋冬季节住在楼下，用以对抗高寒阴湿的环境。

光线昏暗的屋子里，顶部挂了满满一屋子的腊肉，我惊呼，这杀了几头猪啊？答，五头。五头？能吃五头猪？原来是阿毛家里开了农家乐，腊肉是看家菜。那些肥硕的肉块就在人的头顶盘旋，正接受炉子里的烟火熏染。老奶奶坐在炉边，一身的黑色绒布衣，今年八十岁了，依然面泛红光，她将木棒一根一根添进敞口的炉膛，烟和火就飘向空中的肉块。腊肉正是要接受烟熏火燎，才能变成桌上的美味。就像这栋老宅子，经受烟火，涂满时间的痕迹，越发有味了。说话间，进来了中年妇女，那么巧，她是刚刚在河边挑水的女人，她是阿毛的妈妈，是老妇人留在家里的女儿。羡慕着她的长辫子，便问：你用什么东西养护头发？头发这么好，又粗又长。她笑了，腼腆害羞，不知所以。阿毛，阿毛的妹妹，阿毛的母亲和奶奶，他们四个人用自己的民族语言说着话，并用宕昌话翻译给我听。我说，你们的语言真美，有文字吗？答，没有。那怎么学呢？生下来口口相传，就会了。

80后的阿毛，是鹿仁村的村主任，本名苗文平，阿毛是艺名。他有着苍凉沉郁的嗓音，他用羌民族语言自己创作歌曲。铿锵的歌声在村头的舞台响起，穿透冰雪，翻越河谷，跟古老的羌藏风情浑然一体，正好相配于这个冰雪覆盖的鹿仁村。

在鹿仁村走一回，就看到古宕昌国的缩影，鹿仁村也许是活着的古宕昌国。它是远去的宕昌古国为后世遗存下来的活化石般的羌藏村落。古羌民族的生命力，让我觉得真是一个奇迹。

凤凰山神·傩面舞

凤凰山神，是官鹅沟羌民的图腾，记载着他们心中崇拜的神灵。

传说这种吉祥鸟战胜了水蛇妖魔，给村民们带来了幸福安宁，于是受世代敬仰供奉，成为人们心中最大的神灵。

当灾难来临，驱邪除恶的傩面舞，又是村民以自己民族传统方式消解内心恐慌的一种主要方式。

敬奉凤凰山神以祈福，跳傩面舞以躲避灾祸，是生活在羌寨的羌藏民族的后裔们因信奉苯教而传承至今的文化习俗，契合了他们的心理需要。能替村民祈福的人，拥有一本古羌族宗教经书，他们被称作“苯苯”。苯苯有文武之分，武苯头戴面具挥舞大刀，跳傩舞来祭祀，驱赶那种凶恶的傩，去除人间的灾难。文苯唱诵经书，颂扬傩，以求傩不要降灾于民。在山高谷深环境封闭的羌藏聚居区，恶劣荒蛮的自然环境下，疾病、自然灾难侵袭，人们以世代承袭的民族传统方式，求得心灵上人与自然的和谐共处。

鹿仁村民俗馆里，用整整一面墙展示着一幅巨大的彩绘作品：凤凰山神。

它伸展着巨大的翅膀，雄壮的体态，强健的筋骨，口里噙着一条五彩斑斓的蛇，脚下踩着类似于蛇的怪物。

形象各异面目可怖的木质面具，代表着五方神灵。在舞台上，身穿白色羊皮大衣的年轻的演员，头戴傩面具，手持大刀，演绎了一段精彩的傩面舞，铿锵的背景音乐和传统的舞蹈动作，再现了遥远的古羌民祭祀祈福的场景。

像鹿仁村这样的村落，在经历自然灾难，民族迁徙融合之后，在时代发展民族繁荣的今天，依然尊崇自己的民族信仰，让民族的特质渗透进自己的骨髓。

不得不说，信仰，能让一个民族拥有自己的心灵世界。

哈达铺•红军街

一条商业老街，1200米长，究竟迎来了多少人，又送走了多少人？算不清。1935年的秋阳里，一支特殊的队伍闯入老街的视线。如今，老街有一个属于自己的名字——红军街。

八十余年后的阳光，照着岷江边上的哈达铺，依旧如此明媚。小镇被一大片热闹的叫卖声塞满，白雪覆盖的江岸，风，显然有些硬。我在老街的阳光下，踩着残冰，吹着风，行走，路过棉絮加工铺、铁匠铺、点心店、茶叶店、药店、书店以及哈达铺小学。头裹白纱的妇女，仔细端详她新加工的棉絮，很温暖的一个画面。神情专注的铁匠独自享受叮叮咚咚的打铁声，他在精雕细琢一件小型的农具或器物，心无旁骛执着于自己的手工。有酒味扑鼻，或许是藏在某个深巷子里的好酒。以“红军鞋”“红军锅盔”“红军凉粉”“红军小百货”等为名的商铺门楣的小店，一家挨着一家。还有时装店，摩托车店，人声此起彼伏，交谈生意的人群三三两两，琳琅满目的商品，来来往往的车辆，一拨一拨的游人。可是小镇不动声色，在闲散的时光里，过着安稳的小日子，缭绕的烟火气息，忽就让人想象出1935年9月的某一日，夕阳下那一片和煦秋光来。那一天，天空那么蓝！

老街所在的哈达铺，种植中药材，有着得天独厚的条件。新中国成立前，它是茶马古道上的一个商业重镇。许多山西陕西的商人，来此经营中药材、茶叶、丝绸、醋坊、点心等生意。自古，从四川到甘肃，藏汉互通，哈达铺是一个通商口岸。各地的药材客商在哈达铺设有自己的药材商铺，“义和昌药铺”就是其中之一。南方人心目中的关帝，就是他们崇拜的财神，关帝庙是当年哈达铺乃至宕昌城规模罕见的建筑。由此可以印证，全国客商云集于此，哈达铺一度成为全国最集中最丰富的中药材集散地之一。自明清时期留存至今的哈达铺老街，密密匝匝的土木结构的两层古式民宅建筑和临街铺面，可以印证当年经济的繁荣，生活的富足。

一个繁华富庶的小镇，历经百年风雨，接纳沉积，喧哗散去，回归安宁。日渐剥落的壁土和腐朽的木料，倾斜的墙体，颤颤巍巍地，在夕阳里，不知道进行过多少次的迎来送往。

而那一天，历史再一次选择了哈达铺！

1935 年 9 月 18 日，红军攻克天险腊子口之后，20 日下午毛主席率领红一方面军攻下哈达铺。可是，此时的红军何去何从？毛泽东周恩来等中央领导从当地邮政代办所里国民党报纸上获得陕北有红军和根据地的消息，一个重大的决策诞生：把红军长征的落脚点放在陕北。几日后，红军陕甘支队离开哈达铺北上。1935 年、1936 年，红一、二、四方面军三大主力，先后经过哈达铺。哈达铺一张报纸定了乾坤。

哈达铺注定要在历史的某个最关键节点上出场。大山深处，岷江边上的小镇，或许对这一次的登台亮相并没有做好充足的准备。就像一个质朴的农夫，早出晚归的日常里，路遇饥饿的行人，伸出笨拙的双手，迎接一些疲累的过路人留宿农舍，并以惯常的方式拿出自家的饭菜酒肉招待。这是小镇的性格，也是小镇的深厚积淀。

义和昌药铺，有临街铺面和后院房屋两部分。这个树木掩映的院子，房屋依旧保持当年的原貌。青瓦，黄泥墙，古旧色的木门木窗，灰色的行军被褥。阳光透过窗户纸照进来，将被褥晒得暖暖的。让我不禁想起 1935 年 9 月那个夜晚，一束灯光将一个人影映射在窗户上，毛泽东借灯光挥笔写下了“更喜岷山千里雪，三军过后尽开颜”的诗句。与此同时，一个重大的决策就此诞生——到陕北去！

同善社的院子里，有一组三人雕塑，周恩来，穿长衫的郎中，和一个勤务员。太阳正打在周恩来的面部。雕塑演绎了这样一个故事：周恩来身染疾病在这里休养，当地的一位郎中为他医治，他慢慢身体恢复。这一天，郎中再次来到小院探问病情，感觉大好的周恩来从屋子里迎了出来，在院子中央握住了郎中的手。在院边的小屋子里，一位精神矍铄的老人，常年守护着周恩来及他住过的“同善社”，一遍一遍为他清扫着院落。

雕梁画栋的关帝庙，彩绘的廊檐，双龙盘卧的屋脊，就是在这个院子里，召开了红二方面军团以上干部会议。毛泽东声情并茂的演讲，鼓舞了行军劳顿的红军，坚定了必胜的信念。哈达铺因此成了红军长征中的“加油站”。张家大院，红二方面军总指挥部及贺龙、任弼时住过的院子，当年拥有这样一处深宅大院的人家，也算是当地有声望的富户了。他们捐出私宅变成文物保护单位，不知从张家大院走出来的人，如今又在哪里的大院呢？走进邮政代办所，看《大公前报》，仔细阅读那几行字，穿越时空隧道，在哈达铺曾经的信息窗口前，再一次感受了历史的一幕。

1200 米的老街，用一个下午，缓步走，轻轻踩过每一个角落，不惊扰老街的繁华和安宁。离开哈达铺，让红军街的人群像水波一样还原。

一条路

世界，曾是一片混沌的汪洋大海，本就无路可走。

亿万年的地壳运动，沧海桑田，横亘于中国中部的秦岭，巨龙出海，昂起头颅，挺起脊梁，逆淮河向西，拖着长长的尾翼，以父亲的姿势，在中国的大地上站出了1600余公里的轨迹，成就了中华龙脉之气象。它的北侧，将汩汩奔流的72峪尽收黄河最大的支流渭河，注定了中华母亲河之阔厚雄浑；它的南麓，舒缓的溪流携着山谷的温婉，汇入汉江，投入长江的怀抱，滋润孕育着南国的万种柔情。它挺身而出，成为南北气候的分界线；它北仰南俯，成为长江黄河的分水岭。它造就了“八百里秦川”的关中平原，也护佑了“天府之国”的沃野千里。

然而，“秦岭，天下之大阻也”。

林密险峻的悬崖绝壁间，深山峡谷的沿河陡壁上，自然界并没有给人留下可以行走的迹象和可能。可是，早在两千多年前，铁凿铁锤的叮当声就开始在没有人迹的山岩间回荡。逢河架桥，遇山凿孔，插木为梁，铺木架板，一项早于万里长城的巨大土木工程，在一条条穿越云雾、森林、绝壁、深渊的栈道上延伸，穿行于高山河谷的古栈道，踏出了秦岭南北沟通川陕屏障的路。人类道路史上，它是蜀道，是路难行的代名词，但它是古代国道，是古代的高速公路。

它创造奇迹，是世间唯一的路。

如今，绝壁之上，江水早已淹没了奇险的高度，虽只剩下规则整齐的方孔，不腐烂的石头却会长久地将记忆刻入山河的年轮，用以记录和佐证曾经的沧海桑田。它用一截身体的残骸，映照出如今道路的宽阔平坦。

嘉陵江，是自然界系在秦岭脚下的一条绿色丝带。它让连绵起伏的秦岭像巨人一般伸出无数手臂，将它的孩子一个个揽入怀抱，孕育在千里沃野般的摇篮里。

这个秋日，漫山红遍，秋光浸染。我从隐藏在西秦岭腹地的大山深处、西礼盆地的仇池山下、黄土覆盖的丘陵小城出发，踩着祁山古道的路基，循着远去的历史足音，在新开通的漂亮平坦的十天高速上，和西汉水一起向着东南的方向走。它注入欢腾的嘉陵江，数十分钟笑谈之间，我已到达秦岭臂弯深处温润丰美的徽成盆地。古陈仓道上的金徽大地，一身华贵，被秦岭宠爱在怀里。披着银杏的金发，身着彩色的锦衣，慢酌豪饮，吟诗唱词。

悠悠古道通向哪里？

我从好走的路途上来，要去看看先前的路难行！

青泥岭，一座因泥淖和雄奇而著名的蜀道山岭，1746 米的主峰铁山，高耸于群山之巅。悬崖万仞的青泥古道，却是入蜀的必经要道。大唐的马帮驼队挤满悠长弯曲的青泥古道，脚夫的身影络绎不绝，人背马驮的浩浩长队承载着茶叶、丝绸、布匹、纸张顺嘉陵江而上，再载着盐铁下江南。徽县的酒、药材、铁器也在这泥潭相连的古道上，被运往汉中等地区。逃过坠崖危险的一次次劫难，商贾行人们汗流浃背，眼泪涟涟，吼一曲古道民谣，继续向着生存的方向前行。古道一片繁忙景象，沿途古朴的乡村集镇，歇脚的驿站灯火通明，交易的店铺人头攒动，酒旗飘扬，骡马嘶鸣，马蹄嗒嗒响彻山谷。

唐代，自京都长安出发，穿宝鸡、越秦岭到凤州，过两当、河池上青泥岭，到长举沔水，过广元入剑门到成都，沿路设驿站，青泥岭前的青泥驿就是 108 个驿站其中之一。公元 757 年，也是这条官路为一位皇帝行了方便借了道，他借着难行的青泥道南下入蜀，躲避了安史之乱，暂时获得了生命的安全。他和黎民百姓脚夫挑夫一起踩过古道的木板和青石，穿越陡壁河谷，找到了人生的某种安逸。有朝一日他回宫后，旅途的艰难早已忘却，只是对 300 里嘉陵江美丽风光念念不忘，还在那华美的大殿之上日夜欣赏吴道子嘉陵江风光的画作。

深秋的嘉陵江畔，层林尽染，红叶烂漫，雨雾笼罩下，落叶翻飞，烟波浩渺，绿水悠长，江水裹挟着历史的烟云奔涌流淌。沿着湿漉漉的峭壁和密林，远去的叹息和惊呼似乎还潜藏在远山崖壁中。借着薄暮的光冷冷地注视着几辆大巴摇摇晃晃穿行于夜色中。百余人的眼睛投向路的遗迹，任凭想象飞驰，穿越千年的时光，用心体验一回那时的路难行。

今夜，雨雾蒙蒙中的大河店青泥村，独自享受深山的一片安宁。李白举杯豪饮，剑眉上挑，意气飞扬，他在高声吟诵“噫吁嚱！危乎高哉！”在感叹蜀道之难，行路之难，处世之难，为官之难。杜甫手握如椽的巨笔，始终定格在空中，写尽人生坎坷事，诉尽家国悲苦情。他依旧是清瘦孤苦的样子，他忧悒的目光，镶嵌在崎岖难行风雨飘摇的生活之路上。公元 759 年那个冬天寒风凛冽，和青泥道上的山岩荆棘一起将他的心撕破。“山行有常程，中夜尚未安。微月没已久，崖倾路何难”的低吟仿佛还在山谷间回荡。两位诗人为了锦官城的相逢，都把脚印和诗篇留在古道之上。

今夜，“青泥岭客栈”“青泥岭酒家”的彩旗在凉凉的秋风秋雨里，和翻飞的落叶相互摩肩，古老的诗意随风飘荡。长方形的石质马槽里盛满了水，已经没有一匹马来饮，落花漂浮的绿水里，映出一个花开时节的圆脸，水太深，望不见古时的云烟。古旧的老房子，泛着岁月的黑色，深深的勒痕嵌在房子的梁柱上。它牵过多少马缰，它是古道被勒疼了的伤痕，为后世留下一个有形的疤，让路过的人群都能见到古道留存的影子。昏黄的灯光泛着酒肉的香气和烟火的温暖，让人忽然再次想起公元759年那个冬天。杜甫单薄的衣衫冷似铁，他可曾受着冻馁之苦张望徘徊在青泥驿站前。今夜，青瓦白墙，古朴静谧的青泥村将永久地把两位诗人揽入温暖的臂弯。青泥驿就在他们对面，可以供路人参观，可以容许游人拍照，却已经不能接纳诗人的困顿和疲累。途中的艰辛，就藏在历史的卷册中，每每翻起，都写着古蜀道的骄傲和艰险。

入蜀古道上的青泥岭驿道，太艰险太难行的路走了多少年？直到公元1054年冬天，一个名曰李虞卿的人站出来，奏请朝廷主持改道，新修一条较为好走的路。半年时间工程就已完工，从凤州河池驿到兴州长举驿一条84里的险道缩短了33里的路程。在大宋的行程中，李虞卿的脚步匆匆，把需要朝廷考虑的事提前考虑了，把需要国家谋划的资金提前筹措了，把需要国库配发的木石，亲自带领人员解决了。他一面奏请朝廷等待批准，一面根据山形地貌砍伐林木，准备修建的材料。次年七月份朝廷的批复下达，八月份新修的白水路已经供人们通行了。阁楼、栈道、邮亭、营房矗立在路上，裁撤旧路的机构人员马匹，每年可为朝廷节省粮食五千石，饲料一万捆。这是何等好事！

人们记住了李虞卿。修路是一件很简单的事，但很多人简单的事也做不好。修路也是一件很难的事，李虞卿却把修路这件难做的事变简单了，把难做的事最难的部分自己承担了，这件难事就做成了。他修了一条路，把大家的难处解决了，难行的路变容易了。修路就是积德，就是行善，不必跑到庙宇里去。

人们还记住了田谅。他是修路中途接替李虞卿的人，就像铁道接轨，梁卯衔接，就像赛跑中的接力棒，就像春种秋收。他和李虞卿共同完成了一件事，成就了一条路，天衣无缝地接好了茬，还书奏朝廷力赞李虞卿的功劳，不表功，不夺功。在成绩和嘉奖面前，几人能做到？

人们还记住了雷简夫。《新修白水路记》，883个颜体楷书精美的书法，劲道的笔力，工整的字迹，练达的文句，老到的刻功，恭恭敬敬地为后世记录了一件好事，也记录了古蜀道上的兴废变迁。作为全国重点文物保护单位，碑刻在大河店乡王家河村，以2.83米的高度，永远篆刻在历史的崖壁上。它是人们的好口碑，让路过的后世人都去仰视。

李虞卿，田谅，雷简夫，北宋嘉祐年间的这三个中国人，他们其实也没有做多大的官，走在一起就成了一条龙。这又让人不禁想到三个和尚的故事，三个臭皮匠的故事，以及“一个中国人是一条龙，三个中国人是一条虫”的论断。按道理讲，古人的路走到今天，应该越走越宽，越走越长。

两千多年的烟云变幻，青泥岭见证了昔日的金戈铁马和离合悲欢，书写了一部中国的《蜀道难》。

这一条路，在历史深处一直走，一直走，就延伸到了今天。

唐代的青泥道、宋代的白水路，一直走到民国年间，走到红军长征的路上。1936年红二方面军踩着这条路进入徽县县城。1954年，宝成铁路穿越秦岭打通南北时，为配合宝成铁路线建设的72华里的徽白公路，就是循着白水路的线路，把千年以来难行的那一条路变成通车大道。2012年，秦岭深山里的陇南要修高速公路了！十天高速在白水峡谷穿行而过，它让祁山古道和白水路跨越山山岭岭的阻隔，在飞速发展的今天牵了手，拉近了徽县、成县、西和、礼县的距离，也打通了甘肃走向东南，走向全国的一扇大门。“秦陇屏障、巴蜀咽喉”的入蜀古道，悄悄隐匿在徽县水阳乡、大河店乡、嘉陵镇、虞关乡境内的青泥岭山脉中，和岁月一道静静注视脚下发生的一切。

2015年10月1日，十天高速公路建成通车，从祁山古道上走过，从青泥岭脚下走过，改写了当年杜甫和李白的行路难。

甘南二题

扎尕那

天空的第一道彩霞，映照着迭部。万道圣光，洒向这群山层叠中的一座圣山——由山神涅甘达娃用大拇指摁开的一座石头城。

白龙江就在它身旁，闲适地流淌。

旅程安排中，我于迭部而言，只是县城夜宿歇脚的匆匆过客，次日便匆忙赶路，逆白龙江而上。接过房卡的一刹那，客栈的藏族服务员带着浓重的鼻音说："你去扎尕那看看吧！"

我听说，此生去过扎尕那的人，定是幸运而幸福的！

冥冥之中，一定是神性的石头做了指点和引领，把即将发生的擦肩和错过修改为生命中的一次偶遇。扎尕那，成了我甘南之行的一场华美意外。

扎尕那，藏语意思为"石匣子""石头城"。在藏区，人们认定每座山都是神灵的居所，每一块石头都有生命的灵性。涅甘达娃在摁开迭部的山崩石倾中，定是被扎尕那的奇美所陶醉，就在县城 28 公里之外的莽莽群山中，保留了一座石头城作为自己的居所，在那里安放灵魂。

去看石头，在布满神迹的扎尕那，去找寻神灵的影子。在七月的风里，在风马旗的唱诵里，去和一双安静清澈的眼睛对视，让心灵舒展成一面布满小黄花的草甸；去听水磨经轮在如雪的白浪里咯吱，永恒的诵经声穿越石头的前世今生。

沿着洮迭古道南北走向的十里峡谷，车穿行在高耸直立的崖壁夹缝间的曲折长廊。忽然，两道百米高的岩壁犹如巨大的城门横亘在眼前，疑似山重水复，仰头唏嘘间，想象这两扇天然石门所保卫的城内的宫殿里，安放着多少神秘和安宁！

左弯右拐，不觉间进入石门。扎尕那的巨幅画卷瞬间在面前舒展。耸立的山峰群落，青灰的岩石骨架泛着白光，孤独的灵魂在最高处游荡，寸草不生。起伏连绵的曲线给天空划出一道道冷峻的波浪，神灵在云雾缭绕里举起巨戟一般的岩峰，高傲的头颅穿透朝阳，劈开浮云，刺向高蓝的天幕。自东北方向浴着第一缕朝晖耸入云天，刀工斧凿一般遗世独立、傲视群峰的那座峰尖，定是那山神栖居的所在，美丽的传说在那里演绎！神佛的灵光在那里悄悄聚集！高高耸立的峰顶，那是涅甘达娃竖起的大拇指吧！

峰回路转，不同的景象在眼前次第展开，阳光将西南面的山包裹在臂弯里，从山腰开始，蓊郁葱茏的森林给裸露的山岩穿上一条裙，严严实实地盖住了山的筋骨。山体也变得柔和了许多，和山的距离被拉近了，山似乎降落在了人间，成了可以靠近可以触摸的山。而石头呢，素描一般继续在接近天空的高处站立。桑烟缭绕在树木的上空，古柏、白桦、杉木，苍劲挺拔，绿荫如盖。这浓密茂盛的树，是盛夏在扎尕那浓墨重彩的绿意点染，和石灰岩的山顶一起成了一个巨型的假山盆景。顺山势往下，开阔的草场上，牛羊散落其间，山风送爽，绿波荡漾，沁人心脾。缓坡上，东哇藏族村寨的榻板屋，密密匝匝。木质骨架支撑着信仰的天空，散布在古朴神秘的拉桑寺周围，鳞次栉比，错落安放着安多藏族民众的无忧生活。屋顶的经幡在风里飘飘荡荡，诵经声穿透石头的胸膛。钟鼓声、祈祷声起伏悠长，点缀每一个月落日升的苍茫天空。苍鹰盘旋在天幕之下，菜地被围在篱笆里，青稞生长，酥油飘香，人间烟火焐热石头，石头的故事满坡流淌。

蕨麻猪崽玲珑小巧的身体泛着油亮的光，奔跑在草肥叶嫩的小径上。目光悠远的老阿妈，身着厚重的藏袍，背着一筐木柴棒，旁若无人走向家的方向，走在追随神灵的路上。她拉长的背影，铺在石板路上。身后的孩子，紫红的圆脸，黑白分明的眼睛投射出清澈的光。他打量着一个个天外来客般花花绿绿的游人，退到时光背后的世界，和草丛里蹲卧的一只小白兔说着话。

村边的溪流潺潺，顺着陡峭的山势奔涌而下，清澈见底的淙淙水流，如玉，如云，如絮，剔透晶莹，飞溅起白浪，泠泠之音在耳畔响起，如欢声笑语。循着缥缈的水声，在河谷顺山势逆流而上，忽见溪水迎面似从天际驾风而来，一道梵音伴随着水，巨如雷细如丝。抬头，发现一座座小木屋卧在急流之上，木屋下装着悬空的水车，水车上方是金光闪耀的转经筒。山体变换，流水蜿蜒，错落有致的木屋庇护着经筒。清亮的山溪水伸出修长柔软的手指，拨动水磨轴轮，顺时针，顺天，顺地，经轮在清风明月间，随天地水流转动，永不停歇。石头矗立成山，滴水汇聚成河。山有多高，水有多长，只要山在，就有水流，流水不歇，经轮便转动不息，诵经声就一直回响在扎尕那布满神迹的大地。水车轴轮转一圈，就念一声“唵嘛呢叭咪吽”，念成永恒。祈愿天下每一个迷路的人，都在路上找到会呼吸有灵气的玛尼石，让蒙尘的脸上都嵌着一双如山涧溪流一般清亮的眼睛。不为来生，只为途中的相见。

在扎尕那溪流的经轮声中，尘世越来越远。时光累了，在此歇脚，听这高耸入云的石头讲故事，听与世无争的流水诵经，看天高云淡，孤鹰滑翔，看草甸上一朵花绽放。抛却喧嚷繁华，让内心得到片刻虔诚与安闲。

离开时，看山下，驶向扎尕那的车流不断。人们匆匆地涌来匆匆地游走，惊扰神灵，云端里的扎尕那的绝世奇美到底能承受多少轰鸣而过的汽车笛号？又有多少安静的灵魂去听石头讲述的故事、流水念诵的经书？

扎尕那神性的山峰、石头的故事高耸在云里，清澈的激流、清朗的叮咚响彻在风中。经年累月，云卷云舒，和石头耳鬓厮磨，水飞轮转浪如雪。山水不息，清流跌宕，水磨流转，经轮旋转，诵经声就会永不停歇。神灵高坐云端，洞察天地，看芸芸众生殊途同归，法鼓声中，谁人在喃喃念诵。生命里，路有多远；路途上，朝北朝南？何处的水边，停靠一艘渡船！

郎木寺

向西，逆白龙江而上。

去圣地中的圣地，在佛光照耀的白龙江源头，掬起一捧，清洗疲累的双眼，并大口喝下。这高原雪山的圣水。

五色经幡从云端里飘来，接地连天，布满苍翠的古木，为隔水的山岩搭桥，让玛尼堆穿上彩色的外衣。五彩的衣裙上有蓝天、白云、红火、黄土和绿水，都飘散在风里，风马旗在大地与苍穹之间飘荡摇曳。六字箴言刻印在崖壁上，灵性的石头和星星一样的小花顺着风一同念着“唵嘛呢叭咪吽”。哈达垂挂的洞口，黑虎女神所化身的钟乳石亭亭玉立，在幽谷深处与天地同在。一串清冽的水，就是白龙两行温热的眼泪，涌流不断的泉水，携着高原冰雪的安详和神佛的福祉一同汩汩流淌，在祈福声中浩浩荡荡，它的名字叫白龙江！

一则神秘的传说，一段神性召唤的旅程。白龙江源头，众佛驻足，多少灵魂，越过高山大河，每一寸肌肤匍匐在慧光环绕的路上。

在上游，小溪一样缓缓流淌的白龙江，让分属于四川若尔盖和甘肃甘南碌曲的格尔底寺、赛赤寺和清真寺南北隔河相望。作为地名和寺名，郎木寺都由一江之隔的两部分构成。茶马互市始于唐朝，如今的 213 国道若尔盖段就修建在这古道上。藏人生活的必需品茶叶，和战乱时期中原所稀缺的良马，两者互换，藏汉贸易往来早就开始。公元 1047 年，宋朝在四川和甘南分设了茶司和马司，茶马贸易得到更好的管理。700 年之后，郎木寺创建。而一河之隔分属于甘川两省的郎木寺镇，圣洁的蓝天白云下、绿树草地上，格尔底寺、赛赤寺和清真寺三大寺庙各自矗立，闪耀着佛祖和天主的目光。和谐共处安静生活的藏族和回族都按照各自的传统沐浴阳光，成群的牛羊散落在草地上，在拥挤着各色皮肤，不同服饰、不同语言、不同车牌的小镇，羊群将自己置身事外，埋头专注地啃着它的青草。

喇嘛们的红僧衣，在白墙红瓦的大殿和木瓦木墙的僧舍间，随时飘过，在连天的绿草映衬下，红衣时隐时现，成了点缀寺庙的一道景观。

裸露着的红色石山在东北边连绵不断，好似身着袈裟的喇嘛排着队列站成诵经的屏障，又如群山的顶部被拔高，重新生长出一截丹霞地貌的山岩。西面的山丘草色连天。南部树木掩映，生机葱茏。北面高山突兀，岩石挺立。四山合围的一片峡谷里，别具特色的榻板民居层层叠叠密布在苍翠的古木劲松之中。郎木寺金碧辉煌的寺院建筑群，在高出民居的半山腰顺山势依次排列而上，错落有致，静静矗立。

避开游客的喧嚷嘈杂，我慢慢行走在长长的经筒前，扳动经轮木柄，轻轻转动所有的经筒，听六字大悲咒在风中念诵，在山山水水枯燥艰辛的行程里。经轮转动一圈，就念诵一次，就像风中的经幡，风吹一次，就念一声。顺时针的旋转只有开始没有结束，念诵永不停歇，心灵就跟随佛的指引，向着信仰存在的方向，获得灵慧。有怎样的缘分，才可以在这样美好的盛夏，站立在佛的脚下，巧遇一切错失的机缘，在去往圣境的路途上找寻你的影子！

赛赤活佛的灵塔熠熠生辉。靠近佛塔，浴着德合仓拉姆和宗巴喀大师的眼神，脱帽，脱鞋，在一片肃穆中，双手合十，跟随朝拜的人群，静默在佛前，聆听佛的教诲。在酥油灯光的闪烁里，与佛对视，身旁的喇嘛一脸平静地解说：

“第一世活佛的肉身灵体的头发、指甲如新生长的一般，诵经声里他护佑着信众的平安吉祥。”此时，大殿里凝重肃穆的空气里不时传来身着藏袍皮肤乌紫，手持转经筒的朝拜者从胸膛发出的声声祈祷，低沉悠长的呼声能把人拉向旷远辽阔的远方。此时我的内心没有了任何祈愿，变得安稳平静如此空旷。看他们在佛前的地毯上，双手举过头顶，然后匍匐在地，额头磕在地上，双臂伸直紧贴地面。这是我平生第一次亲眼见到的虔诚大礼，与我所生活的地域那些香火弥漫的寺庙的信众相比，他们的身体语言和心灵语言有着极大的不同。藏民族全民信教，在生命轮回里身体和灵魂毫无保留地交给信仰，一生跋涉在解除生老病死之苦、获得灵魂终极之乐的漫漫长途上。所有跪拜在佛前的人，为什么要行三次礼？因为他们内心祈求佛祖保佑实现三个愿望：愿天上飞的、地上跑的、水里游的世间所有获得生命的生灵，都能避开灾难，平顺安好；愿自己和亲人来生还能拥有肉身成为世间呼吸的生灵；如果能获得肉身，那么愿能成为晨昏伴随佛前的住持，在香雾弥漫里与佛同在。而在很多寺庙空前繁荣的地方，无论身居何处，无论贫穷富有，官民农商，人群拥挤的寺庙，不同心事的人们在自己的意念里烧着欲望的高香，见到泥塑金身就跪拜祈求，升官发财，福禄寿喜，并且希望立竿见影，马上奏效。

赛赤寺西北边的半山坡上，一条小路可以到达 300 米之外的神秘的郎木寺天葬台。那是全藏区极少允许游人参观天葬仪式的地方之一。我在路口徘徊许久，最终没有勇气再往前跨出一步。经幡阵阵，空气里的死亡气息随着风到处弥漫。秃鹫，那种黑色的大鸟，空行母的化身，在山头等待，会按照神的安排将死者的肉体分食，并把亡灵带上天堂。它是藏民族信仰里受保护和敬重的神鸟。在我的传统文化背景里，我会把它等同于乌鸦一类的鸟，乌鸦是一种有着不祥意味的鸟。而秃鹫，却是藏民族的吉祥鸟。因为看待生死的差异，对死亡产生的反应迥然不同。平静对待死亡，是信仰根植于灵魂深处的藏民族独有的，他们在追寻灵魂流转的路上，早把生死置之度外。于他们而言，死是灵魂流转轮回的开始，生只是灵魂存在的一种形式。灵魂已经升入天国，那么肉体只是一个空空的皮囊。实现了灵魂的永在之乐，就无所谓肉身的疼痛。以来到这个世界的模样离开这个世界，把肉体归还自然，彻彻底底，干干净净。生与死，就在神灵盘旋的天空下自然而然地发生和继续。

乌云漫过天空，大颗的雨点就落下来，落满游人的双肩，空气里传来腥涩的气味。远山远得望不见身影，雾拢过来，锁住小镇的往事，冷风呼啸而过，气温骤降。在盛夏，我深切地体验了一回甘南的冷峻。突如其来的雨和冷空气，提醒自己，在郎木寺，奔走游赏旁观的人们，不是虔诚朝拜的信众，自然不会融入甘南的队列。一场突然降落的雨，阻断了对郎木寺深入了解的机会，缘分浅得只剩下到此一游的寂静凝望。

匆匆离开。

郎木寺的一场大雨，淹没了游人膜拜的路，我们无法抵达甘南的本真。在灵魂信仰之外，在追寻现代文明的路途上，欲望的花朵盛极一时，终将死去。纸醉金迷，感官享乐和现世贪欲终将湮没信仰的高地。

路途中佛前的小站，只容许虔诚的心稍作停靠而已。

于是，心想，今生定要修炼内心的安宁。在某个机缘合适的晴天，到郎木寺佛前的慧光环绕中，不匆忙赶路，不会突然有雨逼来，在悠长的下午亲近草甸，做一颗会说话的石头，仰天，看云。

乐山遇见佛

佛说是缘。

与成都结缘，源自那个被称作“5·12”的灾难，因为要编《灾后重建志》，培训班被安排在成都。这座听起来离灾难很近，走近了却依然是一座流淌着美的城市。冥冥之中，顺着某种似乎被安排好的行程去，并为了亲历一次佛缘的美。

同行的小杨来自甘南舟曲， 那个经历了“5·12”地震之后再一次遭受了特大泥石流灾害的小县城。而我，所处的小城在“5·12”地震三年之后的8月12日，那个全县最贫困落后的晒经乡。11个村子当中，有9个村庄的人们被突如其来的暴洪摧毁了家园，破碎零落的村庄在肆虐的洪水中呻吟，同样有着同胞受难的悲伤。

见到小杨的时候，他是笑着的，言语之间透露着活下来的某种满足和幸运。那晚他们一家三口恰好去了别处，那晚他的家被毁了，他们却还活着。我呢，亦面带乐观的笑，告诉他们晒经的人们在新建的过渡房里过得很好，春暖花开的时节，就重建新家园。我说，是灾难让我们聚到一起来了，灾难过后，相信人间会更温暖。大家沉默。

我之前所处的小城秋叶飘零，秋风凄凄，清凉似水。突然被火车送到这座温暖如夏，绚烂似春的城市，顺着三江合流的汹涌江水，被潮湿的水雾包围着，要去乐山看佛。享受着夏阳照耀的酣畅淋漓，却并无阳光炙烤的燥热。面部不需用防晒一类的东西，却不必担心紫外线，不必担心晒伤了皮肤，只觉得面部潮润，身体的每个毛孔在向外排出毒素，光这一点，就让人喜欢上了这座城市，女人的小心思在这里得到极大的满足。长舒一口气，呼出积存在体内的污物，扑面而来的全是欢悦的空气，顿觉身心一片轻松，脑中一片空白。山岳高远，涛水无声，并不去分辨方向，只聆听着心跳，向着空气更潮润、山音更清越处前行，就这样去看佛。

令人惊叹的并不是山前高崖上的“乐山大佛”四个白色的大字，亦不是迎面山壁上的壁刻，那个大大的红色的“佛”字。沿着绿苔茵茵，崖壁滴水的小径拾级而上，行人拥挤，各自脚步匆匆忙忙，向着佛的方向。导游小姐面无表情，用惯常的熟悉字句和语调例行做着解说。游人大汗淋漓，如这座滴水的山体，衣衫全湿，好似刚淋过一场雨。

登上山顶，在歇息的片刻，我只身来到山坳处的一个小洞中，这样的小洞多是天然形成，想借着洞中的凉爽独自休息一会。坐定的一刹那，我听到了淅淅沥沥的细小声音，起初惊慌，原以为是蛇一类的动物在爬行，环顾洞的四壁，并无深草，仅有茸茸的绿苔，却见那洞壁潮润，小小的水滴从看不见的石缝里渗出，竟汇聚成一缕缕细细的水流，那微弱如蚊足一般的丝丝响动，是这僻静处深藏的小洞中独有的声响，是我远离人群，独坐山洞听到的最令我震惊的音符。刚才在告示牌上看到类似“请勿喧哗”的字样，原来喧闹之外，宁静之中，还能听到特别的声音，犹如安静时听到的心跳。游客们依然挥动相机，匆忙地走向一个又一个景点。而我，宁愿在这洞中多坐片刻，享受静处的声音，这声音原本是极易被忽略的。就在导游召集游客来到乐山大佛旁的大平台上，在那儿讲解，诸如摸到佛的头、耳、眉等不同位置的不同意义时，我耳旁仿佛依然响动着山洞中缕缕水流的清越响声。内心保持着这份宁静，约朋友独自走开。从大佛身旁右边悬空的悬崖峭壁栈道台阶上，悄悄走下去，正好游人聚集在上面合影，因而栈道上静静的。我们轻轻地走，内心沉浸在平静中，没有一丝的恐惧，就这样从大佛右旁一直走到佛的脚下，这两山之间一尊相当于24层楼高的乐山大佛雕像，前面有一块平台。在那里，我抬头，仰视面前这尊建于唐代的佛，山一样雄伟、山一样蹲坐的千年大佛，再次琢磨“千年”的含义。千年的岁月不可估量，千年的历史和人物只能借助纸张上的那些文字，而这千年的大佛却切切实实地在我面前，是可观可感的存在。大佛的眼底，是三江水的汹涌浪涛，载着几只船。江水滔滔又似乎在无声平静地流，并不因这里谁曾来过又去；大佛稳坐千年，平静地微笑，目光淡然，并不因谁曾来过这里又走。而我，从远远的那座小城来到这佛的脚下，佛的面前，似乎从一个纷繁喧闹的世界逃离而来，完成一次生命之旅。在佛面前默想片刻，观望那尊高不可及的佛，我们的今生是否也是从某个世界逃遁而来，换了一些角色，结了许多缘，欠了许多债，逃到今世躲藏。

在乐山大佛的宝殿前，有许多人在虔诚地祈祷。于是我也在乐山大佛的脚下默默站立，想要听听自己心灵深处的祈愿。而就在那时，内心只有一个声音：活在温暖的人间，拥有世间的爱。这让我震惊，平素不是有许多想要实现的愿望吗？不是渴求许多不能得到的东西吗？在佛面前，怎会变得如此抽象和简单？

之前在网上会看到舟曲受难的照片，真不忍心看。那些被红色的泥浆裹挟走了的生命，曾有许多许多的愿望，但于他们而言，有什么能比活着更珍贵！其中有一幅照片令我静默，在那张安静的床上，有位年轻的妈妈侧卧着，搂着一个平躺的婴儿，她的长发理得很顺，搭在枕上，她红色的内裤依稀可见，大概刚喂过小孩，右乳挨着婴儿的头，孩子嘴张着，一定做过瞬间的哭喊和挣扎。他的表情里有一个婴儿所不能表现出来的绝望和痛苦，那是孩子留给这世界的最后一个表情。而妈妈则睡得那么自然，也许是太累了，她把头深深埋进臂弯，搂着孩子，就那样安然睡去，她也许正做着美好的梦，在蓝天下、阳光里、大地上呼吸真实的空气。旁边没有孩子的父亲，他大概去了远方吧。我默默对着照片，想让到另一个世界去的人们安安静静地睡去。我还看到了好多晒经乡受灾的照片，那些土坯房地基被掏空，在暴虐的洪水中七零八落，东倒西歪，泥浆侵袭农家小院，炕头和灶台被冲毁，粮食和农具一袭而空。那位老年妇女，站在被泥浆围堵的大门口，手扶着门框等待救援，惊恐的双眼流露出无边的绝望和无助，却并没有哭。在那段采访中，那个脸颊紫红的小男孩，擦去嘴角的饭粒，卖力地说道："只要我们还活着，就能读书，就能建好新家，一切就有希望。"这是灾难过后最美丽的誓言，这所有让人动容、令人落泪的瞬间，是我们生活在安宁中的人们应该记住的。我们能拥有晴天和雨天，能拥有大地和空气，我们多满足。睁开眼睛有美妙的世界，闭上双眼有多彩的梦，我们多幸运。活在温暖的人间，拥有世间的爱，我们多幸福！每个安宁没有灾难的夜晚，静静侧卧在孩子的身旁，挨着那粉嫩的小脸，闻着那熟悉的气息，轻抚那柔软的小手，给他讲美丽的童话，给他说真实的故事，就这样去拥有人间的温暖和爱，我们多幸福！

那一刻，我突然间顿悟，纷繁的生活和环境让人产生了太多的渴求和欲望，内心充斥着满满的得失和忧乐，我们的心有太多的负累，世俗的名利荣辱让我们身心疲惫。因此，我们往往听不到自己心跳的声音，我们心灵深处最清越、最纯美的响声往往被覆盖被掩藏，自己丢了自己。平静之中，才能真正倾听自己内心的声音，而那声音，就是我们最简单的心事。与自己对视，给心灵一点空间、一片宁静，并把自己的心事说给佛听。说给佛听的心事，其实还需自己去倾听；我们内心的声音，其实还得自己去听。看来，帮我们实现心事和愿望的，其实并不是佛，是我们自己。大概，佛就在我心中吧。

于是，我转身，把手伸向高空，朋友为我留了一张影。照片上，我的手刚好摸到佛脚的位置，佛脚指甲清晰可见，照片上我的身影渺小，不及佛的一个脚指甲那么醒目。人常说“平时不烧香，临时抱佛脚”。而我，在这尊千年大佛面前，抱了一回佛脚，倾听了自己的心跳，自己帮助了自己，让自己相遇了一回佛。

回到喧闹的日常生活之后，常常怀念山洞中那水流的声响，那在静处体验到的心跳的声音。于是，生活得累了，常常让自己的心静下来，让自己依然坐在那乐山滴水成流的山洞中，让自己依然默默站立在乐山大佛的脚下，来听心跳，并听听尘世之外宁静之中独有的声音。不去追逐，不去强求，活着并爱，只静静地把握和拥有内心深处那平平淡淡、简简单单的幸福。

与诸神共飨

神飨而民听。

——《国语·周语上》

1

明洪武十二年冬春之交的一场大雪，十分罕见地飘了三天，气势恢宏肃穆凝重的应天府被覆盖在一片冷寂苍白之中。

这场雪也落在一处兵家要隘，让原本虎踞龙盘般峥嵘高耸、摩天崔巍的米仓山更显出一种辽远苍茫、孤绝荒寒之势。

一场看似可以让世间万物变得平等简单的春雪，并未能掩藏应天府里的一重重杀机。明王朝建立之初，十余年的战争，基本肃清残元势力的威胁。王朝外部依次平定，太祖朱元璋为了巩固大明政权，一方面将他的 24 个儿子和一个重孙先后分封在全国各地，以期“藩屏国家”“藩屏帝室”而达到长治久安；另一方面以巩固中央集权为目的开始向王朝内部的王侯将相、开国功臣开刀。就在公元 1378 年，第二批皇子五人被分封。而一年之后，以胡惟庸案始，延续十数年的整肃群臣的大小案狱，开国功臣宿将几乎被诛杀殆尽。正如清代史学家赵翼所说：“藉诸功臣以取天下，及天下既定，即尽取天下之人而杀之，其残忍实千古所未有。”

这一场浩浩荡荡的春雪，无法掩藏应天府里的血腥气。雪也落在一个叫米仓山的地方。

固若金汤的米仓城外，攻城月余，伤亡数千。攻城的明军和米仓城里的番兵刚刚经历了一场殊死搏斗，尸体横斜，刀光剑影，战旗翻卷。凛冽的寒风呼啸而过，重峦叠嶂的米仓山苍烟弥漫。

雪，也无法覆盖米仓山的伤痕。

正值农历正月，落在旧历大年之际的这场春雪，让已经来临的节气里的春天春意全无，寒冷继续四处蔓延复辟。在春天，一场寒与暖的较量刚刚展开。米仓山深处，每一道寒雪覆盖、适宜人居的梁峁沟壑里蜗居的百姓，已有多年不曾以民间的方式锣鼓喧天庆贺新年。人们只在自家的先祖灵前跪拜祭奠，在心里默默祈念：风调雨顺，五谷丰登，六畜兴旺，安居乐业，吉祥平安。他们其实最希望的是，战乱平息，厮杀停止。

作为武都城北的天然屏障，森林莽莽，锁钥一般的米仓山口，自三国时期一直到近现代都以其扼喉之重成为兵家必争的险关要隘。古人《过米仓山》诗云：

峻坂飞泉雨欲昏，山高犹未上朝暾。

深秋淡写遥天去，野火残烧旧垒存。

闻说军糈通栈道，至今国计重云屯。

太平锁钥匆忘险，只取金汤作北门。

其米仓之名也源于历史上一场著名的战争。南宋名将吴玠、吴璘率数十万大兵驻守陇南一带，与金兵浴血奋战，并在此山屯兵储粮，修筑仓城。仓城名为米仓城，山，则名为米仓山。早在西魏文帝大统元年，米仓山下的洪化镇，曾被建成洪化县，古洪化县即今天的武都安化镇。明代万历年间，番兵猖獗，屡犯阶州，米仓城垣大规模扩建，修城筑寨，城防周围达十公里。

成就了当年米仓山上有米仓城，下有洪化县的辉煌景象。

米仓山，秦岭向西伸出的一只手臂，这座深沟险壑、高峻陡绝的山，以3000米海拔的高度屏护武都。其北部的北峪河，源出牛蹄关，经樊家坝，流经鱼龙、安化、柏林、马街，在城关镇折向西南汇入白龙江；南部的甘泉河发源于米仓山南麓，流经龙凤、甘泉、佛崖、熊池、望关、平洛，在毛坝古渡注入西汉水。两条古老河流母亲般哺育滋养，米仓山稳坐其中，俯瞰两条河流裹挟苍茫的历史和流域文化，流向更远的远方，以伟岸之势挺立在陇南及甘肃的视线里。

幼时曾切身感受米仓山，是一次武都之行，破旧的班车，在“之”字形的路上匍匐蛇行，翻过危险重重九曲盘旋的米仓山，要经历近十个小时的晃荡才到达武都。

2

洪武十二年，农历二月，冒着春寒料峭一路厮杀，向西北进发的曹国公，就是当朝皇帝朱元璋的外甥李文忠。这位十二岁时就失去母亲，跟随父亲辗转乱军之中，多次濒临死亡的少年，跟随他的舅舅朱元璋打天下，十九岁便驰骋疆场，以骁勇善战著称诸将之首。因其战功显赫，明朝建立后获封曹国公。李文忠此番要出兵征讨洮州十八族头目，他们据纳邻七站之地与明廷抗衡。正月，朱元璋先派平西将军沐英等将领率京、秦、豫、鲁各路兵马进剿番反势力。

《陇南历史大事记》载：“洪武十二年正月，洮州十八族番反，命沐英兵讨之。二月，李文忠督理河、岷、临、巩军事。”

洮州，也就是现在的临潭，皇帝心目中西北一处反动势力所在地。李文忠的大军，原计划要过陇南，经宕昌，去往洮州。可是当他经过天水，路过西和，越望子关，出佛入崖，山势渐次逼仄突兀，再向前走，云雾缭绕、险峻雄奇的一道道山峦横亘眼前。应天府里的朱元璋，并不知道米仓山下，潜藏在米仓山关口的番兵倚天险而据要地，双方短兵相接，强攻硬打，明军伤亡如此惨重。

李文忠原本打算的一次“途经”，却成了与陇南的一次不期而遇，并与陇南结下不解之缘。于是，米仓山，再一次出现在历史的视线里。六百余年间，米仓山深处，这个人的名字并没有被刻入石头，它却被种进了泥土，一次次在乡野山村被提起，在苍茫粗犷的歌声里，萦绕、飘荡。纪念和祭祀，和一种乡土文化相互成就。

历史对这次事件的结果做了如下简短记载：叛乱很快被平息。捷报传到，朱元璋非常高兴，亲下诏谕说：“洮州，西番门户，筑城戍守，扼其咽喉。”根据这个诏谕，李文忠委派金朝兴在当地藏族头目南秀节的大力协助下，在原洪和城的基础上扩建、增高，修筑了洮州卫城。朱元璋鉴于洮州在战略上的需要，降旨李文忠等留守，遂将江淮一带军士留在当地开荒种田，战时为兵，平时三分守城，七分屯田，后陆续将屯军家属迁来定居，遂在这里长住下来，成为当地的永久居民。在以后六百多年间，藏、汉、回各族人民相依为命，繁衍生息，劳动开拓，融合发展，在洮州这块土地上共同创造了灿烂多元的历史文化。

这是事件的结局。

而我，不是要去探明那些繁复的历史真相。我执意要在历史上陇南的某个节点做长时间停留。用放大镜细细观摩发生在这些山峦中的一点一点的故事细节。并且，我要去聆听从这一座山的内部，吼唱出的高山的回响和旋律。

3

这一天，武都城里的大年气息早已接近尾声。元宵时节，我去往一个高寒阴湿、封闭僻静的地方，那里的欢庆才刚刚开始。从古城武都出发，溯北峪河而上，过马街，跨柏林，在古洪化县的旧址上，仰视一座名为米仓的山。依照山势攀缘而上，在山里的一处驿站做短暂停留。瓦楞上垂挂着一长排晶亮的冰凌，吹着山间呼啸而过的风，与远处的积雪相互对望，一个来自山窝里的苍凉的声音在那里静静等了我六百年。

群山深处的鱼龙镇，它的背倚靠在米仓山的怀里。冷硬的风从米仓山顶吹过来，夹杂着零零星星的雪粒，掠过外形酷似一条巨大的鱼的响潭地梁，拨动那里的每一寸尚冰冻的泥土，风再继续向前吹，就到了形似“龙门”的王家沟村的“窄狭子”。刀刻斧凿高峻险要的窄狭子，是鱼龙的一道天然石门，紧紧锁住了鱼龙镇，守护着它的太平，它因一条通往关外的奇险狭窄的古栈道而得名。李文忠就曾借着这里“一夫当关，万夫莫开”的地形，安营扎寨，平息番反匪乱，以“不必多杀伐”的原则，息干戈，恤百姓，奖励农耕，福国利民，百姓爱戴之，被尊为福神、龙王爷。这位明代谋将、开国功臣于公元 1384 年（洪武十七年）去世，正史记载，病逝。按照民间的说法，这位功臣和其他诸多开国功臣有着相似的命运结局。后被追封岐阳王，谥“武靖”，配享太庙，肖像挂在功臣庙里，位次第三，赐葬钟山。鱼龙人则在窄狭子修筑规模空前的寺庙用以纪念他，寺前还修筑了一座戏台，当地流传已久的一种唱曲，从此搬上戏台，专门唱给鱼龙寺里的福神李文忠听。唱曲有一个好听的名字：高山戏。

冷硬的风摩挲每一座山头，每一条强悍的鱼都被吹往龙门的方向。千百年来，“鱼跃龙门”的美丽传说，在大山深处悄悄呈现。白雪覆盖南面的每一道山梁，每一道山梁都在安享宁静悠闲的睡眠。

鱼龙镇，就这样牵着我来了，我循着这个美妙的名字来。四周环山的村庄王家沟一片安详，只有长龙一般的灯笼伴随一条长龙一般的小路，在冷冷的风里张望。我们的车悄悄停靠在村口。忽然间，不知从哪里冒出来一支彩色的队伍，跳着、摇着、扭着、摆着，排成长长的一溜儿，迎着我们走来了。一时间，无数的鞭炮四下里噼啪作响，一道道青烟四处弥漫，震耳喧天的锣鼓同时在我们身后响起。村子里老老少少的人，抱着孩子，裹着头巾，闻声从每一个角落聚拢过来。他们的脸，粗糙泛红，满是风的痕迹。青筋暴起的手臂，还有泥土在停留。他们粗布衣衫，布底棉鞋，满身灰尘，却都投射出清澈真诚的眼神，并有憨厚的笑容在人群中一一传递过来。青烟飘过，那支彩色的队伍就在烟雾缭绕里扭出来了，仙气飘飘仿若神话，一字排开在我们面前，行礼弯腰，隔着一米的距离，望着他们，古旧俗艳的装束，隔世般的恍惚。我学着他们的样子，抱拳行礼弯腰以还礼，并且把脸笑成了一朵花。受到如此隆重的礼遇欢迎，便忍不住内心的激动。平日里埋头生活的呆滞双眼，忽而生动发亮，好奇的目光停留在他们色调艳丽的装扮上。近处看，他们头戴凉壳子，身披红马褂，肩胸部绑满红绸绾成的花，左手拿着花巾，右手拿着蒲扇的是丑怪的把式装扮。着花袄，系百褶裙，勒了水纱，贴了鬓角，绾了发髻，扎了纸花，涂脂抹粉，描眉画唇，左手拿了绸帕，右手拿了折扇的是漂亮的旦角的装扮。他们无一例外地在这冷风里，迈着一致的步子，尽情舞动着他们的凤凰三点头，唱着悠扬浑厚的“哟嗬嗨”。苍劲的歌声向我的内心弥漫，并漫向远山。

洪武年以后的六百余年间，鱼龙的百姓就是以这种方式欢庆战乱最终停歇，为他们一年又一年安康丰收的幸福美好生活做着祈祷祭奠。他们同样在裹着银装的天地间扯开粗犷苍凉的嗓子吼唱，踩踏脚下的每一寸土地叫醒春天，摇头晃脑尽情释放多年来挤压在心头的一切情绪。幽僻的鱼龙，至此，年年新春之际，大雪覆盖连绵群山，在零下十几度的冰天雪地里，在新修建的规模宏大的“福神庙”前，同样形式的盛大歌舞祭祀娱乐活动会延续十余天，以最虔诚的礼仪祭祀神灵，以最古朴的方式实现村庄的大狂欢。福神庙里，红脸长髯的曹国公李文忠，目光如炬，笑容满面。

4

月亮升起来了，垂挂在戏台的上方。在刺骨的寒风里，普照鱼龙。

月亮照着鱼龙的一片远山和灯火辉煌的王家沟。照着陌生的我和摩肩接踵来看戏的人群。

自从李文忠来到这里，那些曾在打麦场上娱神祭祀的恣意表演，被搬到戏台之上。这个台子，在每一个村庄的空旷地带高高耸立，让村庄的祭祀和狂欢有了载体和故事内容。把对神灵和天地的感恩、对生活和人事的教化都变成家喻户晓、耳熟能详的故事，在村庄的舞台上轮番上演。村庄的故事由村庄里的人演给自己看，这是一年一度乐此不疲的盛大狂欢。那些口口相传的唱词，一代一代流传。

今夜，月色皎洁，寒气逼人。舞台再次亮起昏黄的灯光，人群从四面八方匆匆赶来，彩色的幕布一层层被掀开，氤氲的烟气在周围升腾。舞台上的聚光灯下，头戴面具的刘、关、张，周仓、吕布、曹操、蔡阳、秦琼、敬德的大身子各自装扮，一一从历史里走出来了，形象分明生动传神。他们刀剑棍棒，厮杀大战几个回合，让新年的舞台热闹非凡。

之后，一场别开生面的“开门帘”开始了。这是一场一名男子（把式）追求一名女子（旦角）的故事表演。

铿锵有力的锣鼓声响起，把式载歌载舞念白：

“天上下的瓷釉子，脚下蹬的鞋溜子，一呲一枕，枕到大干妹子门上，问一声大干妹子在家不在家？在家了就喘一声，没在家了（哎）我就走了。”

大干妹子（两个旦角）在门帘（二幕）内应答：

“在家里哎——”

开门帘曲的婉转歌声从幕布里面传出来，把式在伴奏声中跳耍着对唱。犹抱琵琶半遮面的旦角，在幕后一直载歌载舞欲出未出，直至最后才出场露出脸面，和把式“绾花子”入场。戏谑味十足的开门帘，惹得观众前俯后仰，戏场内顿时笑声如雷。

这一场山村独有的男子追求女子的故事，就以一场雨雪天气路滑为由展开。自由豪放热烈的三点头，悠长舒缓缠绵悱恻的旦角的抒情，是鱼龙男女的乡土恋爱。不知道积雪覆盖的高山下，多少柔情才可以温暖这一片充满惆怅和呻吟的土地。

“梳子匣子端进来，打扮身子出绣房。

前头梳起盘龙转，后头梳起虎翻身。

一根金簪压脑顶，八宝耳环坠耳根。

三钱白粉淡白脸，小桃红胭脂淡口唇。

上身穿起花花袄，下身穿起柳罗裙。

纱青西裤鸳鸯带，蛇皮花带子两条龙。

三尺白绫裹脚心，高底子花鞋脚底蹬。

双手开开门两扇，单手开开两扇门。

大走一步将五寸，小走一步不动身。”

这又是鱼龙谁家的女子，带着传统的矜持与美丽，吟唱着走来了。她体态匀称、步履矜持，出嫁前精心打扮，面对亲人难舍难分，她一步三叹，辗转吟唱。看看围观的人群里，每一个花枝招展的鱼龙女子，她们在今夜的一片月色里，荒寒包裹的人群中，光彩夺目，是今夜最亮丽的风景。

有当地的朋友说，今夜是鱼龙男欢女爱的日子。

今夜，月上柳梢头，人约黄昏后。

有柳，有灯，有戏，有月，最美意境里所有美的要素，今夜都有了。有月做证，最美的月色罩着最美的人儿，四目相对，两情相悦，月光如水，目光如水。即使不说一句话，所有的心事都在这里了。如果月色不会辜负人，定会在一年当中第一个月圆之夜的月色中，找到心中最美的爱恋。今夜，舞台之上和大地之上的鱼龙人，无论寒气怎样逼近，内心一定泛着火热的温情。一跳一摇三点头，一扭一摆一挥扇，温情都在幽怨缠绵的歌里了，都在豪放生动的舞里了。

5

戏散了，人群也散了。

我要夜宿“龙门”，睡在上元佳节一片寒凉的月色里。

工家沟的每一座石板房，都被霜雪覆盖，在今夜的月下，泛着晶亮的寒光，和月亮悄悄对视。因交通不便等诸多因素的制约，在这相对与世隔绝的地方，村民们就地取材，采集石板做他们的房顶，用以对抗高寒和潮湿，大大减少房屋的造价。村里也有崭新的小洋楼耸立，但一排排依山而建的古旧石板房，错落有致地镶嵌在高山深处的树丛和山坡，在这初春还被厚厚的雪覆盖。它经受无数的人间烟火，涂满岁月的痕迹，因而显得倍加温暖和沧桑。与那些让人审美疲劳的城里的雷同建筑相比，它始终是村庄里一道泛着光阴味道的风景。那些巨大的石块被小心切割，安放在每家每户的屋顶，为鱼龙人遮风挡雨，抵御霜雪，它们就是鱼龙最牢靠的石头。

被寒意包裹的石板房里，炉火烧得正旺，屋子里没有多余的家具摆设，大大的土炕上被子温热。睡意忽然袭来。

而另一家的石板房里，卸了妆的一帮少年，围炉煮酒，猜拳行令，用以驱赶夜里袭来的严寒和白天演出的疲累。酒喝下去，歌声就从那个被昏黄油灯照亮的木格子窗里飘出来。明快憨直粗犷苍茫的歌声，穿过月色，扑面而来。

我断定，这才是我想听的真正的米仓山的声音。

它翻越高寒的山巅，夹杂着冷风，就在今夜直刺向我的心。循着这声音，推开一扇吱吱呀呀的木门，我触碰到一双双清澈简单童稚的眼睛。屋子里飘满酒香，他们满脸飞红，铿锵的唱腔将严寒都推向门外。时隔十七年，王家沟再次办灯唱戏，他们当中很多孩子是人生第一次与这村庄里高山的声音相遇。但毕竟，这早已浸在水里泥里的歌声，也早已在孩子们的血液里流淌了。于是在今夜，我终于听到了真正的高山戏，这种在石板房里酿制出的快乐，古朴粗犷的歌声，又一次响起在这僻静安宁的远山深处。借着酒兴，它在月光下寂悄地生长，这每一寸高寒的泥土，才是它无可替代的温床。

索性就煽动他们，再次戴上凉壳子，拿起花巾、蒲扇，穿上花袄，拿起绸帕、折扇。豪放的凤凰三点头扭起来了，我加入他们的队伍，和他们一起一扭一摆三点头，快乐的舞步就在土质的地板上飞旋起来，声嘶力竭地吼唱“哟嗬嗨”。一曲婉转的《十三杯子酒》、一曲高亢的《十二大将》、一曲朴素的《点兵歌》、一曲欢快的《挂红灯》……一杯酒就是一个故事，每一曲都从第一杯酒唱到醉，从正月唱到腊月，从春天唱到冬天。

“一杯子酒儿正月正，朱洪武打马下南京。

保驾将军胡大海，伴驾才是常遇春。

二杯子酒儿龙抬头，苏妲己造起摘星楼。

贾氏夫人坠楼死，黄家父子反出头……”

缠绵悠长的歌声回荡，村里闻声赶来的男男女女，他们今夜无眠，裹着头巾挤进屋子，抻长脖子扯着嗓子一同唱开了。一支竹棍狠命敲打一个硬纸板的酒盒子，一只巴掌在桌面恣意拍打，分明的音乐鼓点就响起在这夜色里。

不知唱了多久，后来，敲碎的夜色慢慢被还原。

凌晨1点的月亮，被无边的安宁包围，仍然不舍得入睡，它和长龙一般浮在空中的一排灯笼一同照亮王家沟的夜。此时，站在月色里的王家沟，我突然就想扯开嗓子唱一曲我家乡的山歌：

麻秆点的亮来了，今儿个寻郎唱来了。胡麻开花蓝生生，妹唱山歌给郎听。想呢想呢实想呢，想着眼泪常淌呢常淌呢。妹在阴山唱一声，郎在阳山坐下听……

三个面如满月的异地女子，面部依然被月光涂满，睡意迷离，相视大笑。然后把一片清寒关在门外，大被同眠，大炕同榻。

不知过了多久，寂悄无边的美妙梦境，突然被一阵悠远苍凉的歌声打断。一声声高亢的吼唱响起在凌晨两点半。睡意恍惚之中，莫名的惊异，感到声势浩大的歌声从四面八方的连绵群山缓缓漫过，趁月色飘忽而至，和月光一同笼罩在石板房的上空，包裹着每个人的梦。仔细辨听歌声的来源，忽远忽近，缥缈无边。再一次，想起木格子窗里的昏黄灯火中，那些奔放豪纵正青春的少年，酒意再次把歌声点燃。忽就睡意全无。彼时，一轮硕大的月亮，把鱼龙人的悲喜酸甜都包裹在一片荒寒里。一铺热炕，一轮满月，还有窗外的每一个山头，都被寒霜、神灵和苍凉的歌声包裹！

清晨五点，我再一次身裹羽绒服站在群山对面。太阳尚未露脸，王家沟的每一道山梁每一块田地都披着厚厚的一层白霜。那些红褐色的土层，会生长庄稼，并出产富含微量元素、品质优良的药材。这红土地里长出的红芪，以“米仓红芪”的标签让武都享受“红芪之乡”的美誉。东边的地埂下，挑水媳妇的木勺砸碎水上的一层冰。“咚咚咚”……砸洋芋搅团的此起彼伏的棒槌声响起在村庄的各个方向，缕缕香气飘过来了。炊烟从石板房顶的缝隙漏出来，漫过树林，向着远处的山头攀附而去。

炉火烧旺的屋子里，油饼子和炖好的鸡肉摆在炉盘上，面茶的香气飘散开来了，就着男女主人盈盈的笑意，我们共进一顿丰盛温暖的早餐。

村书记家黑黑的嫂子，送出老远的路，一次次叮嘱我们，下午看完戏，不要回城，她要砸洋芋搅团给我们吃。

6

正月十五。我确信，今天的鱼龙镇，已被空前卖力的阳光焐暖，天空湛蓝，恰如干净空旷的心。

风依然冷硬，山色灰黑荒芜，四面光秃秃的红褐色山岩，被枯草覆盖，如同鱼龙人粗糙的面部和手臂，一次次经受风的洗礼。向阳的田块，雾气升腾，潮润酥软，背阴的地埂，覆盖着一溜儿雪。春天似乎还沉睡在封冻的土层里，等待人们叫醒。

一支彩色的队伍，浩浩荡荡，一路的鞭炮，一路的烟雾缭绕，向着鱼龙寺出发了。铿锵锣鼓声里，两条游龙在烟气里浮动，腾空而行，左顾右盼。精神抖擞的雄狮在跳跃，颤动的毛发簌簌作响。

鱼龙寺前，人如潮水。人们跨过地埂，向着同一个方向奔袭而去。

鱼龙寺在松柏环抱里静静蹲坐，“千古明灯”四个大字在高处迎风而立，四角翘起的屋檐，风展彩旗。蓝色的烟气缭绕弥漫、密密笼罩，两只彩龙旋风一般翻腾回旋。呼啸而过的风里，只听见龙的骨节咯吱咯吱，舞龙的少年，脚步腾跃，地动山摇。飞溅的流苏，被黑汗打湿。头戴凉壳子的把式们，走在队伍的最前面。他们是唱戏的把式，一定也是庄稼的把式、生活的把式，是鱼龙人眼中的大能人。掌着花灯的女子，柔美曼妙的细碎步子，让手中每一束耀眼的纸花，都摇曳生姿，春意满枝。今天，她们涂了胭脂，画了眉，把辫子搭在胸前，扭一扭，鱼龙就妩媚起来了。

彩色的队伍在田间穿梭，扭动的脚步一直不会停歇。这种一扭一摆三点头的舞步，在今天，不会停下来。开始走印了，他们要踩遍鱼龙寺前的一大片空旷土地，把春天叫醒。在那块肥沃的土地上，走一个大大的印，把神佛的力量刻在印里。给鱼龙大地盖上一枚巨大的印章，把鱼龙人的祈盼都写进泥土。他们希望神灵护佑一方水土：风调雨顺，五谷丰登，六畜兴旺，安居乐业，吉祥平安……

彩色的队伍，盛大的表演，将在群山包围中一一展开。那里是鱼龙人的百里平畴，是他们一年又一年歌舞狂欢的舞台。

鱼龙寺里的福神李文忠，香雾袅袅里，依旧红脸长髯，笑容满面。今天，诸路神灵高坐云端，将对旧年的收成进行检阅，对来年的丰收一一安排。

在午后的一片明媚阳光里，离开鱼龙，带走一片云彩，不辞而别。回头，那一片苍黄的土地，已被脚印填满。镶嵌在白雪覆盖的高山怀里的彩色的人群，正在进行着他们的狂欢。南面的群山，在很远的地方，把头伸进云里，触摸着干净澄澈的蓝天。苍郁的树木遮蔽下，地上一大片一大片的雪和天上的云，依然相互安静对望。但是，鱼龙，已经把春天叫醒了。

青蓝色的烟气向着南面的群山缓缓弥漫，山变得无限高远。在满山升腾的烟气里，袅袅升空的是鱼龙人的赤诚和祈盼。

诸位神灵在高山深处，正襟危坐，透过烟雾，享用佳肴和万般美好，笑看这个欢腾的人间。

一驾马车上的中年

1

中年被骂了，那句粗话像一句走红的流行歌词，走街串巷地轰炸。

东晋谢太傅曾和王右军一起哀感中年，说，“中年以来，伤于哀乐”，王谢二君，是文人的闲愁易感。“月过十五光明少，人到中年万事休。”这是元代杂剧偏好引用的一个句子。月亮一过十五，光辉就减弱，好比人过中年，精力衰退，难谋进取。元杂剧以接近生命的方式叙写人间喜怒，这个耳熟能详的句子，写尽了中年的沧桑。现代人中年困境的关键词似乎被概括为，尴尬。毋庸置疑，人到中年上有老下有小，体力渐衰，身体危机四伏，皮肤下垂，皱纹四起。背扛肩挑的境地，真有一种进退维谷的荒凉感。中年的幸福各不相同，但中年的尴尬都是相似的，房子、车子、票子、孩子……相信只要有对比，烦恼便无尽。但是，提到中年，我总还是会想起，1260年前，唐代的那个中年人，他那名垂青史的中年尴尬！

2

公元759年立秋后的一天，海拔两千余米的陇山，被绵绵秋雨包裹，灰雾笼罩之下，秋风飒飒，枯叶四散飘零。陇山，又叫关山，六盘山支脉，陕甘交界处。

山路九转盘曲，乱石当道。一阵咯吱声在山间荡开，波晕一般，划开雾霭。车轴声像一个负重前行的人在咬牙切齿，喘着粗气，山间死一般的寂静被打碎。一只孤鸟在林间扑腾翻飞，迷路似的左冲右突；一匹瘦马，毛色斑驳，腹部泥污斑斑；一架旧车，车轱辘碾轧泥水，四处飞溅。车舱的布帘内，传出稚子钻心的哭声。车舱前，一袭青袍盘腿而坐的中年男子，胡须凌乱，眼窝深陷，一脸的疲惫，眼神里却流露出无限的好奇。高峻险绝的陇山，满目的秋色，风物自与关中不同，他如同逃脱樊笼，贪婪地张望着另一片天空。

自东边来的人，翻越关陇，就像西出阳关，悲怆凄凉，实属无奈。七八天以来，八百里关陇之路风尘仆仆，餐风饮露。但是，他经历了内心的斗争，似乎在心里已经越过了一道关，他默念着那个句子：

罢官亦由人，何事拘形役？

罢官亦由人，何事拘形役？

……

牵马的家仆，粗布衣衫，清瘦精干，名叫杜安。峰回路转，他望见了路口的界碑，眼睛忽然一亮，激动地回头，朝着那个人大喊：“先生，到了，到秦州了！”

车舱的布帘掀起，年轻端庄的杨婉，乌黑的发髻，素衣素裳，面容姣好，神色凝重。她低头，目光打在怀里的粉嫩小脸上，女婴含着乳头，用力吮吸，没有奶水，便含着乳头哭起来，呜呜呜……哭声柔弱无力，却刀子一般扎在她心上。她的左右，两个小男孩靠在她肩头，小一点的叫宗武，唤作骥子，迷迷糊糊睡着了，发束垂在脸蛋上；大一点的叫宗文，唤作熊儿，目光炯炯，若有所思。一同催马探路的弱冠男子，清瘦俊俏，束着高高的发髻，是杜占。

这一年，先生已经48岁，未老先衰，满头白发，刚刚辞掉了华州司功参军之职，有生以来断断续续不到两年半的政治生涯结束了。“安史之乱”后，他曾带领一家人掺杂在流亡的队伍中，也曾被胡人捉住，困居长安。而此时，关内久旱不雨，史思明在相州大败唐军，自称“大燕皇帝”，准备攻取河南。东边战火蔓延，他回不了洛阳的老家，长安也无法待下去了，只能往西，翻越关陇。前面等待着他的天命是什么，先生无从知晓。他的全部，都在这驾马车上了。当下，先生的理想很简单，到了秦州，上有茅草，下有立锥之地，有饭吃，有衣穿，努力活着。这是一个中年男人应尽的最基本的责任，不能再简单了。“满目悲生事，因人作远游”，陇山之西的秦州有他的侄儿杜佐和老朋友赞公，这也是先生唯一的依靠了。

3

先生一家在秦州城里安顿下来。虽薄暮中羌笛胡笳声四起，吐蕃的驿使往来，警报的烽火明灭，却暂时没有兵火灾荒，没有奔波之累，还算相对平静。“无风云出塞，不夜月临关”，陇上的明山秀水，让先生暂时忘却了长安的一些不如意。他白天探访古刹隐士，或者带着孩子们上山采些药材，夜晚在寓所里怀亲遣兴读书写诗，转眼已近一月。秋后的塞上，阴雨绵绵，潮湿阴冷，一层秋雨一层凉。家人的衣裳单薄了，米缸也快空了，门前杂草丛生。他想起了三国时魏国诗人阮籍，长期隐居山林中，经常一个人坐着车子漫无目的地向前走，一直走到路的尽头，车子无法前进，便大哭而回。住在秦州城里的阮昉，就是阮籍的后代，先生去拜访时，邻家的门口车马往来，喧哗无比，阮昉的屋子却寂悄地隐没在蓬蒿里，柴门矮墙，却以此为乐。和阮隐士一经相遇便为高山流水，一同“褰裳蹋寒雨”。他不禁想起了唐尧时代隐居在颍水之阳、箕山之下视富贵如粪土的人，忽然有了在秦州长期住下去的打算。

他去西枝村，找到旧友赞公。赞公是京师大云寺住持，他们俩是布衣之交，因房琯一案牵连，在两年前，赞公被贬到秦州，而他出任华州司功参军。再次见面时，便是在这深山老林的西枝村，一处悬崖底部的窑洞禅房里。秋风秋雨摧折满院秋菊，霜寒露重让满池莲花倒伏。古柏树下，俩人促膝而谈，忆昔叙旧，怜惜共勉，不觉夜深。月光如水，洒落在群山裹拥的西枝村，他均匀吐纳，内心升腾起从未有过的安宁和恬淡，他忽然决定要把身心交付这远僻安宁之地，了却此生。他和赞公商议要为自己寻找购买一处向阳避风的地块，修造一座房子，卜居为邻，以度残年。他俩携手走遍附近冈峦，处处是老树大藤覆盖下的阴湿山岭，直至日落西山，山谷昏暗，草蔓露重，怅然而归。他夜宿赞公的土室，天寒鸟归，月出山静，俩人彻夜长谈，直到晨光朦胧。因为赞公在那里，所以他对于西枝村，心向往之。想象着和赞公一起燃薪照明，汲水煮茶，一起终老，不禁欢欣。但他们三番几次去寻幽置地，无功而返，最终未能如愿。

他听人说侄儿杜佐居住的东柯谷长藤修竹山水幽静，风景如画，阳坡满是瓜果，贫瘠的地块反而盛产粟米之类的谷物，便渴盼在那里寻置一个安身之处。他来到东柯崖谷，鸡犬之声相闻，田间庄稼茂盛，瓜果菜蔬长势喜人，这个诗情画意的田园幽境，的确与众不同。他决心长居在此，与“野人”一起享有这水竹之美，山崖之险，拥有一个药圃，背着药篓，手拿药锄，采药、制药、卖药，隐逸在山水间。但是，东柯谷地气潮湿，他最终也没有找到一块理想的山坡来修房盖舍以容身。全家七人就在杜佐的住处借住了一段时间后返回秦州城，居无定所，吃穿也都没有保证，继续流寓生活。

西枝村，东柯谷，就在今天的麦积区甘泉镇和街子镇。山水秀美，景色清幽，有温泉，已经成了风景名胜。因为他而得名的子美泉、子美村都成了旅游景点。可是秦州那么大，竟然没有一处向阳的山坡让这个中年人盖成一座草堂，最终他连一个落脚的地方都没有找到。

是的，那个淫雨霏霏的秋天，被困秦州，无处容身的人，就是杜甫！

杜甫“少小多病”，母亲早逝。幼时寄养在姑母家，与姑母的儿子同时染上时疫，姑母的儿子夭亡，而他幸存下来，自小身体孱弱，不是一个健康的儿童。秦州秋风渐冷，他愁眼看霜雪，飘零流落，家事国事天下事，事事不顺心。多年的风疾、哮喘、风湿就像养在他体内的毒蛇，一点一点侵害他的生命。哮喘病缠身，每每咳嗽，胸口撕扯一般疼痛。风疾发作时，他头上似有重物压着昏重难忍，头晕目眩，四肢酸痛。阴雨天气，风湿又让他身体的各个关节就像生了锈，不听使唤。在秦州山区这个多雨的秋天，“衰年关鬲冷”，湿寒让他的胃部发凉，胃机能衰退，隐隐作痛。某日，阮昉为他送来满满一筐薤，他惊喜万分，终于可以有美味来暖胃了。也许这种植物性温热，有助于改善肠胃功能，他又向杜佐索要薤。我幼时曾和小伙伴一起挖猪草时挖过这种叫作“野小蒜”的植物，叶细长，有细小的圆球形根茎。一般长在深山崖畔上的杂草里，挖来一束不过用作拌馅的作料，并不作为一种蔬菜吃。后来读杜诗，中年的杜甫得到微不足道的薤而喜爱万端，内心忽然一阵悲凉。邻人送他瓜菜，侄子寄给他小米，他上山挖些野菜，打些野果，生活基本靠着别人接济。秦州熙攘的集市上，杜甫背着药篓穿行其中，那个摆摊的老人老早就来到集市，为杜甫也占领了一块地盘。他们经常结伴摆摊。久病成医的杜甫自己采好药材，炼制成药，卖出去，治好了很多人的病，人们都记住了从长安来的这个“老人”。

杜甫卖药，维持生计都达不到，赢利就更谈不上，一家老小生活也没有多大改观。生活越来越窘困。不食人间烟火的神仙，只吃松柏子和朝霞。而对于杜甫来说，翠柏很苦，明霞虽高，但除此之外无以为食。锅里没米，身上衣单，夜里床寒难耐，生活的境况让他倍感凄凉。“囊空恐羞涩，留得一钱看”，也许，唯有内心的高贵，给了他一些活着的信念。

雨后初晴，他登上高楼，看见西行的将士官兵，以及行色匆匆的使节驿官。羌女偏敢轻视烽火，胡儿牵着骆驼阔步行走，山昏日斜，一只乌鸦悲鸣欲绝。饱经战乱的杜甫，本来是来秦州避乱，却已预感到危机四伏。居无定所，积劳成疾，他的疟疾缠着他，隔几天就发作一次，就像是一个搜刮脂肪和骨髓的魔鬼，让他一天天瘦削下去，显出和他年龄不相符的衰老。疟疾发作，有时犹抱霜雪，身体感到寒冷直打寒战，有时如拥火炉，高烧难耐。他躺在异乡寒凉的床上，彻夜不寐，听促织单调反复的鸣叫，“音在促织，哀在衷肠”，不觉泪湿。可是他仍然痴心不改地期待着时局平定、生活安稳下来的那一天。

但是，在杜甫的词典里，那一天，始终没有出现。秦州似乎跟杜甫开了一个玩笑。

就在他飘蓬一样等候命运安排的时候，一根救命稻草又出现在他的面前，一位“佳主人”自秦州南面的成州同谷县发出情词恳切的邀请。他早先就听人说，同谷山水更幽，气候温润，有良田可耕，有野生的山药、崖蜜、冬笋可以充饥。想想真是一个安身立命的好去处。无衣无食，窘困寒苦的他，心想只要到了同谷，眼前的一切苦难就像霜雪遇见太阳，会得到化解。为此，他觉得翻山涉水，旅途劳顿也不算什么。大哉乾坤内，吾道长悠悠。路漫漫，就再走他 200 公里又何妨！若果真能结束战事，让天下百姓和家中妻儿不再颠沛，不再挨饿，自己哪怕跋山涉水辗转流徙又算得了什么呢！

4

又一次出发。中宵驱车去。

立冬后的一个深夜，大概已是凌晨，地上本来落着一层雪，晚间，气温骤降，雪上又落了一层霜，满树满枝的雾凇泛白。初冬，人还没有被冻服，无限的冷寂在寒夜里散开。这个缩手缩脚的中年人，穿着似铁片一样冰凉破旧的衣衫，满头的霜雪高高绾起，散乱如杂草，颧骨高凸，眉间有大大的川字纹，嘴角的法令纹也在恣意横生的胡须里延伸。他赶着一驾破旧的马车，马车载着他生命里的全部，在这个霜雪遍地的深夜里碾轧一地冰凉，咯吱咯吱的声响回荡在秦州城的上空。在秦州这个寒凉寂悄的冬夜，他悄声离开。穿越赤谷一带，他提前给车轴加上油脂，但道路崎岖，车子在乱石上颠簸，随时有翻车的可能。长夜空旷，冷寂似铁，无边无际的黑暗漫过来，包裹着这一驾马车。叮叮当当的虚弱声响，没有惊动任何一个熟睡的灵魂，这叮当声一点一点向前，一点一点敲开黎明的曙光。屋漏偏逢连夜雨，船破又遇顶头风。老马一路奋力拉车，到铁堂峡一带时，又偏偏骨折受伤。

这一家人跌跌撞撞不知走了多久，当他们翻过一座山，走过一段下坡路后，忽然地势开阔平坦，苍黄的远山向四面退去，川坝地里，田块平整，看似肥沃的大面积良田却没有庄稼生长过的迹象。偶尔几棵稀疏的草木也已枯萎凋零，眼前一片白茫茫，只见不远处的作坊里冒出一股股黑烟，向四处弥漫。衣衫褴褛的百姓忙忙碌碌，有的在井旁奋力打水，有的手推木轮车接连不断地出出进进装卸运输。先生不禁惊讶起来，他试着凑近一个满身污渍的人询问情况，那人连连叹息，指着周围的地块说："这土里不长庄稼，我们没有吃的，没办法啊，就成年累月地在这盐场里做工，煮盐，换一点报酬养家糊口。"先生再问："你们这样繁重的体力劳动，只能维持口粮？"那人再一次叹息，"唉，我们的血汗，谁知道到了哪里？我们累死累活，却富了转手倒贩的一层人。"先生浑身发凉，环视了这一片泛白的土地和这片土地上在死亡线上挣扎呻吟的人们，忍不住长叹："君子慎止足，小人苦喧阗。我何良叹嗟，物理固自然。"先生有什么办法呢？他内心发颤，看了一眼路边的界标"盐井"，低头继续赶路。

他此行的目的地是同谷。秦州和同谷之间，只有一条捷路，必然要沿漾水河谷，穿过上禄，也就是我如今所居住的小城西和。每到冬天，从城区出发，向南或者向北，在这个狭长的河谷地带，每每仰头看见峭壁摩天而立，满目苍黄，空气里飘着雪粒，山头被白雪覆盖，阴冷的风呼号而过，灌入衣领，总会让人想起公元759年相同寒意里的那驾马车。

我时常想，如果时空真的可以穿越，那我梦回唐朝，一定要在漾水河岸山谷，做一个农妇，布衣短褐，恰好在先生必经的路边的田园里采着桑麻，等他的马车的咯吱声在小城的土地上响起。城区往北40里的寒峡，是秦州来西和县的通道。寒峡废弃的大桥旁，几位当地的文化老前辈为杜甫立了一块碑，为后人标注了当年杜甫途经的路线。碑的左侧，是宽阔的国道G567线，路上川流不息。碑的上部，是十天高速的高架桥，各色车辆风驰电掣飞速驶过。碑像一块痣，在光阴里成了镶嵌在沧桑大地上的一个黑点，纹丝不动。假如在寒峡路口遇见这驾马车，诗人一家已经在荒寂的山谷里走了一整天了。漾水流到这一带，两岸狭窄，河谷幽深，水流湍急，风紧浪高。他们裹紧身上单薄的衣衫，对抗严寒、饥饿和困乏的袭击。山谷间万籁俱寂，只有先生的马车缓慢前行，马蹄，车轴，回声悠长。寒峡内，寒气逼人，阴森荒凉，阴霾遮蔽，不见天日。转过一个个环绕的山头，道路隐没在杂草和乱石间，天色昏暗，他们迷失了方向，挥手问路。假如那个包着头巾的农妇就是我，我将怯怯地为他们引路，并倾其所有，为诗人一家熬一锅小米粥，驱驱他们身上的寒气。除此之外，我还能帮上什么呢！

越往南走路越险恶，山峦似乎都立起来了。青羊峡的峭壁像是刀削一般，山头的石块似乎要向他们砸下来，峡谷里的风像魑魅呼啸，天空飘下细小的冰粒，一家人像是钻进了幽深难测的冰窟窿。他们小心翼翼地走过石峡镇湿滑的栈道，来到石龛下，天色已晚，一家人找到八峰崖下一个废弃的古寺，让残垣断壁稍稍遮挡风雪。杜安找来一些树枝柴棒，生火驱寒，孩子们挤在火堆旁，伸出紫红的手，冻僵的骨节无法舒展。杜安拿出布袋子里仅存的一些橡栗，小米，犹豫不决。深夜时分，石龛一带的荒山野岭里，寒风怒号，熊吼虎啸，鬼叫猿啼。天亮时分，山路上的雪地里有一串脚印，诗人循声望去，几个衣衫褴褛的百姓哀叹悲歌，正在攀着石级砍伐竹子。杜甫问道："天寒路险，你们干吗要冒死砍竹？"他们哭诉道："为山东河南的官军砍小竹子做箭杆啊，五年了，能用的竹子都砍光了，没法交差啊。"杜甫内心震惊，忽然一声惊雷，一道奇异的虹出现在八峰崖的天空。他哀叹一声，心想，自己虽然颠沛流离，却还能免去繁重的徭役，这样想着，便又启程往同谷方向去了。

横亘在眼前的积草岭，林涛层峦，寒风呼啸，诗人自感身体无力支撑。老病缠身又逢冬季，疲累至极的他好像再没有力气翻山越岭了。突然他看到路边界碑显示"同谷界"，于是想起了那位在信里对自己热情万分的同谷县令，想象着互相见面的那一刻，他似乎已经看见那片乐土的山谷间矗立着一座属于自己的茅屋，一家人在山野间采来野菜吃……

5

同谷县飞龙峡谷内，一进四院的诗圣祠，镶在同谷的山水幽境里，那是现代人为先生修造的豪华别墅。在凤凰山下，临水而居。错落有致的庭院，碧瓦飞甍，彩灯悬挂。亭台楼阁，次第排列。我们拾级而上，见曲径回廊边，古柏翠竹掩映，绿草藤蔓丛生。置身其中，让人恍惚，竟忘记了季节是寒冬。泥身的杜甫坐在最高的殿堂里，目慈面善，身体发福，四壁洁白，香案干净。屋子里空荡荡的，没有一样东西可以陪他。跪地磕头，起身看见了杜甫，依然寒凉一人，站立了千年。屋外的一切，成了一个极大的讽刺。

这一天，寒风侵骨，同行的某位诗人隔着竹林，慷慨激昂，大声吟诵着当年杜甫在飞龙峡的山谷间写就的诗：

有客有客字子美，白头乱发垂过耳。

岁拾橡栗随狙公，天寒日暮山谷里。

中原无书归不得，手脚冻皴皮肉死。

……

长镵长镵白木柄，我生托子以为命。

黄独无苗山雪盛，短衣数挽不掩胫。

此时与子空归来，男呻女吟四壁静。

……

四山多风溪水急，寒雨飒飒枯树湿。

黄蒿古城云不开，白狐跳梁黄狐立。

我生何为在穷谷，中夜起坐万感集。

……

诵者音悲，听者心泣，竹林飒飒，万壑肃穆！

资料注析，橡栗，味苦涩，陇南一带农民常用以喂猪，旧社会穷人也用来充饥。黄独，野生植物，根唯一而黄，地下茎球状，可以充饥。因为一个唐代人，我记住了这两样植物。

在寒风中，在同谷的寒风中，在那年冬天最冰凉的凌晨，乾元二年十二月初一，在中国人从那一天开始一步一步走向年节团圆的背景里，那个中年书生，无论怎样用劲拉，衣服还是掩不住小腿，他冻裂的双手血迹斑斑，在飞龙峡里再也找不到一棵可以用来充饥的橡栗和黄独。那一年，48 岁的他，被命运的绳索勒着脖子，他活得不如一只林间来去自由的小鸟。这一年，迫于生计的他，不得不“一岁四行役”。春天从洛阳到华州，秋天从华州到秦州，初冬从秦州到成州同谷，下一个春天还没有到来时，他又得继续向遥远渺茫的他乡走。他挥泪告别为他送行的几个乡邻，再一次套上老马，朝南边走去。他并不知道,南边等待着他的会是什么?那条无形的绳索,会在哪一刻用力拉紧?

事情的真相也许是,那位佳主人邀请的是“左拾遗”而不是逃难者杜甫。同谷同样跟杜甫开了一个大大的玩笑,他理想的乐土终究辜负了他简单的理想,他在同谷的生活变得极度困窘。如果同谷没有出现那位“佳主人”,历史是不是要重写,先生的命运会不会好一点呢?愿世间再无佳主人!

1260 年之后,同样的寒风吹着飞龙峡谷,我穿过寒风,去看那个唐代的中年人,凄清写满眼睑,汉白玉的衣衫飘在风里。满目碑刻楹联,我只记住了这样一个句子:

一谷风清问先生真穷极到此,

四壁诗满笑后人何胆大如斯。

小心地离开,不语,原本,只是为了来看看先生。但是在这寒凉的峡谷,走向中年的我,在先生面前,怎么开口?能说什么呢?

6

先生一家再一次起身上路,套上老马,碾轧同谷大地的积雪。他的前方有一座大门,这一道地势险要剑剑相逼的门,坐落在大剑山与小剑山之间,穿过这道门,先生要去往蜀地。

出了同谷,他经过一个叫栗亭的地方,向南走,地势忽然变得陡绝高峻。虽是深冬时节,他们汗流浃背,艰难攀爬在山路上。山上长满一种叫木兰的树,杜甫知道它的树皮是一种中药,他猜想这大概就是木皮岭了。只见那千岩奔涌,竞相朝拜,这木皮岭的壮阔气象,让诗人不禁要跟闻名天下的“五岳”相提并论了,他连连赞叹“始知五岳外,别有他山尊”。他仰头,觉得日光被山势遮蔽,俯身又似乎深裂厚地,耳听似有虎豹在远山格斗,原来却是风骤水急。再往前走,陇蜀古道在崖壁上攀折缠绕,树根攀附在大石块上,满山的树木繁茂生长,像山崖浓密的秀发,林间长着灵芝。诗人顾不得旅途疲累,面对这一处超凡脱俗的雅致境界，他想起了昆仑仙境。只是，先生却又暗自神伤，自己只是一个过客，只能把这里的一切装进心里，依依不舍地离开了。

先生把山路走尽了，还没有走出自己的困境，一条水横在眼前，切断了他的去路。他告别了陇蜀道的艰险，登上嘉陵江的渡船，岸壁陡峭，急湍猛浪像是要直冲霄汉。上了船，全家人就听天由命了。天色渐晚，江风奇寒，渡江还有很长的距离。此时，那匹老马朝着北边的天空引颈嘶鸣，深山里的猿猴也跟着啼叫呼应起来，无限的凄清冷寂散开。渐近江心，水清石出，白色的沙滩向远方延展，水清沙白的江景，再一次清洗耳目，先生的老病之身，才稍稍得以疏散。船越过无数的急流恶浪，渐渐靠岸，当诗人一家舍船上岸，江上惊心动魄的一幕幕历历在眼前。诗人扣住马缰，临风而立，回头面对着滔滔不绝的江水，心中五味杂陈，脚下的跋涉还会有多少艰难？明天的路又该走向何方？这个捉摸不定的时局又将会怎样？

涉水又攀山，渡江又登陆，那丝微弱的月光下，陇蜀古道与嘉陵江水寒气逼人，用险绝与奇幻迎接和送走了这位瘦弱的诗人。杜甫盘旋回转在他的人生之路上，他辗转进入蜀门，进入另一片天地，只把一代诗圣的中年背影留在这一方山水之间。1260 年，滋养、唤醒着这一方山水，让无数人无数次地追寻、叩问和扼腕长叹！

7

公元 770 年冬天，有一条船从湖南湘江进入洞庭湖。

那个唐代的中年人，在成都、奉节、江陵一带漂泊了十年。此时他躺在船里，瘦弱、忧郁、老态龙钟，像一株苇草，漂泊在冰凉刺骨的江水中。船里的他，在江水中辗转，肺病、风疾、头痛、风湿几样病痛像猛虎一样吞噬着他。年底他一家人来到湖南，流落于岳阳、长沙、衡阳。这一年，臧玠在长沙作乱，他走投无路，从长沙出发乘船去往郴州。妻舅是湖南郴州县令，他想去投靠他的妻舅，船行到耒阳突遇连连暴雨，江水暴涨。命运又一次和他开了一个玩笑。他的船漂荡在茫茫水面，没有上岸的可能，几天后他便掉转船头向北由湘江去往汨罗江。

船行至江水上，他恍惚之中看到千年之前那个叫屈原的诗人，衣衫飘忽，吟诗的声音在周围飘荡。此刻，他感觉自己要随他而去，汨罗江是他最好的归宿。他忽然觉得神清气爽，便吩咐拿来纸笔。风寒水急，他提笔，依靠着人世间的最后呼吸，蘸着自己的血，写下了《风疾舟中伏枕书怀三十六韵奉呈湖南亲友》：

……

应过数粒食，得近四知金。春草封归恨，源花费独寻。

转蓬忧悄悄，行药病涔涔。瘗夭追潘岳，持危觅邓林。

……

最后一句写完了，他的血流停滞了，世界还原一片漆黑。

那是他留在汨罗江的绝笔，是留给大唐的绝笔，也是留给后世的最后一首诗。

在汨罗江最大的支流昌江，他长眠于船上，时年五十九岁。那时，人们已经称他为老人，一个无名的老人。

据民间传说，当地县令得知他的消息，送来酒肉，数日粒米未进的他饱餐了一顿，而后离开这个饥寒交迫的人世。民间还有别的说法，不过也许民众更想给他一个圆满的结局，臆想让他不要饿着肚子走。奇妙的是，杜甫与先贤屈原一样，都让一条水接收了自己的生命。这是汨罗江的幸运。这是诗人的幸运。

千年之后，某个深秋，我坐船行走于江水之上。冷风袭面，江涛翻涌，我看着冰凉的江水，想起了两个人的名字，几番哽咽，泪眼潸潸。

大秦一抹胭脂红

1

一对黄金做成的巨大鸷鸟，在红褐色的土层中飞行了两千多年。

它曾被镶嵌在棺椁上，看护着秦国早期的两位国君，他们沉睡于大堡子山的一片安宁肃穆里。如今，它被镶嵌在博物馆里的一片炫目灯光中，活在了大秦的故土之上，隔着陈年的锈蚀熠熠生辉，放射着特有的光芒。这一支鸟图腾部族的先祖，用黄金来彰显自己的身份地位，用鸷鸟表现族群集体崇拜。一个巨大的篆体“秦”字，同样在博物馆里的灯下光芒四射。秦字从鸟，从手，从禾，一只展翅的鸟高居其上，一双朝拜的手左右托举，一簇成熟的禾穗在底部供奉，共同组成秦字的模样。秦人是要把丰收的果实奉献给至尊无上的守护神玄鸟。

甘肃秦文化博物馆里的灯光，穿越数千年的时空隧道，照亮了秦帝国源头这块沧桑广袤的土地，也让数千年前的嗒嗒马蹄声再次响起。那些古旧的秦人面孔，也都在灯光中一一醒来，活在了无处不在的音乐里！他们轮番登台，恢宏的情节一幕幕上演。次第排列的编钟，抖落青铜的斑斑锈迹，锵锵作响，钟鸣鼎食的秦人在祭祀中展示着礼乐并作的辉煌场面。“鼓钟锵锵，淮水汤汤”。一场美妙的礼乐雅事，琴瑟和鸣，笙磬同音，悦耳的鸣奏映照着光阴里的淑德懿行，深埋沉淀在泥土里，汇聚在这块土地上。今天，它依然在耳畔朗朗鸣响!

这块礼与乐同在的土地，叫作礼县!

2

大约晚商时期，一次出征，一个部族踏出了西行漫漫征程的第一步，此后便没有了回头路。直到一千年过去之后，一统天下的始皇嬴政，又回到中国版图疆域的东边，见到了久违的大海。

这次出征，是东夷族嬴姓的首领率领他的部族中的其中一支，跟随一位名叫武瞿的酷爱田猎的商代君王，一路向西，征讨戎羌。他们像各游牧部族一样，在大动荡、大流徙的背景中，穿过高山大河和荒漠戈壁，在长风浩荡、人烟稀少、气候恶劣的苍茫西部安营扎寨，奉命屯守。此后又一路征讨一路攻伐，一直抵达渭水中游一带，并在那里修建城邑，为商王朝守卫着西部边疆。

嬴部族把这块曾被犬戎势力长期占据的地区称作“犬丘”。商纣覆亡后，嬴人的根据地犬丘便成了周王朝的地盘，然而嬴人并没有就此销声匿迹。一位叫作大骆的嬴人后裔，带领部族继续沿渭水西行，找寻一块属于他们的立身之地。嬴人来到渭水南岸，在西汉水上游一带找到了一块长川大坝、土肥水沃的风水宝地。在这一处相对僻远独立的地方，建立城邑“西犬丘”。此时，“普天之下，莫非王土，率土之滨，莫非王臣”的周王朝以战争捍卫了领地，巩固了国家政权。然而，西北方的犬戎仍是西周时期最重要的外患。犬戎的势力一度强大到阻碍周王朝与西北各国的往来。此时的嬴人战天斗地，战胜氐人，为周王朝解除了心腹大患，故而其所建立的西犬丘也得到了周王朝的认可。他们便归顺了周天子，“在西戎、保西垂”，又担负起守卫周王朝西垂的重任。

世间有无数的养马人，养马养得最好的是嬴人大骆的一个儿子，他叫非子。周孝王赏识他，封他主马政，畜马于“汧渭之间”，并从大骆家族别开分支，以附庸的身份被封在“汧渭之间”的“秦”地。自此，嬴姓一支便与“秦”这个名字骨肉不分了。数百年王朝更迭，民族融合，部族迁徙，嬴人在陇上一带辗转迁移繁衍生息，走到哪里，“秦”这个地名就跟着迁徙转移到哪里。原居于西垂之地的嬴人一支，其城邑一度被犬戎占领。而陇上秦地的嬴人一支首领非子的儿子秦仲，被周宣王封为大夫，征讨犬戎。秦仲战败被杀后，他的儿子庄公最终打败了犬戎，收复了西垂地区，周宣王封他“西垂大夫”的称号。从此，秦人以西垂为政治中心和根据地，安居下来，不断壮大这一块祖邑邦基之地。“秦”作为一个地名和这一块土地之上所居“秦人”一同进入历史的视线。

烽火戏诸侯，千金买一笑，据说这一笑就倾了国。公元前771年，西周覆亡。刚刚登基的平王，为避犬戎，迁都洛邑。

秦庄公的儿子襄公又担负起大任，在平定叛乱中护送平王东迁。秦军出征前，阵仗里激如雷霆的吼唱声此起彼伏、震天作响：

岂曰无衣？与子同袍。

王于兴师，修我戈矛。与子同仇！

岂曰无衣？与子同泽。

王于兴师，修我矛戟。与子偕作！

岂曰无衣？与子同裳。

王于兴师，修我甲兵。与子偕行！

（《诗经·秦风·无衣》）

这一次，襄公又一次立了大功，被封为诸侯，正式立国为秦。平王允诺襄公：周王朝岐山以西的地方，被犬戎侵占，如果能将那里的戎人赶走，这一大片土地将为秦所有。所向披靡的秦人又一次取得对戎作战的胜利，开疆拓土。之后，民族迁徙结束，秦人过上了相对安稳的农耕生活。襄公、文公父子时代，牧马垦田，男耕女织，这个被称作“秦”的国家，休养生息，励精图治。“秦”又作为一个国家被载入历史！

一首同仇敌忾、慷慨激昂的从军曲一次次响起在秦军东进的征程上，声浪滔天。“赳赳老秦，共赴国难，赳赳老秦，复我河山。血不流干，死不休战！西有大秦，如日方升，百年国恨，沧桑难平！天下纷扰，何得康宁！秦有锐士，谁与争锋！”

伴随雷霆万钧的军歌，秦国数代国君一路砥砺打拼，又经过近一个世纪的努力，由秦穆公完成了称霸西戎的使命。他辟地千里，成为雄踞西部的一方之霸。秦国从此便一路向东，纵横南北，成为地处偏远西隅而强盛崛起的大国。在中原群雄逐鹿、列国争霸的时代，秦，最终横扫六合，一统天下。“六王毕，四海一”。公元前 221 年，一个姓嬴名政的“秦”人建立了中国历史上第一个中央集权的国家。

西垂的一方水土滋养出了一个大秦帝国。

西垂，是秦帝国婴儿期的襁褓！

3

西垂何处？

礼县东部的宽阔川原里，一条最富有诗意的水，从诗经里流淌而来。一条倒淌的河，从西和出发一路自南向北而去。西汉水与西和河（古称建安水）两水交汇于西和礼县交界的祁山长道一带。这一块地势开阔、山川矗立的阔厚之地，历史上属于“西”县所辖，是西垂故地最富有诗意的一块。

所有的大气象和大繁盛似乎就掩藏在那高低错落依次布列的山川河流里

了，汤汤河水里走来了一个帝国的梦，留下一个王朝的背影。流向远方的，便是蒹葭苍苍里伊人如梦似幻穿越千年的所有美好想象。天地造化，赋予这一块宝地，水草丰茂的河谷地带，有着温润的气候，丰饶的物产，故而宜农宜畜。这个富饶的河岸川坝，是一个巨大的农牧场，也是一个温暖的摇篮，摇出了大秦的万里江山。

在西垂的土地上，盐官，古称卤城，像一个大门，在礼县东部牢牢锁住这一块阔厚沃土。这是一个由战国时代主管盐政的官署名演变而来的地名，足以让人想象这里，煮盐的青烟弥漫着整个平川，历史上车马往来的繁盛景象。一口产盐的水井，位于盐井院中，大量的盐经过多道工序生产出来以后又源源不断向各地输送供给，为“以食为天”的民众，为寻求前行路上的战争供养。《水经注》记载盐官盐井“水与岸齐”“味与海盐同”。公元759年，杜甫离开秦州，经过礼县盐官镇留下了一首纪行诗，《盐井》云：

卤中草木白，青者官盐烟。

官作既有程，煮盐烟在川。

汲井岁榾榾，出车日连连。

自公斗三百，转致斛六千。

富含盐分的水，饲养出了膘肥体壮的马。秦人牧马有方，人和马的美名都传到了当时最高统治者的耳中。“非子居犬丘，好马及畜，善养息之。犬丘人言之周孝王，孝王召使马于泾渭之间，马大蕃息”（《史记·秦本纪》）。这良马，离不开西汉水流域丰茂的水草，也离不开盐官一带遍地流淌的卤水。西垂的盐与大秦帝国，似乎有着某种必然的关系。

跟随西汉水的足迹再向西走，距县城13公里的地方，在西汉水北岸，河谷忽然狭窄，河水聚集转折处，山势突然高矗，而山腰处，山势又渐次平缓。山，名曰“大堡子山”，对面是锥形尖顶的圆顶山。这隔河相望的高低山堡的缓坡上，秦先祖和他的族人、君王与文臣武将，在这里沉睡了两千多年。以河为界，北君南臣形成的墓群，被称作秦四大陵园中的第一大陵园——秦西垂陵园。三千年的青铜编钟与石磬再次响起，“赳赳老秦，共赴国难”的强势吼声再次唱响。这麦苗正青，菜花正黄的时节，躺在陵墓里的人，身体紧贴着的就是沧桑的先秦故土。

一夜倾盆雨，次日，万丈的阳光照耀西垂。站在大堡子山上，看见西汉水面波光粼粼，洒满太阳的金辉。它承载着阳光一路奔流。这自东而来的光里，有最早的人类。从山洞里出来，直立行走，刀耕火种，而后驯兽为畜，种粟为食。后来，为了生存而迁徙，又为了土地而征战。他们手中的武器，从长矛短刀、木船战马、弯弓射箭起步，而今从军舰坦克到航母飞机、洲际导弹，如今嫦娥也上了月亮。秦人开疆拓土的西垂土地上，早已处处摩天大厦。这漫漫河水，逝者如斯，水里沉淀并凝聚着的是一个帝国所编织的文化传统和成就伟业的精神力量。在今天，强势生存的精神依然鼓舞人心，如同耳畔响起的礼乐声声！

4

西汉水一路向西奔涌而去，所经过的地方，一条数十公里的肥美的川坝河谷顺着河岸延伸。

那些红褐色的土质，有着肥沃的颜色和特征。光照、气温、海拔等各种因素，水草丰美的西汉水沿岸，恰好适宜于生长一种可爱的甜蜜的水果。

在这最美的人间四月天，苹果花开满了西垂的土地。

身着汉服的女子，轻歌曼舞、素手弹筝，雅乐和俊美的身影一起穿行于花海雪浪。

大秦帝国这一位血气方刚的男儿，他有着山岩一般绵延的身躯和粗糙的肤色，他纵横周王朝的万里河山。西迁东进的秦人，在西垂的阔厚摇篮里，受西汉水滋养哺育，渐次长成英雄的模样，在中原的舞台上，策马扬鞭。而他们的身后，绵延60里的苹果花开了。

60万亩的花，白里透红，瓣瓣含香，装扮着西垂沧桑的先秦故土，为中原舞台上驰骋纵横的秦人涂上一抹亮丽的胭脂色。礼县，这大秦的万里河山忽而变得万般妩媚。每一株迎风玉立、花枝妖娆的苹果树，就是一位粉面含羞、满身飘香的俏佳人。佳人何处？在水一方！这蒹葭苍苍、水草丰茂的水畔，低头为诗，舒袖即舞的伊人，等到白露为霜，相思挂满枝头，红红的果子和《相思礼县红》的歌声一起飘到东西南北的风中。被裹藏在包装箱里、漂洋过海铺展在人们眼前的，是嫣红的脸蛋，是一抹浓浓的胭脂红！

山城笔记：在时间之河上

仇池，一场等待千年的雪

1

这是仇池古城的某个深冬，一年当中最冷的清晨。

我去膜拜一个人。他在万山丛中，绝顶的崖上，只身一人，不知守候了多久。

他的脚下，西汉水自西北方向滔滔南下，洛峪河从东南方向缓缓西行。它们身体和灵魂合二为一的地方，潜藏着自然界的大气象：两水交汇，定有奇山；两山交会，定有奇人。在这两水合流、汇聚天地灵气的风水宝地，一座四绝孤立、望之若覆壶的奇山，于万山丛中拔地而起。异峰兀立，崖壁峭峙，鹤立鸡群，于甘肃西和南部的大山丛中，独占鳌头。它就是仇池山。

相传很久以前，仇池山东侧的麻姑仙洞里住着一位华胥氏姑娘。某一日这位姑娘心慌意乱，便沿着藏在烟云里通向山外的天梯般的小道行走，来到山下的西汉水边。水流翻滚，她溯流而上，被两岸的美景所吸引，在河滩的一块巨岩之上，踩到一只大脚印，忽而心有所动。华胥履“大人迹”而孕，十二年后，在仇池山的一个洞里，诞降一子，蛇身人首，名曰：伏羲。

后来，这个山洞，被称作伏羲洞。仇池山上的绝顶之峰，被称作伏羲崖。伏羲崖之上，是一片宽阔平坦之地，那曾是伏羲小时候经常玩耍的地方。我曾猜想，那时，山下巨澜滔滔，山上森林莽莽，没有人烟，没有生气。伏羲崖山体恰如巨轮，被环绕其身的两条水所依托，像是稳稳地停靠，又像是浩荡远行。山顶之上的村子，至今尚有诸如“上码头”“下码头”之类的地名。起初，这自然天成而又雄伟盛大的一架巨轮，受万物所托，在混沌蒙昧之中只独独承载着一个人。

阴阳相望的峰顶，居住着女娲。伏羲女娲二人遵从天地授意，结成了夫妻。

在仇池山，有一处岩洞，顶部自然开裂。日月天光照进岩洞，沿着山岩滴落的水，滴滴答答，汇聚成一泓清泉，泉水里又映出一片蓝天，后世名曰“小有天”。某一日女娲闲来无事进了岩洞，在这一处洞天福地的泉水里看到自己的影子，忽然觉得天地之间应该有更多同自己一样的人，惺惺相惜，像爱惜自己一样相互疼爱。她顺手抓起地上的黄土，照着自己的影子捏出一个又一个泥人，又抓起藤条，在泥潭里乱抽乱打，溅起了满地的泥人，它们一触着土地，就有了生命，活蹦乱跳起来。伏羲女娲看着这些小人儿，开心地称他们为自己的孩子。沉寂的仇池山，自此，欢声笑语四处传递。

千万年之后这个寒凉的冬晨，我走进他圆天为盖群山为席的神秘居所。澄澈的阳光映照着纯蓝的天幕，万道干净的圣光，照耀着群山额头上的一层层褶皱，把草木脱落后裸露着筋骨的突兀嶙峋的山岩灼烫出一层层灰雾，浮在山与山之间的谷地。那烟气迷蒙的地方，疑似住满了神仙。他们伸手就能掬来一捧的阳光，散漫地打在我的身上，温热的手臂抚摸我在城里被冻僵的长发和额头。我像个孩子，忽而投进母亲温热的怀里。我遇见了世上最澄澈温热的阳光，也许它和千万年前一样，托着满山的安宁，在一片寂悄里照耀每一个在这个冬天尚存活着的生灵。静寂的山中，没有任何杂音，只弥漫着一个人的气息，在干净澄澈的阳光里飘散。

站在他的身后，看他出生时的悬崖，一座深不可测的山谷，浮在烟气氤氲里，承受漫山的阳光。

站在他的眼前，看烟气迷蒙里连绵如涛的万千大山，向着远方无尽伸展。一峰独立的绝顶之上，唯有一座庙，名为伏羲庙，庙里只供奉一尊神，他的名字叫伏羲。

2

在深冬，伏羲脚下的仇池山岩显露出从未有过的干裂的赭褐色。通往仇池山的唯一一条公路，逶迤向上爬行，来回折转。一个个巨大的“之”字在山岩上镶嵌镌刻，自上而下地排列。《水经注》这样描述，“羊场蟠道，三十六回”。从远处看，那些缠绕的“之”字，就像是登上仇池山的一个个台阶，盘绕悬浮在山的南侧。登临山顶，俯身望去，山脚的西汉水浊浪滚滚，逶迤前行。而沿途那些突兀嶙峋的石山，像一个个横空出世的巨大的头颅。在峭壁上开凿出的十八盘旋的拐角处，会忽然凌空探出一个个巨大的下巴，或者凹凸不平的额头。也许是一只肌肉发达铁骨铮铮的手臂，也许是一条血肉模糊的独腿在山间矗立，也许是忍痛前行的阔厚的肚腹。狰狞丑怪的山岩，就像是这山间永不倒下的那个巨人。褐红色的山岩少生草木，尤其在冬天，由于干旱，那些裸露着的山岩上红砂石脱落，铺撒在路面，像是巨人洒落的一滴滴血。

这些山岩的意象，仿佛一则神话传说正在这山间蔓延。

这是一则以炎黄战争为背景的神话。他本是一个没有名字的人，他是炎帝的一名将领。在战争中，一手握着青铜方盾，一手拿着亮光闪闪的巨斧，一路过关斩将，砍开黄帝的宫门。黄帝大怒，两人剑刺斧劈，从宫内杀到宫外，从天庭杀到凡间，一直杀到仇池山旁。他被黄帝砍掉了脑袋，葬在仇池山，从此他便拥有了一个“刑天”的名字。葬首之后，他以乳为目，以脐为口，挥舞干戚，继续战斗。这一位战神，留存后世的，是正额中刻有一只纵目的三只眼形象。

“氐”“氐”二字，字形相似。《说文》记述，巴蜀地区的一种地形，称为“氏”，山下多洞穴者，称为“氐”。这氐字多出来的一点，就是山洞。氐人居住于高山峡谷地带，危石凸露的多山洞地区，由其所居住地区的地貌特征而得名的一个民族。它的名字里打上了所居地貌的深深烙印，足以推测，氐人起初生存和居住的环境；也足以想象，以仇池山为中心的万千大山里，连绵如涛的壮阔山水中，借着一方险峻的地形，氐人藏身于此，繁衍生息。因此，一个民族得以生生不息。

西汉初年，氐族与汉王朝不断冲突，战败的氐人被迁居到关中至河西走廊的广大地区，分而治之。汉武帝元鼎六年，白马氐人起兵反汉，汉武帝派兵镇压，并取其地置武都郡，郡治在今甘肃西和县洛峪。今日的陇南、川北和陕西西南部，都属于武都郡的地盘。

东汉建安年间，仇池山的安宁被打破。一支氐人浩浩荡荡向仇池山迁徙。首领杨氏，借着仇池山的险峻，割据称王。晋惠帝元康六年，杨茂搜以仇池为根据地，出兵占领武都、下辨、阴平、武兴、河池、两当等地，以仇池山附近的洛谷城为都城，建立了一个独立王国“仇池国”。自此，氐族杨氏近二百八十余年的政权演变中，先后建立了前、后仇池国，武都国，武兴国，阴平国五个政权，成了氐族势力发展的顶峰。直至隋文帝杨坚灭了阴平国，仇池政权近四百年的漫漫历史风云才画上一个句号。

仇池山，相传在汉代尚为一高山湖，水涸平地出百顷，乃为人居。仇池山与仇池国相互成就，国因山得名，山因国而显。山上有百顷良田，还可以煮土成盐，有清泉沸腾，润气上流。到了朝代更迭、民族大融合的魏晋时期，仇池山以其险峻之躯和山顶的平畴沃土孕育出了一个世外桃源。仇池国里，有水可饮，有盐可食，土地平旷，屋舍俨然，阡陌交通，鸡犬相闻。人们享受安闲的农耕生活。在迷雾重重的历史烟云中，仇池王国在相对安宁的群山深处，独自安享三百余年的光阴。东晋陶渊明一直在他的心中营造着一个美妙的世界——桃花源，那没有现实苦难相对独立的理想社会。一千余年后的今天，我在仇池山找到了它的影子。

3

一家名为“仇池人家”的农家山庄，藏身于“仇池国遗址”标志不远处的一个山坳里。一片茂林修竹深处，青石小路的尽头，一处僻静的农家院落。身背药箱行医归来的老人，眼里有些惊异，继而给院子里陌生的客人添柴煮茶，把脉问诊。这个冬日，古仇池国的斑驳的暖阳铺满整个院子。抬头，蓝天旷远深邃，仿佛一不小心就会巧遇一场远古的神话和世外的幻境。

一盘盘飘散着农家香气的菜肴，让阳光里的桌子色彩缤纷。终于可以在这满山的安静里，在古仇池国歇歇脚，在五柳先生的意境里，品味一些田园时光了。墨香忽然散开，那位老人，满脸的感激，在木屋前的粗壮的玉米串前，捧着墨迹未干的那幅字。同行的书法家现场造联，书写楷书作品，文曰：身后仇池连秦岭，眼前汉水入长江。老人一生守候在这仇池山的某一个山窝里，并不知道，身后的大秦岭，眼前的西汉水，以及这一方土地上发生过多少故事。询问他：这山上有多少姓杨的人家？答曰：山上没有一户姓杨的人家。那些杨氏，都到哪里去了呢？

离开时，几次回头看，那座院落，被橙色的阳光包裹，被田块和树林掩映，炊烟在屋顶缭绕，鸡鸣在暮色里盘旋。

次日，一场大雪，裹挟着三九寒天的风，落向仇池大地。

绵延群山被裹藏在无边的宁谧之中。千年的刀光剑影和厮杀鏖战远去，雪落仇池，还大地以素颜，还世间以平等。仇池的万千大山复归桃源般的安宁。万籁俱寂，只有春天，在雪的外衣包裹下，在大地的泥土深处，渐次累积和生长。

仇池山，是第一缕春色最先抵达西和的地方。

西城，故纸落雨声

1

一截断壁残垣，沐着春日的阳光，在高楼林立的县城中心，最繁华地段静静矗立，灰黑的荒草覆盖顶部，像多年没有打理的乱发。黄土夯筑的墙体外壳，经受一场春雨之后，依然显得坚硬干裂，只残留了一些黑色苔藓，没有生动起来的迹象。它虽然满身沧桑，在这个春天，却依然是活着的！它有着八百余岁的苍老面容。被青砖围栏保护起来的，是宋王朝的一截时光。它的脚下，已然绿草如毯，身旁一棵新植的柳树，嫩黄的芽儿爬满枝头。皇城的崖畔上，桃花烂漫，杏花如云。时光和宋朝在春色里永久对望。

导向牌上用汉英双语标注：古城墙（City wall），西和州古城堡“十二连城”遗存残段。北宋岷州镇将李永琪始筑。

在西汉水上游一带，西秦岭群山簇拥的臂弯深处，一条南北走向的狭长河谷，依山就势而建的一座黄土覆盖的丘陵小城，静卧在中国版图的几何中心。狭长的县城，夹在遥遥相望的东西两山之间，穿城而过的漾水河，在宽阔的河道里任其自然地流淌。这山，这水，和千年之前有着相似的模样。在今天，小城有一个温婉安闲的名字：西和。

“西和”二字，字面温婉，样貌柔和，而我，是要讲述裹藏在这个柔美的名字背后的故事。

2

北方草原势力，一步一步介入华夏政局，文治武功不能兼得的宋王朝，臣强君弱、独相专权。甘肃，这个曾在唐代鼎盛发展的一块富庶之地，似乎就在一个王朝的更迭中，弹指之间变成了偏乡僻壤，进而成为游牧部族与中原王朝激烈征战的前沿阵地。一面是以光复为目的的北伐混战，一面是以妥协求和为目的的退缩南迁，迫使宋的政治经济中心不断南移。宋金之间，长期的激战、夺地、掳掠、和谈、盟约、叛盟，轮番上演。

藏在陇南山地当中的这座小城，被一次次卷入历史烟云中，在战火弥漫的旋涡里艰难喘息，成了宋金、蒙元鏖战的前沿。

金兵浩荡南下之时，吴玠派岷州镇将李永琪在南山，也就是今天的皇城重筑新城，最后将州城迁至上城堡。这是一块高居县城西山的天然方丘，四面孤绝，易守难攻。为了阻击金兵，吴玠兄弟还在山上筑十二连城，连缀相属，用来抵御金人。此后城防不断扩大规模，成为宋、元、明、清历代州县驻地。

公元 1142 年，以秦岭淮河为界，宋金达成和议。岷州因避金太祖完颜旻之音被改为“西和州”，西和之名由此开始。历时 320 年之久的宋王朝，在面对金人时的妥协退让、偏安求和的态度，在游牧族强大的政权面前显示出的相对弱势，和对光复王朝所呈现出的不明朗的举措，给数百年的宋代抹上了一层萎靡和柔弱的阴云。

然而，有叫人振奋动容的事件，就在西和小城发生。这个事件留下了一个充满怅惘和孤绝感的词语：登楼望阙。

公元 1224 年的西和，强敌压境，这一年，蒙古汗国的铁蹄伸向西和。不幸的是，耗费巨资新修建的西和州城被一场大火烧毁，知州商震午误以为蒙军烧城，便像惊弓之鸟，弃城而逃。西和州被蒙军攻破，城防残缺。生死存亡之际，小城来了一位叫陈寅的文弱书生，担任知州。西和历任知州，皆为武将。陈寅以文职身份，毅然前来治理处于危难之中的西和。公元1234年，蒙军十万大军再次入侵，攻破天水、成县。大军逼近西和州。西和都统何进，突然退守陕西阳平关，并暗中迁走了家眷。西和城人心动摇，蒙古军十万人马兵临城下，自州城东南面攻城。

西和州城，地势险要。虽然何进大军撤走，但陈寅却坚持全家28口人都留在城内，和忠义民兵仅千余人竭力防守。他说："人皆各顾其家，靠谁来共守州城！"他一面起草檄文瓦解投蒙兵士的斗志，一面"自执旗鼓，激励将士，迎敌力战"。忠义兵千余人应战十万大军，无异于以卵击石、螳臂当车。两天两夜，在飞石箭雨中激战数十回合，蒙军退兵后增加兵力达数十万，伐木造攻城器械再度围攻。何进接到陈寅求援，却按兵不动。陈寅苦守多日，西和州已完全被蒙军包围，西和州粮尽援绝，州城遂破。

数十万蒙军如暴洪般冲开西和州城门，城内百姓顿时乱作一团。蒙军烧杀抢掠，血流遍地，战马嘶吼，婴孩哭喊声震彻山谷。陈寅眼看城池陷入混乱，就告诉他的妻子杜氏："你尽快自己想办法！"杜夫人厉声仰天哭喊道："活着与你一同享受皇粮，死时和你一起葬身火海，我虽女子，却能辨忠义。"话音刚落，随即奔赴而去，登上城头战堡，饮药自尽。两个儿子及儿媳携带幼子一同快速向城头奔去，自杀在母亲身旁。陈寅收敛焚烧了他们的尸体后，冠戴朝服，登上城头遥望京都所在的东南方向，焚香跪拜，仰天长啸："臣当初决心死守西和州城，把好蜀地大门。如今，城破了，臣也该当死了……臣不负国！臣不负国！"哭毕，再拜，伏剑而死，血溅城楼。一同赴死者，28人。顿时，满城血腥，高厚的城墙褐色的土层洒满斑斑血迹。忽而狂风呼号，乌云漫过天空，暴雨倾盆而下，山洪的浊浪，席卷了整个西和城，涨满河道的漾水，裹挟着暗红色的浪，翻滚而下。

据民间传闻，西和北乡杜家河及小杜家之杜氏，乃系陈寅夫人娘家之后裔，至今犹称杜夫人为“姑母”。

同陈寅一起守城并赴死的，还有西和州通判贾子坤及其全家12口。

45年过后，同样残忍的一幕发生在贾子坤的孙子身上。崖山海战，南宋耗尽所有的余力，发出最后一声低沉的叹息。当陆秀夫抱着八岁的小皇帝赵昺纵身大海，后宫、百官、将士随之蹈海者数万，“浮尸出于海者十余万人”。其中就有西和州通判贾子坤的孙子贾纯孝，这位忠烈之士的后代，和妻子抱着两岁的女儿同蹈大海，补充了忠烈的含义。

在南宋的靡靡之音里，这一声声铿锵作响，战鼓一样气势恢宏，在宋末苟延残喘的历史大势中显示出了颠覆与强劲的精神冲击。隔着几百年的时光，在小城的记忆里，它依然清越明亮，震人心魄。

王朝更迭，战乱终究成为过去。烽烟散尽，战火平息，这一块贫瘠的土地，历经战火和自然灾害后，似乎除了满目疮痍，便一无所有。但那些人的名字却成了这块土地之上的恒久记忆。他们像一根根矗立大地的梁柱，站立在一片废墟之中，为人们疲弱空洞的心灵撑起一片信仰的天空。仿若，一块多年干涸的土地，恰巧迎来一场久旱之后的春雨。

那一截活在今天的古城墙，有陈公全家洒落的血泪，至今不肯倒下，它记得公元1234年的碧血西城。

陈、贾二公皆葬于西和城西北之崆峒山麓。陈墓在北，贾墓在南，红墙碧瓦，芳草萋萋。清明时节，天朗气清，崆峒山千层绿浪，满山的野桃花开了，人们纷纷来祭奠他们。而在此长眠的人，正俯瞰脚下的高楼林立，为他们血溅城池的红褐色土地赐福降瑞。

明洪武初年，废除中书省，西和降州为县，西和县名自此沿用至今。朱元璋倡导尊奉故去忠臣烈士为本城之守护神——城隍。陈寅，受封为侯，称为忠烈侯，而民间百姓称其为“福神”。1994年，西和民间集资，在原城隍庙寝宫毗邻处建成忠烈祠，后被一场大火烧毁，民间又集资60余万元重建两层重檐大殿。每逢初一、十五，四方朝拜者在这一条巷子里摩肩接踵。民间的纪念方式多种多样，流传已久、家喻户晓的是汉源镇南关社区百姓用写意手法制作的社火老龙。上元时节，数十名力气过人的莽汉让一条重百余斤，长达40米的竹木骨架龙身，在县城人潮如织的街道上空呼啸奔腾，腾跃翻滚，一年的祥瑞就在这场纪念陈公的耍龙仪式里降临。南关老龙出动，多年来成了西和年节里的一大盛事。

漾水河畔，某一条弯曲幽深的小巷，正被香雾笼罩。这条小巷也有一个特定的名字：福神爷巷。阳光普照，佛乐和钟磬的回响在靠近皇城方向的天空散开，向着小城的四面八方弥漫。巷子的尽头，忠烈侯祠背靠着皇城西山，面朝漾水，龙脊雕梁，碧瓦飞甍。红门石狮的门柱有隶书阴刻楹联："登吾堂皆端人正士，进府门须忠义君子。"

进入正门，又见气势恢宏的廊柱及门楹，蓝底金字的对联刻于其上。

"气震乾坤护西城墨痕血泪情同溅，心昭日月归南宋史笔犹褒忠贞义。"

"高阁俯一县四境人安，忠义著千秋万民景仰。"

民间百姓称为"福神"的陈公，威武端坐，身着官服，腰系绶带，手执笏板，方脸长髯，目慈面善。他一脸的微笑，乌黑的胡须让他永远都活在最美好的年岁。在今天，他依然是年轻的样子。

3

同样叫小城动容的事件，发生在明崇祯六年。

那年岁末，西和发生大地震，城垛、房舍大量倒塌，民众被压死者30余人。

当此明末之时，风起云涌的农民起义拉开序幕。天灾人祸四处蔓延。

崇祯末年的李自成起义军多次袭击西和县城，"一炬再炬""新旧城内烧毁殆尽"。李自成在西和几番攻城烧地，情况惨不忍睹。历史无须描述，一些事件被罗列如下：

西和廪生何光第率乡民在凤凰山（今县城西山）以死激战抵抗，寡不敌众，却不肯投降归附，他翻越皇城，跳峰坪峡（今晚霞湖前的峡谷）而死。

西和庠生薛国贞率乡兵决战来势凶猛的起义军，溃不成军，被围困县城，最终在西城门自刎。

西和知县耿桂芳，面对起义军万余人来袭，其小女和两个儿媳，誓死不肯做俘虏，三尺白绫，同时自缢。

西和兴隆乡贡生张斗南妻子张氏，来不及逃离，被俘，她抱起两个幼子，纵身火海。

西和西峪坪百姓刘必魁之妻，被俘后，叫骂不绝，毅然赴死起义军的刀剑。

清康熙四十三年，西和知县董贞到任后，将县属所在地由上城堡迁至下城（今县政府所在地），修补城垣，自己捐资修建官仓学堂，收回寄存私人家里的公粮，这些举措伤及地方豪强的利益，被告以圈地、谋反等罪。公元1707年，朝廷刑部来行刑，董贞仰天长叹，拔剑自刎，家人皆服毒自尽。只剩一个刚满月的婴儿，由卢姓奶妈偷偷抱到上城家中，喂养长大。后昭雪，民众捐资在今西和检察院旧址院内，建有董公祠。

董贞，浙江海宁人。

……

4

写下以上文字时，惊蛰刚过，一场春雨乘夜色悄悄降临这座终年缺水的小城。大地的嘴唇畅饮油一样贵重的雨，蠢蠢欲动的生物们也开始苏醒。我竭力想把代表美好意义的所有词汇都赋予“西和”二字。和美，和顺，和乐，和睦，和畅，和润……以此寓意这块历经风雨饱经患难沧桑的我的故土，让满是褶皱的山岩坡地，每一棵树，每一株草，都沐着春雨。